Andrea Bergen-Rösch

Das Leben des J. Benedict Lemaistre oder:

Wie der Mist nach Mannheim kam

wellhöfer VERLAG

Wellhöfer Verlag
Ulrich Wellhöfer
Weinbergstraße 26
68259 Mannheim
Tel. 0621/7188167
www.wellhoefer-verlag.de

Titelgestaltung: Uwe Schnieders, Fa. Pixelhall, Mühlhausen
Satz: Lukas Fieber, Creative Design, Mannheim

ISBN 978-3-939540-86-1

„Alter Ackerbau ist Mitternacht, richtiger Landanbau
wie in Käfertal dagegen heller Mittag."
Friedrich Casimir Medicus, 1784

Um 1750

1. Kapitel

Die Kutsche schwankte erst kurze Zeit über den eigentlich recht kommoden Fahrweg, aber Benedict wusste bereits jetzt, dass auch diese Fahrt nicht besser verlaufen würde. Am frühen Morgen hatte Jean Benedict Lemaistre mit wenig Enthusiasmus die Postkutsche in Karlsruhe bestiegen. Einmal mehr stellte er sich die Frage, ob es die richtige Entscheidung gewesen war, nach Brandenburg zu reisen. Seit er vor Tagen die Schweiz verlassen hatte, waren die Böden immer schlechter, die Tiere immer magerer, seine Zuversicht immer kleiner geworden. Wer garantierte ihm, dass im Brandenburgischen die Erde nicht ebenso sandig war wie hier in der Rheinebene? Benedict musste sich eingestehen, dass er außer den guten Nachrichten, die dem toleranten Preußenkönig vorauseilten, wenig über jenes Land im Nordosten des Reiches wusste. Der preußische König lockte mit Steuererleichterungen und freiem Land. Nun, wenn die Böden im Norden so lausig waren wie hier, dann dürfte er auch kaum etwas zu versteuern haben, dachte Benedict grimmig. Diese Kutsche! So weit Benedict zurückdenken konnte, hatte er den Duft der Gräser geliebt, das Prasseln des frühen Sommerregens, ja selbst den Dung in den Ställen. Mit einem Wort: Er war ein Bauer, ein Mann der Saat und der Frucht. Er brauchte festes Land unter den Füßen und keines, das schwankend an ihm vorüberzog.

Er lehnte seinen Kopf zurück und fühlte, wie sich die bekannte Schwere seiner Arme bemächtigte. Es würde nicht mehr lange dauern und seine Gedanken würden träge und langsam werden wie ein Pflug in nasser Lehmerde.

„Reisen ist etwas Erhebendes, Belebendes! Was für ein Glück, dass wir nicht mehr so eingeschränkt reisen müssen wie die Menschen früherer Jahrhunderte!“ Benedicts Blick wanderte zu dem Herrn, der ihm schräg gegenüber in der anderen Ecke der Postkutsche saß. Der Reisende trug ein teures Wams, seine Perücke schloss elegant mit zwei sanften Wellen oberhalb der Ohren, seine Hände stützten sich auf einen kostbar geschnitzten Stock und beschrieben mit dem Geschaukel der Kutsche kleine zentrische Kreise. Benedict schloss die Augen, die kreisenden Bewegungen waren nicht das, was er jetzt sehen wollte. Seit geraumer Zeit schon führte der andere ein lebhaftes Gespräch mit den beiden Turiner Kaufleuten, die neben Benedict saßen. Der erzählfreudige Reisende kam aus Uppsala. Mehrmals schon hatte der Schwede ihnen versichert, wie sehr er es bedaure, dass seine diesjährige Reise ihn nicht bis nach Italien geführt habe. Aber er hatte Amsterdam und Belgien bereist, war in Paris und Straßburg gewesen und jetzt führte ihn sein enger Zeitplan leider wieder zurück nach Schweden. Die beiden Kaufleute mochten seine Begeisterung offensichtlich nicht recht teilen.

„Reisen ist doch nach wie vor eine recht beschwerliche Angelegenheit“, meinte der Ältere von beiden gerade. Seine weiße Perücke reichte nach dem Brauch seiner Generation fast bis zu den Schultern. „Schaut Euch nur den jungen Mann hier an“, sagte er. Benedict kniff seine Augen zusammen. „Wir reisen nun schon eine Woche auf derselben Strecke. Kein Tag ist vergangen, dass er nicht unter dieser Reise hat leiden müssen. Zum Glück für uns findet die Messe in Frankfurt kurz nach der Mannheimer statt. So lohnt es sich doch wenigstens, eine solch weite Reise unternommen zu haben.“

Benedict blinzelte unter seinen Augenlidern hervor. Der Schwede nickte dem Turiner Kaufmann verständnisvoll zu. „Sie haben sich also wegen des Maimarktes auf den Weg nach Mannheim gemacht?“

„Ja und nein“, antwortete der ältere Turiner und ließ mit der Erklärung nicht lange auf sich warten. „Da ist natürlich der Maimarkt, dessen Bedeutung wir Händler nicht hoch genug einschätzen können. Tatsache ist aber, dass mein Cousin plötzlich erkrankt ist und seinen Geschäften nicht mehr nachkommen kann. Zu Zeiten wie den jetzigen und dann natürlich während einer so wichtigen Messe trifft einen das besonders hart!“

„Das kann ich sehr gut nachempfinden“, erwiderte der Schwede, was Benedict sofort bezweifelte. Der Schwede sah ihm eher danach aus, dass gerade die harten Zeiten bisher keine allzu große Rolle in seinem Leben gespielt hatten. Doch versuchte der Schwede den Turiner Kaufmann immerhin zu trösten: „Wer weiß, vielleicht geht es Eurem Cousin inzwischen wieder besser.“

Die Stirn des liebenswürdigen Turiners umwölkte sich. „Nun, ich fürchte, dem wird nicht so sein. Die Erkrankung scheint mir doch ernsthafterer Natur zu sein. Aber mein Neffe“, und damit machte er eine ungefähre Handbewegung zu dem jungen Mann neben ihm, „mein Neffe wird während unseres Aufenthaltes und während meiner Weiterreise nach Frankfurt nach dem Nötigsten sehen. Und bis wir wieder zurück nach Italien aufbrechen müssen“, jetzt lächelte er bereits wieder, „werden wir sicherlich einen tüchtigen Nachfolger gefunden haben!“

Für den Schweden war das Thema damit offenbar erschöpft. Er nickte dem Turiner Kaufmann noch einmal freundlich zu, dann wanderte sein Blick weiter und blieb an dem jungen Mann hängen, der Benedict direkt gegenüber saß. Ah, das nächste Gesprächsopfer! Benedict nahm sich vor auf der Hut zu sein, auf keinen Fall würde er sich von dem redseligen Schweden in ein Gespräch verwickeln lassen! Sein Gegenüber war noch jung, er trug eine Brille und hielt ein Buch in der Hand, das er freilich schon seit geraumer Zeit zugeklappt hatte. Ob ihm auch so übel war? Angestrengt sah der andere aus dem Fenster, als müsse er sich auf einen Punkt in der Ferne konzentrieren.

Doch der Schwede kam nicht mehr dazu, den jungen Mann anzusprechen. Laute Stimmen drangen von draußen herein. Abrupt kam die Kutsche zum Stehen. Eine herrische Stimme gab kurze Befehle. Der Schwede lehnte sich vor und presste seine Nase gegen die Türscheibe. „Oh, das sieht gar nicht gut aus!", kommentierte er. Benedict meinte dem Tonfall des Schweden mehr Aufregung denn Bedauern zu entnehmen. „Ein Achsenbruch, wie mir scheint. Damit ist nicht zu spaßen!"

Die Wagentür öffnete sich, der Schwede fuhr zurück. Benedict sah einen mittelgroßen Mann mit prall gefülltem, seidenen Wams und edler Hose, seine Schienbeine steckten in blütenweißen Strümpfen. Seidene Schuhe setzten bereits an, die kleine Stufe ins Wageninnere zu erklimmen. Der wollte doch nicht etwa einsteigen? Benedicts Blick wanderte zwischen der massigen Körperfülle des Neuen und dem einzigen schmalen freien Platz hin und her. Auch der Schwede schaute missbilligend dem dunklen Etwas entgegen, das sich da vor die Türöffnung geschoben hatte. Er schien begriffen zu haben, dass der neue Fahrgast sich nur zwischen ihn und den gelehrten jungen Mann würde setzen können.

Da wurde die andere Tür auf Benedicts Seite aufgerissen, dieses Mal vom Kutscher höchstpersönlich. Der nahm denn auch mit der ganzen Autorität seines Amtes die Organisation der neuen Widrigkeiten in Angriff. „Wonn de Herr Londschreiber gschdadde dääde, wadde Se grad noch ä bissel!"

Es folgte ein allgemeines Aufstehen und Umsetzen. Benedict stand schon bald auf der Straße, der junge Turiner

Kaufmann wurde zwischen den Schweden und den jungen Mann mit der Brille gesetzt, sodass jetzt neben dem älteren Kaufmann aus Turin genügend Platz für die Körpermassen des neuen Mitreisenden zur Verfügung stand.

„Un du do, du kummscht nuff uf moin Kutschbock!"

Benedict schwieg. Er hatte Mühe, dem breiten Dialekt des Kutschers zu folgen. Als er aber sah, dass der Neue bereits Platz genommen hatte und für ihn im Kutscheninneren kein Platz mehr war, schwang er sich zufrieden auf den Kutschbock. Er war sowieso lieber an der frischen Luft als in der stickigen Kutsche.

Der Schwede hatte die allgemeine Umsetzerei zunächst mit Missbilligung, dann aber mit wachsender Neugierde verfolgt. Inzwischen freute er sich über den neuen Fahrgast, bei dem es sich offensichtlich um eine wohlhabende Persönlichkeit handelte. Er ignorierte den geringschätzigen Blick, mit dem der Neue die anderen Fahrgäste beim Einsteigen musterte und begrüßte ihn stattdessen mit einem zuvorkommenden Lächeln. Als der andere endlich saß, wurde dem Schweden schnell deutlich, weshalb der junge Schweizer hatte aussteigen müssen: Das Körpervolumen des Landschreibers sprengte selbst das Fassungsvermögen von zwei Sitzplätzen. Der Turiner Kaufmann musste sich sogar in seine Ecke drücken, als sich der neue Fahrgast ächzend auf den harten Polstern niederließ. Die Zumutung, mit der Postkutsche vorlieb nehmen zu müssen, war ihm dabei nur allzu deutlich ins Gesicht geschrieben.

Der Schwede drückte sein Bedauern über das Missgeschick des Landschreibers aus, erntete von diesem aber nur ein Grunzen. Da hielt er es für klüger, den neuen Fahrgast erst einmal in Ruhe zu lassen und fragte nun doch den fünften Mitreisenden ungeniert nach seinem Reiseziel.

„Casimir Nebulus, wenn Ihr erlaubt", antwortete der junge Mann zur Freude des Schweden auch sofort. „Abkömmling des protestantischen Lehrerseminars in Heidelberg und auf dem Weg zu meiner ersten Stelle in Käfertal."

Des Schweden Entzücken steigerte sich ins Unermessliche, als sich bei diesen Worten wider Erwarten der Landschreiber zu Wort meldete: „So, so nach Käfertal", schnaubte er. „Da geht Ihr also zu Martin Dick!"

„Verzeihung der Herr, aber der protestantische Lehrer ist der Pfarrgemeinde in Feudenheim unterstellt."

„Das weiß ich wohl", knurrte der Landschreiber, „und es ist mir nichts Neues, dass Ihr Lehrer immer alles meint besser zu wissen! An den Gören dort werdet Ihr Euch die Zähne ausbeißen! Genauso wenig wert wie die Alten. Der Apfel fällt nicht weit vom Stamm!"

„Verzeihung, Herr Landschreiber?" Der junge Lehrer blickte irritiert. Schnell schaltete sich der Schwede in das Gespräch ein, froh, einen Anhaltspunkt bekommen zu haben. Geschickt lenkte er das Gespräch auf die berühmte Bibliothek in Heidelberg, von der er schon so viel gehört hatte. Da wusste nun auch der junge Lehrer etwas beizutragen, wenn auch hölzern und sehr theoretisch, wie der Schwede fand, der einem jungen Lehrer, der auf dem Land eingesetzt werden sollte, insgeheim etwas mehr Lebenserfahrung gewünscht hätte. Wobei er selbst darunter mehr die politischen und gesellschaftlichen Phänomene verstand als das, was man in dem kleinen Ort Käfertal, nördlich von Mannheim gelegen, wie der Lehrer eifrig erzählte, vielleicht tatsächlich brauchen würde. Der Schwede beglückwünschte den jungen Lehrer zu seiner Stelle und fragte neugierig, ob es denn schwer gewesen sei, eine solche Stelle zu erhalten. Schließlich sei die kurfürstliche Familie katholischen Glaubens, der junge Kurfürst, so hieß es, sei sogar von Jesuiten erzogen worden.

„Ihr wisst vielleicht nicht", dozierte der junge Lehrer sogleich, „dass die Religionsdeklaration Anfang des Jahrhunderts in der Kurpfalz allen Religionen die gleichen Rechte einräumte und dass den Katholiken nur zwei Fünftel des Kirchenvermögens zufiel, während die protestantischen Gemeinden drei Fünftel ihr Eigen nennen durften."

„Das war der größte Fehler überhaupt", polterte da der Landschreiber los. „Protestanten, Lutheraner, Reformierte, Calvinisten! Das reformierte Pack weiß einfach nicht, was es will. Alles hätte damals den Katholiken zufallen müssen! Alles! Es wurde höchste Zeit, dass die kurfürstliche Familie dem Katholizismus wieder die Bedeutung zukommen ließ, die ihm seit Jahrhunderten zusteht! Religionsdeklaration! Pah!" Der Landschreiber hatte sich regelrecht in Rage geredet, er scherte sich nicht darum, dass vor ihm ein junger Protestant saß. „Ihr werdet es schon noch merken, dass die katholischen Familien die besseren sind! Es gibt in der Kurpfalz nicht eine einzige protestantische Familie von Bedeutung!"

Der junge Lehrer versteifte sich förmlich. „Nun, nun", beeilte sich der Schwede zu sagen. „Es ist doch sehr löblich, dass es junge Menschen gibt, denen die sittliche Entwicklung der Jugend am Herzen liegt. Das scheint mir doch die Hauptsache zu sein!"

Die beiden Turiner Kaufleute hatten zunächst schweigend der Unterhaltung beigewohnt und sich schließlich hie und da kurze Sätze auf Italienisch zugeworfen. Doch in dem nun auftretenden Schweigen verstummten auch sie. Und so kam das Gespräch im Kutscheninneren zum Stillstand, während der Schwede noch dachte, manchmal sei Reisen doch auch etwas anstrengend. Es komme einfach immer auch auf die Menschen an, die man unterwegs treffe. Dann drifteten auch seine Gedanken weg, hin zu der Stadt, in der sie bald ankommen sollten, nach Mannheim, zum Pfälzer Hof, von dem man ihm versichert hatte, es sei die vornehmste Unterkunft der jungen Residenzstadt. Und er sagte sich, während er vorsichtig versuchte, seine Beine zu strecken, dass er in dieser modernen Stadt sicherlich das Glück haben werde, ein Bett zugewiesen zu bekommen, in dem er endlich einmal nicht mehr sitzend würde schlafen müssen.

Die anfängliche Erleichterung, oben neben dem Kutscher an der frischen Luft zu sitzen, wich sehr bald der Erkenntnis, dass auch hier oben die Kutsche das gleiche schwankende Etwas war wie im Wageninneren. Zunächst jedoch genoss Benedict den frischen Fahrtwind. Er gab sich sogar Mühe, den derben Dialekt seines Sitznachbarn zu verstehen.

„Heer, Eisch geht's saumiserabel“, meinte der Kutscher gerade und schwang seine Peitsche.

„Es geht schon viel besser“, widersprach Benedict. Sein Blick schweifte über das Land. Trockenheit allenthalben, dürre Grashalme auf sandigem Boden. Auf einer Wiese in der Ferne sah er eine Herde Schafe. Schon wieder! Er hatte sich schon einmal gewundert, dass er immer wieder auf Schafe stieß. Vielleicht hatte man hier in der Gegend eine Vorliebe für Schafsfleisch? Oder für Schafsmilch? Seltsam auch, dass man hier die Kühe auf den Weiden hielt. Weshalb waren diese nicht im Stall? Naja, er kannte die Böden hier nicht, es würde bestimmt für alles eine Erklärung geben. Er wandte sich an den Kutscher: „Eure Böden sind wohl nicht sehr fruchtbar?“

„Heer, wieso?“ Der Kutscher wusste offensichtlich mit seiner Frage nicht viel anzufangen. „In Monnem isses net so, die hawwe kä Felder. Awwer Häiser un sogar e rischdisches Schloss!“

„Gibt es in dieser Gegend keine Weizen- und Roggenfelder?“, versuchte es Benedict noch einmal.

„Awwer do hott's doch iwwerisch!" Jetzt wunderte sich der Kutscher doch etwas über seinen Reisegenossen. „Siesch des net, heer, do driwwe?" und er deutete mit der Peitsche nach rechts vorne, wo Benedict dürre Hälmchen sah, aber nichts, was es wert war, ein Kornfeld genannt zu werden.

„Und das daneben. Was ist das?"

„Awwer des liegt braach, do werd grad nix ogebaut!" Der Kutscher warf ihm einen Blick zu. „Ihr verschdehd wohl net viel vum Aggerbau, rischdisch?"

Benedict hatte vor allem Mühe, die Sprache des Kutschers zu verstehen. Auch merkte er, wie die Schwere langsam in seine Glieder zurückkehrte. Er schwieg. So vieles war hier anders als er es aus der Schweiz kannte. Immer wieder sah man Schafe weiden, die wenigen Felder waren karg, das wenige Hornvieh spindeldürr. Er konnte sich nicht entsinnen, jemals so abgemagerte Rinder gesehen zu haben. Aber sagte Klyogg nicht, der Boden in Flussniederungen sei stets besonders nahrhaft? Sie waren hier doch schon in der Rheinebene, oder etwa nicht? Benedicts Gedanken wurden träge und schwer. Plötzlich fiel es ihm schwer, sich auf dem Kutschbock festzuhalten. Schafe, so hatte Klyogg ihn gelehrt, Schafe machen den Boden kaputt. Man muss sie gezielt züchten und nur so viele halten, wie für die Wollverarbeitung unbedingt erforderlich sind. Vorrang vor allem hat die Qualität des Bodens. Vorrang haben die Rinderzucht und der Dung. Vorrang hat – Benedict ließ sich von seinen Gedanken zurücktreiben in die Schweiz, zu Klyogg, dem klügsten und gütigsten Menschen, dem er je begegnet war.

Da schwang der Kutscher neben ihm die Peitsche und Benedicts träger Gedankenfluss wurde unterbrochen. Der Straßenbelag war nun fester als zuvor, der Verlauf der Straße kerzengerade. Der Kutscher lachte. „Alla, donnemol los! Des is nämlisch unser naii Schossee vun unserm Kurferscht!"

Benedict lugte unter seiner Kappe hervor, war aber nicht wirklich in der Lage, die Begeisterung des Kutschers zu teilen. Immerhin, so stellte er fest, hatte wenigstens das Geschaukel und Gerüttel der Kutsche etwas nachgelassen. Offensichtlich war es nicht mehr weit bis nach Mannheim. So modern aber die Straße auch war, das Land drumherum blieb karg und dürr. Benedict blinzelte, die späte Nachmittagssonne schien ihm ins Gesicht und trieb ihr Spiel mit den hohen Bäumen, die den Wegesrand säumten. Sonne, Schatten, Sonne, Schatten – Benedict zog sich die flache Kappe tiefer ins Gesicht und schloss die Augen. Die Schwere erreichte seine Kniekehlen, der Schweiß brach ihm aus. Was hatte es mit dieser Kutschenfahrerei nur auf sich? Niemals, auch nicht nach einem langen Tag des Pflügens, waren seine Arme so schwer und müde wie nach wenigen Stunden Fahrt in der Postkutsche. Und er war immer noch erst in Süddeutschland! Noch nicht einmal die Hälfte des Weges bis Brandenburg war geschafft.

Da stieß der Kutscher plötzlich einen lauten Schrei aus, gefolgt von lautmalerischen Begriffen, deren Bedeutung Benedict nur erahnen konnte. Mit aller Kraft riss der Kutscher an den Zügeln, die Pferde bäumten sich auf, dann stoben sie davon. Der Kutscher warf seine Peitsche weg, er zog und zerrte am Geschirr der Pferde. Benedict nahm dies alles wie durch einen Nebel wahr. Krampfhaft versuchte er sich festzuhalten. Er spürte, wie sein Magen kurz vor dem Stadium war, in dem es kein Zurück mehr gab.

Schweißgebadet brachte der Kutscher schließlich die vier Pferde zum Stehen. „So än gscherde Hammelbock", schimpfte er, „schbringt do äfach iwwer de Weg un macht mer die Pferd wild!"

Ein Schaf, natürlich. Magere Kühe, karge Felder und viel zu viele Schafe. Was für ein Land! Mit letzter Kraft löste sich Benedict von seiner Bank und übergab sich in den Straßengraben.

2. Kapitel

Susanna schleppte bereits den zehnten Eimer Wasser zum Gemüsebeet hinter den Stallungen, jedoch ohne sichtbares Ergebnis. Der sandige Boden sog das Wasser auf wie ein trockener Schwamm. Sie seufzte. Wie sollte es da erst im Sommer werden, wenn die sengende Hitze in den Quadraten hing und kein Lüftchen sich regte. Wenigstens hatte sie als Tochter des Gastwirtes *Zum Goldenen Pflug* einen privaten Brunnen zur Verfügung und musste nicht einen der öffentlichen Brunnen aufsuchen. Dennoch würde sie noch mehrmals laufen müssen, bis die jungen Pflänzchen ihren Durst gestillt hatten. Sie wandte sich ihren Kräutern zu, die zwischen Stallungen und Haus in einem schattigen Eckchen gediehen und jetzt schon prächtig ausschauten, obwohl Anfang Mai das Wachstum der Pflanzen in der Regel noch gar nicht richtig eingesetzt hatte. Die Kräuter waren ihr ganzer Stolz und obendrein der Grund, weshalb der Gemüseeintopf des Kaiserlichen Postmeisters in der ganzen Stadt berühmt war.

Das Posthorn riss Susanna aus ihren Gedanken. Sie stellte den Eimer ab und machte sich auf den Weg in die Küche. Sie wusste, ihr Vater wartete bereits, die Kutschgäste in Empfang zu nehmen. Ein Schwätzchen ließ sich Philipp Frölich niemals entgehen!

Gerade wollte sie ins Haus gehen, da siegte ihre eigene Neugier und sie trat unter dem Torbogen ins Freie. Neben ihrem Vater stand ein eher kleiner Mann in mittleren Jahren, dessen spitzes Gesicht, selbst wenn er lachte, einen verschlagenen Eindruck hinterließ. Susanna runzelte die Stirn. Was wollte denn der Viertelmeister schon wieder? Auch wenn er der offizielle Vertreter der Stadt für die Belange in diesem Teil der Innenstadt war – Susanna mochte ihn nicht und es erfüllte sie mit abgrundtiefem Misstrauen, dass er so oft im *Goldenen Pflug* war. Aber, wer weiß, vielleicht wollte er ebenfalls nur wissen, wer da alles mit der Kutsche ankommen würde.

Die Postkutsche bog gerade um die Ecke. Vorne beim Kutscher saß ein südländisch wirkender junger Mann, seine dunklen, schulterlangen Haare fielen ihm ins Gesicht. Trotz seiner braunen Hautfarbe wirkte er sehr blass. Die Postkutsche musste sehr voll sein, es kam nicht oft vor, dass der Kutscher jemanden zu sich auf den Kutschbock einlud.

Mit einem lauten „Brrrrr!" des Kutschers kam die Kutsche zum Stehen. Es wurde wirklich langsam Zeit, in die Küche zu gehen. Aber Susanna zögerte noch, sie wollte gerne sehen, wer da alles aus der Kutsche ausstieg und ob der Fremde ebenfalls bei ihnen absteigen würde. Da sah sie, dass der Viertelmeister sie entdeckt hatte. Das gab den Ausschlag. Sie war schon am Gehen, da hörte sie die Stimme ihres Vaters: „Der Herr Landschreiber! Welch eine Ehre, Euch in meiner bescheidenen Bleibe willkommen zu heißen!"

Überrascht drehte Susanna sich um. Auch der Viertelmeister hatte seine ursprüngliche Absicht aufgegeben und sich wieder der Kutsche zugewandt. Der Landschreiber war der Cousin des Viertelmeisters, das war Susanna bekannt. Und tatsächlich ging der Viertelmeister jetzt auf seinen Cousin zu.

„Darf ich den Herrn Landschreiber und den werten Viertelmeister auf ein helles Bier einladen? Es wäre mir eine besondere Ehre!", fuhr der alte Frölich fort und winkte einen seiner Knechte herbei, beim Ausladen des Gepäcks zu helfen.

Susanna grinste. So war ihr Vater! Er wusste, dass der Landschreiber so selten Bier trank, wie er, der alte Frölich, bereit war, Wein aus dem Keller zu holen: Im *Goldenen Pflug* wurde an alkoholischen Getränken ausschließlich Bier ausgeschenkt. Ein Herr Landschreiber oder Herr Viertelmeister waren es dem alten Frölich jedenfalls nicht wert, den guten Wein zu holen, das wusste Susanna und sie war sogar ein bisschen stolz auf ihren Vater, dass er vor diesen Herren nicht zu Kreuze kroch. Umso verwunderlicher war es, dass der Vater den Viertelmeister fast täglich aushielt, ihm oft genug Bier oder Kaffee auf Kosten des Hauses kredenzte. Doch jetzt war keine Zeit, sich darüber Gedanken zu machen. Fünf Reisende waren der Postkutsche entstiegen und im *Goldenen Pflug* eingekehrt. Flink huschte sie in die Küche. Gottlob, die treue Anna hatte die grünen Blätter bereits gehackt. Susanna schob den schweren Topf über die Feuerstelle und nahm den hölzernen Rührlöffel in die Hand. Dass auch der Fremde vom Kutschbock in die Gaststube getreten war, war ihr trotz ihrer Eile dennoch nicht entgangen.

Als Susanna wenig später mit dem Eintopf in den Gastraum trat, waren der Landschreiber und der Viertelmeister tatsächlich verschwunden. Die restlichen Reisenden hatten sich um den Tisch geschart, den sie für die Postgäste üblicherweise reserviert hielten. Susanna sah, dass ihnen das Bier schmeckte. Die tönernen Krüge waren fast alle schon leer, einzig der Fremde saß zusammengesunken auf seinem Platz und hatte sein Bier noch nicht angerührt. Ein Herr mit kurzer Perücke erzählte dem alten Frölich gerade etwas von einem Zwischenfall mit einem Schaf. Die anderen saßen schweigend daneben und machten auf Susanna einen eher erschöpften Eindruck.

Mit Schwung stellte sie den Eintopf auf den Tisch und schöpfte jedem ein Schälchen voll. „Willkommen in Mannheim", sagte sie. „Lasst es Euch schmecken!"

Der Fremde schaute überrascht auf. Er hatte nichts bestellt und konnte nicht wissen, dass das erste Schälchen Eintopf im *Goldenen Pflug* nach vielen guten Erfahrungen zur Tradition geworden war. Susanna nickte ihm aufmunternd zu: „Lasst es Euch schmecken! Das erste Schälchen geht auf Kosten des Hauses!" Dann wandte sie sich ab und ging zur Tür. Dort musste sie sich dann aber doch noch einmal umdrehen. Der Fremde saß noch immer unschlüssig vor seinem Essen. Jetzt tauchte er den Holzlöffel ein und führte ihn zum Mund. Susanna gönnte sich auch diesen Moment noch. Erst als sie sah, dass der Fremde voller Genuss und Appetit damit begann, seine Suppe auszulöffeln, verließ sie den Raum und zog zufrieden die Tür hinter sich zu.

Nach dem Vorfall mit dem Schaf hatte sich Benedict erheblich besser gefühlt. Seine Laune hatte sich weiter verbessert, als er erkannte, dass die Stadt direkt vor ihnen lag. So hatte er den Rest der Fahrt sogar genießen können. Gleichwohl fühlte er sich erschöpft, als er in Mannheim vom Kutschbock stieg. Auf seine Frage, die er sogleich an einen der Knechte richtete, bekam er zur Antwort, dass er hier kein Bett finden würde „und in der restlichen Stadt ebenfalls nicht, wisst Ihr denn nicht, was hier los ist!" Also war er zusammen mit den anderen ins Innere der Gaststube gegangen, unschlüssig, was er als nächstes tun sollte.

Benedicts Befinden verbesserte sich schlagartig, als die Wirtstochter ein Schälchen Eintopf vor ihn stellte. Voller Verlangen sog Benedict den Duft ein, der ihm aus dem Schälchen entgegenschlug. Gleichwohl traute er sich nicht, davon zu nehmen. Erst als sie ihn dazu aufforderte und die anderen ungeniert ihre Suppe löffelten, tat er es ihnen gleich. Genussvoll schloss er die Augen. Kartoffeln und Möhren, Lauch und Sellerie, Zwiebeln und sogar etwas Rosenkohl, Benedict, der seit Baden-Baden nur Brotsuppe bekommen hatte, meinte, er habe noch nie etwas so Leckeres gegessen. Er aß sein Schälchen bis auf den letzten Tropfen leer, dann wandte er sich um. Er konnte die Wirtstochter aber nicht mehr sehen. Aber an ihren Namen konnte er sich erinnern: „Susanna" hatte der Pflugwirt sie vorhin gerufen.

Benedict stand auf und begab sich auf die Suche nach der Fallgrube in den Hinterhof. Seinem geschulten Blick entgingen dabei weder die Stallungen noch der bepflanzte Garten, vor dem er einen Moment lang Halt machte. Dann fand er die Fallgrube und nachdem er sich darin erleichtert hatte, ging er direkt auf die Pferdeställe zu, wo er sich in einer Ecke mit Stroh niederließ. Trotz der frühen Nachmittagsstunde schlief er sofort ein und sollte auch am Abend nicht aufwachen. Da sich auch die Pferdeknechte das Spektakel in Mannheims Gassen nicht entgehen lassen mochten, war er in dieser Nacht alleine mit den Pferden. Dass jemand einen Maimarkt-Abend schlafend im Stall verbrachte, hatten diese noch nie erlebt.

Als Susanna am nächsten Morgen nach ihren Pflanzen sehen wollte, kniete der Fremde an ihren Beeten. Alles, was Recht ist, aber das ging zu weit!

„Was tut Ihr da?", fuhr sie ihn an. Niemand, auch ihr Vater nicht, wagte es, ihre Beete zu betreten.

Benedict erhob sich. „Ils ont besoin de l'eau – die Pflanzen brauchen Wasser!"

Wie alle Mannheimer war auch Susanna der französischen Sprache halbwegs mächtig. Viele Jahre lang hatten im ausgehenden Jahrhundert mehr französische Hugenotten in der Stadt gelebt als deutschsprachige Kurpfälzer. Noch immer war es die Sprache des Hofes – wer ein paar Brocken Französisch konnte, achtete darauf, diese nicht zu verlieren und nutzte jede Gelegenheit, seinen Wortschatz zu erweitern.

„Es ist ja wohl auch noch früh am Morgen", verteidigte sie sich jetzt. Gleichzeitig erinnerte sie sich voller Schrecken daran, dass sie am Abend vorher durch die Ankunft der Postkutsche beim Gießen der Pflanzen unterbrochen worden war. Das war schon oft passiert. Dass sie dann aber vergaß, das Wässern nachzuholen, das kam so gut wie nie vor. Aber das konnte der andere ja nicht wissen. Herausfordernd sah sie ihn an.

Susanna hatte ihre Locken noch nicht zurückgebunden, sie ringelten sich um ihre Schultern und erinnerten Benedict an reife Weizenfelder, in denen der Sturm gehaust hatte. Gerade noch hatte die junge Frau die Arme in die Hüften gestemmt, doch nun stand sie einfach nur vor ihm, die geballte Kraft. Benedict verspürte plötzlich den Wunsch, sie in die Arme zu nehmen. Stattdessen meinte er nur: „Verzeiht, ich wollte Euch nicht verärgern!"

Irgendetwas an der Art wie er dies sagte ließ Susannas Zorn verfliegen. Etwas versöhnlicher bot sie an: „Wenn Ihr wollt, könnt Ihr mir helfen Wasser zu holen!"

Benedict nickte und begleitete sie zum Brunnen. Susanna betrachtete ihn verstohlen. Er mochte knapp 30 Jahre alt sein, sein helles Leinenhemd war weit geschnitten und hatte nach Art der Zimmermannsleute einen kleinen Stehkragen. Das Hemd hatte er sich lässig in die Hose gesteckt. Hatte er hier übernachtet? Sie hatte ihn am Vorabend nicht mehr gesehen.

„Ihr habt das Gemüse selbst angepflanzt, das gestern in der Suppe war, nicht wahr?", wurden Susannas Überlegungen unterbrochen.

Susanna hängte den Eimer ans Brunnenjoch und drückte Benedict den Holzstängel in die Hand. „Gepflanzt, geerntet, über den Winter gebracht, gekocht und gewürzt." Herausfordernd sah sie ihm in die Augen.

Das war Benedict nun doch zu viel. „Eure Kräuter mögen ja schon gut dastehen für diese Jahreszeit", nun lächelte sie, er hatte also auch das bemerkt, „aber so wie Ihr den Boden versorgt, wundert es mich, dass hier überhaupt etwas wächst."

„Susanna, wo bleibst du denn?" Die schnippische Antwort, die ihr schon auf der Zunge lag, durfte nun doch nicht heraus, statt dessen fauchte sie ihn an: „Von mir aus dürft Ihr die Pflanzen gießen, aber wehe Euch, es kommt auch nur ein Blättchen zu Schaden!"

Damit eilte sie in die Küche, sie hatte wahrhaftig keine Zeit mit so einem aufgeblasenen Kerl zu plaudern.

Als Susanna am späten Vormittag endlich einige Minuten Zeit für ihre Kräuter fand, war von dem Fremden weit und breit nichts zu sehen. Ihr tat es inzwischen leid, dass sie so barsch gewesen war. Und sie hatte ihn noch nicht einmal nach seinem Namen gefragt!

Susanna bog um die Ecke, sah ihr Gemüsebeet und stockte. Was war nur mit den Beeten passiert? Nicht, dass die jungen Salatpflanzen, Karotten- und Kartoffelkeimlinge nicht genügend Wasser bekommen hätten. Ganz anmutig standen sie da und reckten ihre zarten Blätter der Sonne entgegen. Was war das nur, was da aus der Erde stach? Vorsichtig kam sie näher und berührte die frisch geharkte Erde mit den Händen. Keine Frage, ihre Nase trog sie nicht. Das war eindeutig Pferdemist.

* * *

Benedict knöpfte sich im Hinausgehen die Hemdsärmel zu. Er fühlte sich wohl wie lange nicht mehr. Sein Körper hatte sich von den Strapazen der letzten Tage erholt und seine Hände hatten an diesem Morgen mit Erde gearbeitet. Was war dies doch für eine schöne Stadt! Er musterte das Gewimmel auf den schnurgeraden Straßen und wich erschrocken einer Horde lärmender Kinder aus. Um ein Haar wäre er gegen den hölzernen Pfahl getreten, der neben dem Eingang des *Goldenen Pfluges* fest im Pflaster verankert war. Benedicts Augen folgten dem Pfahl nach oben, er endete in einer gläsernen Haube. Dies musste eine der Straßenlaternen sein, von denen er schon in Karlsruhe gehört hatte und die man nicht mit Wachs, sondern mit Rapsöl unterhielt. Wie das funktionieren sollte, war ihm ein Rätsel. Ob sie des Nachts Leitern an die Pfähle lehnten, um zu den Dochten zu gelangen?

Noch war er unschlüssig, wohin er sich wenden sollte. Der Trubel auf den Straßen schien keine erkennbare Ursache zu haben. Die Kinder von eben waren barfuß durch die Gassen gerannt, dort drüben auf der anderen Straßenseite entdeckte er zwei Jungen in bürgerlicher Kleidung und festen Schuhen. Jetzt wurden sie von einem Herrn und einer Dame verdeckt, der Herr hatte die Dame höflich untergehakt und führte sie vorsichtig durch die Menge. Die Dame selbst war guter Dinge und plauderte mit ihrem Begleiter, fröhlich lächelnd, gefolgt von einer einfach gekleideten jungen Frau, die einen mit einem Tuch bedeckten Henkelkorb trug. Ein Musikant kam ihnen mit seiner Geige entgegen und blieb vor ihnen stehen, das Instrument am Kinn haltend und mit der rechten Hand mehr schwungvoll als schön die Saiten bearbeitend. Von rechts zog ein junges Mädchen eine Ziege hinter sich her, daneben sah er drei bärtige Männer mit schwarzen langen Roben und flachen Kappen. Schließlich blieb Benedicts Blick an einem kleinen Bäckerjungen hängen, der einen langen Stecken in den Händen hielt. Daran hing etwas Essbares, ein Gebäck, das Benedict nicht kannte. Es war von brauner Farbe und bestand aus drei Schleifen, die gleichmäßig ineinander verschlungen waren. Gerade nahm der Junge eine Münze entgegen und stellte den Stecken auf die Erde, damit er das oberste Gebäck wegnehmen konnte. Benedict bemerkte, wie sein Magen knurrte. Seit der Gemüsesuppe vom Vortag hatte er nichts mehr gegessen. Er überquerte die Straße und kaufte dem Jungen eine Brezel ab, wie dieser das Backwerk nannte. Benedict biss hinein und stellte fest, dass es eine Art Brot sein musste, denn es schmeckte eher salzig. Guter Dinge ließ er sich nun von dem Strom mitreißen, der sich unmittelbar vor dem *Goldenen Pflug* nach rechts bewegte. Sie überquerten eine Straße, die ihm viel breiter erschien als die Straßen anderer Städte. Irgendetwas war hier anders. Und dann dämmerte es ihm: die Straßen waren nicht nur breiter, sie waren auch kerzengerade und standen in einem exakten Winkel zueinander. Zumindest in diesem Teil der Stadt gab es keine engen Gässchen, keine verschlungenen Pfade zwischen den Häusern, kein Fachwerk, das in den oberen Stockwerken zur Straße hinauswachsen wollte, um mit den Häusern auf der anderen Straßenseite Kontakt aufzunehmen. In dieser Stadt waren selbst die Häuser gerade gebaut!

Benedict lief weiter und gelangte zu einer neuerlichen Querstraße, die noch breiter war als die anderen. Eine doppelte Reihe Lindenbäume zog sich hier entlang und nun verstand Benedict, weshalb in der Stadt so viel los sein mochte. Auf dem freien Raum zwischen den Lindenbäumen wimmelte es nur so von Kühen und Kälbern, Rindern und Ochsen, dazwischen lachende, schimpfende und feilschende Menschen. Ein Trubel ohne Ende. Das musste der Maimarkt sein, von dem die Turiner Kaufleute gesprochen hatten. Die Häuserfront neben Benedict war beherrscht von Wirtshäusern, nicht nur einfache Straußenwirtschaften, sondern richtige Wirtshäuser mit Schildgerechtigkeit, wie er unschwer feststellen konnte. Gleich an der nächsten Ecke prangte das Schild *Gasthaus zum Riesen*, seine Front erstreckte sich fast über die ganze Länge des Quadrates. Dann war die Baumreihe linker Hand zu Ende und Benedict fand sich auf einem großen Platz wieder, auf dem er das eigentliche Zentrum des Viehmarktes vermutete. Hier war das Gedränge am größten, auf der anderen Straßenseite sah er ein weiteres Gasthaus, *Zum Viehhof* stand deutlich sichtbar auf dem Schild über der Tür.

Schon bald hatte Benedict nur noch Augen für die Rinder, offensichtlich Schlachtvieh, das hier an Metzger verkauft wurde, um die Fleischversorgung der Stadt sicherzustellen. In der Tat war dies ein sehr großer Viehmarkt, Benedict war sich nicht sicher, ob er jemals einen größeren gesehen hatte. Über etwas anderes war er sich indessen ganz sicher: Noch nie, auch nicht in der ärmsten Gegend der Schweiz, hatte er Vieh gesehen, das in einem so erbärmlichen Zustand war. Einzig die wenigen Pferde schienen ihm kräftig und für den Ackerbau geeignet, obwohl er persönlich das Ochsengespann bevorzugte. Auch die Schweine und die Hühner, die am Rande des Platzes verkauft wurden, konnten sich sehen lassen. Was aber war nur mit dem Hornvieh los? Waren die Rassen im Norden einfach dürrer als in der Schweiz? Auch die Schafe sahen nicht viel besser aus, und das, hier wiederum war sich Benedict ganz sicher, konnte nur an einem liegen: am Futter.

Suchend schaute sich Benedict nach einem ruhigen Plätzchen um und bemerkte am Rande der Baumallee unter einer der Linden einen Viehverkäufer, der Kälber feilbot. Vor ihm stand ein junger Mann, der unsicher von einem Bein aufs andere trat. „20 Gulden sind viel zu viel!", sagte der junge Käufer gerade in forschem Ton.

Benedict schätzte den jungen Mann auf Anfang zwanzig, gekleidet in der einfachen Leinenkleidung der Bauern. Seine Daumen steckten lässig in seinen vorderen Hosentaschen, wie es Menschen manchmal tun, die sich ihrer selbst sehr sicher sind. Doch etwas an der Haltung des jungen Bauern widersprach diesem Eindruck. Er wirkte auf Benedict eher unsicher, wie er da vor dem feisten Händler stand, der ein mageres Kalb an der Leine hielt. Benedict musterte das zarte Kälblein. Für zwanzig Gulden hätte er in der Schweiz eine voll ausgewachsene Kuh erstanden, es war nicht zu fassen.

„20 Gulden und keinen Kreuzer weniger!" Der Händler taxierte den jungen Käufer, der unschlüssig vor ihm stand.

„Das Kalb ist keine zehn Kreuzer wert." Benedict trat näher: „Schaut Euch sein glanzloses Fell an, ich wette, Ihr habt es zu früh von der Mutter getrennt."

„Was mischt Ihr Euch ein! Was versteht Ihr davon!" Der Händler musterte den Eindringling finster. „Macht, dass Ihr fortkommt!"

„Viel zu früh!", pflichtete der junge Käufer erleichtert bei und vergrub seine Hände nun vollends in seinen Hosentaschen. Er grinste Benedict an. Mit jemandem im Rücken, der dem Händler die Stirn bieten konnte, fühlte er sich offensichtlich gleich wohler.

„15 Gulden!" Der Händler passte sich schnell der neuen Situation an. „Die Kälber sind nicht dürr, sie sind besonders widerstandsfähig! Ich habe noch nie gehört, dass eines krank geworden sei!"

Der junge Käufer schaute den Händler nachdenklich an und Benedict ahnte, dass er jetzt kurz davor war, sich auf den Handel einzulassen. Er konnte ihn sogar verstehen. Brachen unter den Rindern erst einmal Krankheiten aus, war es oft zu spät. Er selbst hatte in der Schweiz einmal die Maul- und Klauenseuche miterlebt, vor einigen Jahren hatte sie fast den gesamten Viehbestand dahingerafft. Für die Bauern kam dies einer Katastrophe gleich, wurde ihnen doch ihre Lebensgrundlage entzogen. Die Aussicht auf ein widerstandsfähiges Kalb musste für den jungen Mann etwas sehr Verlockendes haben. Aber auch 15 Gulden waren noch viel zu viel.

Benedict legte dem jungen Käufer wie zur Unterstützung die Hand auf die Schulter und entgegnete dem Händler mit ruhiger Stimme: „Und wenn Ihr nur zwei Gulden erhieltet, wäre es für Euch ein gutes Geschäft!" Sein Blick hielt dem des Händlers stand.

„Dann geht und seht, ob Ihr auf dem Markt jemanden findet, der Euch ein so kräftiges Kalb für zwei Gulden verkauft!" Der Händler hob seine Arme und zuckte mit den Schultern. Seine Miene blieb ausdruckslos, er hatte sehr wohl bemerkt, dass der junge Einkäufer bei diesen letzten Worten ziemlich unglücklich dreinschaute.

Dieser setzte denn auch schon zum Sprechen an, aber Benedict meinte nur: „Gerne. Gehabt Euch wohl!", und wollte den anderen mit sich fortführen.

„So wartet doch!", rief da der Händler. Der junge Käufer zog erstaunt die Augenbrauen hoch, dann folgte er sprachlos dem Wortspiel der beiden anderen.

„Zehn!"

„Fünf!"

Der Händler rang mit sich. „Sieben, das ist mein letztes Wort! So preiswert bekomme ich es selbst nicht wieder!"

Benedict lächelte und schaute den jungen Einkäufer an. „Wäre sieben Gulden ein Preis, mit dem Ihr leben könntet?"

Wenig später standen die beiden am Rande des Viehmarktes. „Ich bin der Johann", stellte sich der Einkäufer mit einem strahlenden Lächeln vor. „Habt vielen Dank! Das hätte ich nie gekonnt! Woher wusstet Ihr, dass er darauf eingehen würde?“

Nun musste Benedict lachen. „Ihr habt wohl noch nicht sehr häufig Vieh eingekauft?“

„Nein“, gab Johann zu. „Es ist das erste Mal.“

Benedict wechselte zum vertrauteren Du. „Sag mal, was ist eigentlich los hier in der Gegend? Warum ist das Vieh so dürr?“

„Ich verstehe nicht, was Ihr meint. So sehen die Rinder nun einmal aus!“

„Wie füttert man denn hier?“

„Füttern?“ Johann zuckte die Schulter. „Die Rinder stehen auf der Weide! Was soll das Vieh denn sonst fressen?“

Benedict schaute Johann aufmerksam an. „Und im Winter? Was frisst das Vieh im Winter?“

„Das ist ein Problem“, gab Johann zu. „Im Winter gibt es so gut wie nichts. Das ist auch der Grund für das Kalb.“ Er deutete auf das dürre Kälblein, das er jetzt an der Leine führte. „Unser Ochse hat den Winter nicht überlebt.“

* * *

Susanna hatte einen schlimmen Tag hinter sich. Sie war angesichts des Pferdemistes in ihren Beeten mehr als bestürzt gewesen und – was so gut wie nie passierte – in Tränen ausgebrochen. Sie hatte den Samen für ihre Pflanzen selbst gewonnen und den Rest mit viel Überredungskunst ihrem Vater abgeschwatzt. Ihre Beete waren ihr kostbarstes Gut. Im ausgehenden Winter hatte sie die Fenster ihrer Kammer mit Leinen- und Wolltüchern abgedichtet und auf einem Tisch die erste Aussaat in kleinen Tonscherben gezogen, die sie sich bei einem der vielen Neu- und Umbauten der jungen Stadt eines frühen Morgens stibitzt hatte. Und nun kam ein hergelaufener Fremder und mischte Mist unter ihren Boden. Mist! Der Kloß im Hals wollte wieder dicker werden, aber ihr Zorn gewann die Oberhand. Der sollte ihr nur unter die Finger kommen!

Benedict war lange weggeblieben. Johann hatte darauf bestanden, ihm wenigstens noch den Paradeplatz zu zeigen, bevor er selbst wieder den Heimweg antrat. Also quetschten sie sich mit Johanns neuem Kalb durch die Menge in Richtung Heidelberger Tor. Sie kamen nur langsam voran und Benedict fing schon an zu bereuen, sich bei diesem dichten Gedränge auf eine Stadtführung eingelassen zu haben. Aber Johann lachte nur. „Es lohnt sich, Ihr werdet schon sehen!"

Nach drei Querstraßen standen sie inmitten einer großen Kreuzung. Benedict schaute nach rechts und sah in weiter Ferne einen prächtigen Bau. Johann war seinem Blick gefolgt und sagte: „Das dahinten ist das kurfürstliche Schloss, dort wohnt Kurfürst Carl Theodor."

„Und du, wo wohnst du?" fragte Benedict.

Johann drehte sich um, er hatte das Schloss jetzt im Rücken und deutete geradeaus in Richtung Norden. „Durch das Neckartor durch und dann eine Stunde zu Fuß. Der Ort heißt Käfertal." Käfertal. In Benedict tauchte eine blasse Erinnerung an den Namen auf. Irgendjemand hatte diesen Ort in den letzten Tagen erwähnt. Aber Johann fuhr bereits mit seinen Erklärungen fort: „Wir stehen hier im absoluten Zentrum der Stadt. Vor uns in Richtung Osten, das ist das Heidelberger Tor."

Benedict reckte sich. Durch das Heidelberger Tor war er gestern in die Stadt gekommen.

„Man kann es von hier aus nicht sehen", fügte Johann entschuldigend hinzu. „Es liegt etwas nach rechts versetzt." Dann drehte sich Johann um. „Dort hinten am Ende der Planken liegt dann das Rheintor."

„Am Ende der Planken?!"

„So heißt die Straße in dem Teil zwischen Heidelberger Tor und Rheintor, wo die zweireihigen Lindenbäume stehen", erklärte Johann geduldig.

„Ein reichlich merkwürdiger Name für eine Straße, meinst du nicht auch?"

Johann zuckte mit den Schultern. „Ja, wahrscheinlich schon. Vielleicht kommt der Name ja von den Holzumzäunungen." Dabei zeigte er auf die niedrigen Holzzäune, mit denen die Lindenbäume zu kleinen Flanier-Arealen zusammengefasst waren. „Aber in Mannheim spricht man sowieso eher von Quadraten als von Straßennamen."

„Wie meinst du das?"

„Ihr sagt, Ihr seid mit der Postkutsche angekommen?"

Benedict nickte.

„Nun, die Poststation des alten Frölich liegt, glaube ich, in der Speyergasse. Aber niemand käme auf die Idee, nach der Speyergasse zu fragen."

„Sondern?", fragte Benedict erstaunt.

„F 2", antwortete Johann. „Die Poststation liegt im Quadrat F 2."

Dann hatte ihm Johann den Paradeplatz gezeigt, der unmittelbar an der großen Kreuzung lag und ein ganzes Quadrat einnahm. Jetzt, zum Maimarkt, wimmelte es hier nur so von Händlern. Unzählige Buden waren hier aufgestellt und es gab alles an Krämereien zu kaufen, was man sich für einen gut geführten Haushalt nur vorstellen konnte: Seife aus Frankreich, Spitzen aus Brüssel, Tuchballen aus Holland, aber auch Porzellan aus dem nahen Frankenthal oder Seidenstrümpfe aus der Manufaktur in Heidelberg.

Johann war mit ihm sogar noch zum großen Kaufhaus gegangen. Das Gebäude lag unmittelbar neben dem Paradeplatz in Richtung Schloss und war riesig. Es umfasste ein komplettes Quadrat. Die Kaufläden befanden sich allesamt im Erdgeschoss, das von Arkaden umsäumt war. In den anderen Stockwerken, so hatte Johann erklärt, seien auch Teile der kurfürstlichen Verwaltung untergebracht, wobei er nicht genau zu sagen wusste, welche.

Benedict war beeindruckt. Und als Johann sich schließlich von ihm verabschiedete, verspürte er noch keine Lust, wieder zur Poststation zurückzugehen. Er bummelte zu den Arkaden des Kaufhauses und wollte sich gerade auf den Weg in Richtung Schloss machen, als er in einem der kleineren Geschäfte den jungen Turiner Kaufmann aus der Postkutsche sah. Neugierig blickte er in den Laden und bemerkte zunächst eine bunte Mischung aus Weinen und Zitrusfrüchten sowie Käse. Weiter hinten machte er Stoffballen aus, die in schmalen Regalen lagerten. Der Turiner Kaufmann erkannte ihn und grüßte nickend in seine Richtung, bevor er sich wieder einer vornehm gekleideten Dame zuwandte, die sich für einen der Stoffballen interessierte.

Dann machte sich Benedict auf in Richtung Schloss. Prächtige Häuser gab es hier, manche sogar dreistöckig plus Mansarde, manche nahmen fast die Hälfte eines Quadrates ein. Am Schloss selbst wurde noch emsig gebaut. Der rechte Flügel schien fertiggestellt zu sein, aber der linke Flügel war erst begonnen. Da die ganze Stadt symmetrisch aufgebaut war, stach Benedict die Asymmetrie, die dadurch hervorgerufen wurde, ganz besonders ins Auge. Man konnte schon jetzt erkennen, dass der fehlende linke Seitenflügel für das Gebäude einmal eine Art Balance herstellen würde. Benedict wandte sich nach rechts und kam zu dem mächtigen Bau der Jesuitenkirche. Er erinnerte sich dunkel, dass in der Postkutsche davon die Rede gewesen war, dass der junge Kurfürst von Jesuiten erzogen worden war. Am Rheintor angekommen, ging schon fast die Sonne unter und Benedict machte sich auf den Weg zur Poststation. Nach F 2, sagte er sich und lächelte bei dem Gedanken an Johann.

Müde und voller Eindrücke kehrte Benedict in den *Goldenen Pflug* zurück, und nun stand Susanna vor ihm und er sah das Entsetzen hinter ihrem Zorn und alles wurde ihm schlagartig klar. „Verzeiht mir“, sagte er und ergriff ihre Hände. „Es tut mir so leid, ich hätte …“

„Ihr hättet, ihr hättet“, Susanna konnte ihre Tränen nun doch nicht zurückhalten, sie platzten aus ihr heraus wie Rinnsale nach einem heftigen Sommerregen. „Hättet Ihr nur mal früher nachgedacht, jetzt ist es zu spät! Zu spät für den kostbaren Samen, zu spät für neue Pflanzen, zu spät für alles!“

Benedict griff mit beiden Armen Susannas Schultern und beugte sich zu ihr vor. Mit eindringlicher Stimme bat er: „Susanna, liebe Susanna, Ihr müsst nicht weinen, bitte! Was ich für den Boden tat, war richtig.“ Und nach einem Blick in ihr Gesicht ergänzte er hastig: „Es tut mir leid, dass ich Euch nicht erklärt habe, was ich tat. Es sind Eure Beete, in die Ihr sehr viel Arbeit gesteckt habt!“

Und da Susanna sich nun offensichtlich etwas beruhigte, setzte er sich mit ihr an den Brunnen hinter den Stallungen und erzählte ihr ausführlicher von Dingen, die, wie er inzwischen stark vermutete, in der Kurpfalz offensichtlich nicht selbstverständlich waren.

Am Abend war der *Goldene Pflug* zum Brechen voll. Viehhändler und Reisende, Schausteller und einfache Bürger aßen Suppe oder tranken Bier. Der Raum war erfüllt vom Stimmengewirr der Menschen und plötzlich auch vom Klang einer Chalumeau. Auf der vorderen Bank stand ein junger Mann, seine roten Haare leuchteten mit dem Messing der Tischlampe um die Wette. Die Menschen, die ihm am nächsten waren, feuerten ihn lautstark an. Da sprang der Musiker mit einem Satz von der Bank, direkt in die Menge hinein, die ihm johlend Platz machte. Zwei junge Männer hievten ihn auf den Schanktisch. Gerade rechtzeitig zog er seinen Kopf ein, sonst hätte er sich am äußeren Querbalken der Decke gestoßen. Seine Augen blitzten, sein roter Schopf wippte auf und nieder, während er mit dem rechten Fuß den Takt vorgab. Seine Finger flogen über das Instrument. Je rascher und höher die Tonfolge wurde, desto mehr beugte er sich nach hinten, das Chalumeau schwebte immer höher – die Zuhörer klatschten begeistert zu den Melodien, die der Musiker seinem Instrument entlockte. Fürwahr, der Junge konnte spielen! Mit einem lang gezogenen hohen Ton beendete er seine Vorführung und streckte sein Instrument in die Höhe, um ein Haar hätte er auch dieses in die Decke gerammt.

Susanna hatte sich wieder beruhigt. Soeben betrat sie mit Benedict den Gastraum und klatschte begeistert in die Hände. „Ihr habt einen guten Zeitpunkt gewählt, um nach Mannheim zu kommen! An Michaeli ist auch viel los, aber der Maimarkt übertrifft doch alles!"

Die Umstehenden hatten damit begonnen, den Musiker erneut anzufeuern, da antwortete am anderen Ende der Wirtschaft eine Geige. Nun tobte der kleine Saal. Benedict ließ sich mit einem zufriedenen Seufzer auf einen frei gewordenen Platz auf der Eckbank nieder und genoss die Wärme, die Menschenmenge, das Leben um ihn herum. Morgen würde er nach Preußen weiterreisen. Was soll's. Er zuckte innerlich die Schultern, lehnte seinen Kopf gegen die hölzerne Verkleidung der Schankstube und schloss die Augen. Heute Abend wurde gefeiert, heute Abend gab es kein dürres Hornvieh und keine ungewisse Zukunft.

Schon bald saß er mit den anderen am Tisch und trank das Bier des alten Frölich, das heute besonders gut schmeckte. Später setzte sich Susanna kurz zu ihm, worüber er sich freute. Sie lachte, ihr Kopf berührte kurz seine Schulter, bevor sie aufstand, um noch mehr Bier zu holen. Benedict kannte niemanden der Männer, die mit ihm am Tisch saßen, aber er fühlte sich wie unter Freunden. Zur Sperrstunde schmiss sie der Pflugwirt kurzerhand raus, Sperrstunde war Sperrstunde, auch wenn Viehmarkt war, da half alles nichts. Benedict ging nach oben, der alte Frölich hatte ihm vorhin zugerufen, in einem der Mansardenzimmer sei ein Platz freigeworden. Schon lange nicht mehr hatte sich Benedict so unbeschwert gefühlt. Er lag bereits auf seinem Strohsack, als er seinen Bauch befühlte und feststellte, dass seine Geldtasche verschwunden war.

* * *

„Das ist freilich schlimm!" Benedict traf Susanna am nächsten Morgen bei ihren Kräutern und erzählte von seinem Missgeschick. Susanna runzelte die Stirn und reichte ihm wie selbstverständlich zwei lederne Wasserbehälter. Sie holte sich selbst zwei weitere und dirigierte ihn zum Brunnen im mittleren Teil des Gartens. „Ihr müsst beim Viertelmeister Anzeige erstatten", sagte sie schließlich und hängte den ersten Eimer ein, um ihn in den Brunnen hinabzulassen. „Aber während des Maimarktes sind so viele Fremde in der Stadt – ich würde mir an Eurer Stelle keine allzu großen Hoffnungen machen, die Geldtasche wiederzubekommen."

Benedict zog den gefüllten Wassereimer nach oben. Er sah sich außerstande, einen klaren Gedanken zu fassen. Zum Viertelmeister gehen, nun ja, das war etwas Konkretes, das würde er gerne tun. Aber dann?

„Weiterfahren könnt Ihr nicht ohne Geld, so viel steht fest“, resümierte Susanna weiter. „Wenn Ihr wollt, spreche ich mit meinem Vater und bitte ihn, Euch während des Maimarktes bei uns im Stall arbeiten zu lassen.“

Benedict nahm den gefüllten Eimer vom Haken und blickte sie an: „Das würdet Ihr tun?“

Susanna errötete und reichte ihm den nächsten Eimer. „Warum denn nicht? Während des Viehmarktes machen wir das andauernd und gestern ist einer unserer Helfer gerade wieder abgereist.“

Benedict stellte den leeren Eimer ab und nahm Susannas Hände. „Habt vielen Dank!“, sagte er verlegen.

„Ist ja nichts dabei!“, kam es forsch zurück. Susanna ließ Benedicts Hände los und reichte ihm stattdessen zwei leere Eimer. „Hier, Ihr könnt schon gleich anfangen!“ Dann nahm sie selbst den vollen Eimer und kehrte zu den Beeten zurück.

Benedict schaute ihr verwundert nach. Er nahm den nächstbesten Eimer, hängte ihn an den Haken und fing gedankenverloren an zu kurbeln. Das Leder schlug unten auf und füllte sich mit Wasser. Benedict hielt noch einen Moment inne, dann zog er mit kräftigen Zügen den Eimer nach oben.

3. Kapitel

Es mochten drei Wochen vergangen sein. Die Maimarktgäste waren alle abgereist und in der Stadt war, soweit man das überhaupt sagen konnte, eine gewisse Ruhe eingekehrt. Obwohl der Maimarkt zu Ende war, arbeitete Benedict immer noch im *Goldenen Pflug* und bis jetzt hatte ihn noch niemand aufgefordert zu gehen. Benedict wagte auch nicht, danach zu fragen, aus Angst, dass man ihn sofort des

Weges weisen würde. Fast täglich kam in letzter Zeit der Viertelmeister vorbei, doch brachte er keine Nachrichten wegen Benedicts Geldtasche. Susanna, die mit Benedict in freundschaftlichem Ton verkehrte und sich zu freuen schien, wenn er ihr bei ihren Beeten half, war gegenüber dem Viertelmeister kurz angebunden. Einmal war sie gerade auf dem Weg in die Schankstube, als sie den Viertelmeister zur Tür hereinkommen sah. Sie machte sofort kehrt und verschwand wieder in der Küche. Der Postmeister und der Viertelmeister schienen sehr eng befreundet zu sein. Nie ging der Viertelmeister fort, ohne wenigstens ein Bier auf Kosten des alten Frölich getrunken zu haben. Zum Abschied klopften sich die beiden Männer immer freundschaftlich auf die Schulter, doch auf Benedict wirkte dies immer ein wenig aufgesetzt und gekünstelt.

Eines Morgens dann wurde Benedict unfreiwillig Zeuge davon, wie Susanna ihren Vater zur Rede stellte. Was denn der Viertelmeister schon wieder von ihm gewollt habe. Benedict hätte darauf schwören können, dass der alte Philipp an dieser Stelle ein schuldbewusstes Gesicht machte. Gerade wollte er sich wieder zurückziehen, weil er das Gespräch ja nicht belauschen wollte, als er Susanna fragen hörte: „Und er hat dich wirklich nicht darauf angesprochen, dass du dich wieder verheiraten sollst?" Benedict kannte Susannas Tonfall inzwischen gut genug, um zu erkennen, dass sie auf der Hut war. Aber wovor? Wollte sie etwa nicht, dass ihr Vater wieder heiratete? Dem Wirtshaus jedenfalls hätte eine weitere helfende Hand in Haus und Hof durchaus gut getan. Susanna war von morgens früh bis abends spät auf den Beinen und gönnte sich nur wenige Pausen. Ihr Vater dagegen, das hatte Benedict schnell bemerkt, machte immer genau das, was er gerade wollte. Eigentlich war der Postwirt nur zu den Ankunftszeiten der Postkutsche im Wirtshaus sowie abends spät, wenn die Sperrstunde ausgerufen wurde. Dazwischen sah Benedict den Postmeister kaum, was aber auch daran liegen mochte, dass Benedict viel in den Ställen zu tun hatte.

Am gleichen Abend – Benedict kam gerade von den Pferden zurück ins Haus – traf er den Viertelmeister in dem engen Flur, der zur Küche führte.

„Guten Abend, Herr Viertelmeister", grüßte Benedict. Doch dieser herrschte ihn an, was er hier zu suchen habe. Und er solle bloß nicht meinen, dass er etwas Besseres sei. Dann drehte sich der Viertelmeister um und eilte in den Schankraum zurück. Verblüfft sah Benedict ihm nach. Ihm ging erst ein Licht auf, als Susanna aus der Küche kam, das große Holzbrett für die Brote in Händen haltend und sagte: „Gott sei's gedankt! Er ist endlich weg!" Da bemerkte sie ihn und errötete. „Hallo Benedict, wie schön, dass du da bist! Magst du mir helfen, das Brot rauszutragen?"

Nachdenklich brachte Benedict das Brot in den Schankraum und holte sich selbst ein Bier. Ihm entging nicht, dass ihm der Viertelmeister düstere Blicke zuwarf und dann vehement auf den alten Frölich einzureden begann. Benedict setzte sich zu den neuen Gästen an den Tisch, die am Morgen mit der Postkutsche aus Frankfurt gekommen waren und am nächsten Tag in Richtung Süden aufbrechen wollten. Es waren einfache Händler, einer von ihnen hatte die Frankfurter Messe besucht. Schon bald hatte Benedict den Zwischenfall mit dem Viertelmeister vergessen und lauschte den Geschichten aus einer anderen Welt.

Am nächsten Morgen richtete Benedict mit einem der Stallburschen die vier Pferde, die für die heutige Postkutsche vorgesehen waren, und führte sie nach draußen. Die drei Händler vom Vorabend standen schon bereit, bei ihnen befanden sich die beiden Turiner Kaufleute, die Benedict auf seiner Herreise kennengelernt hatte. Benedict nickte ihnen einen Morgengruß zu und schirrte die Pferde an. Nur der ältere der beiden Turiner befand sich in Reisekleidung. Der jüngere trug eine ärmellose Weste und war auch ohne Gepäck gekommen.

„Dann wünsche ich eine gute Heimreise!", grüßte Benedict, als er mit den Pferden fertig war und sah, dass ihm der ältere Kaufmann lächelnd zuschaute.

„Ihr hattet wohl genug von der Postkutsche, dass Ihr hiergeblieben seid?", fragte dieser und Benedict erinnerte sich an dessen freundliche, feine Art.

„Ja, das war vielleicht auch ein Grund!" Die schaukelnde Fahrt lag bereits so lange zurück, dass Benedict befreit auflachen konnte. Aber dann erzählte er seinem ehemaligen Reisebegleiter von seinem Missgeschick und dass er vorübergehend beim Postwirt Arbeit gefunden habe.

Mit einer Handbewegung zu dem wenigen Reisegepäck fragte Benedict: „Reist Ihr denn alleine zurück?"

Der Turiner nickte betrübt. „Ja, mein Neffe wird noch bleiben. Es ist gar nicht so einfach jemanden zu finden, der meinen kranken Vetter ersetzen kann!"

„Das tut mir leid!" Benedict empfand Mitgefühl, aber weniger für den Älteren als vielmehr für den Jüngeren. Es war bestimmt nicht leicht, so ganz alleine in einer fremden Stadt zurück zu bleiben und die Verantwortung für ein Ladengeschäft zu tragen. Auch wusste er, dass auf den jungen Italiener zu Hause seine schwangere Frau wartete. Er hatte das Bedürfnis irgendetwas Tröstendes zu sagen und meinte deshalb: „Hauptsache, Eurer Frau Gemahlin geht es gut und Ihr seid rechtzeitig zur Geburt des Kindes zurück!"

Der Jüngere lächelte ihn dankbar an. Dann verabschiedeten sie sich voneinander und Benedict ging zurück zu den Pferden in den Stall.

In den nächsten Tagen gewöhnte Benedict sich an, während seiner Spaziergänge durch die Stadt bei Mario vorbeizuschauen. Er spürte die Einsamkeit des jungen Italieners und fühlte sich selbst nützlich und aufgehoben, wenn es ihm gelang den jungen Mann aufzumuntern. Schon bald freundeten sich die beiden miteinander an und schließlich verbrachte Benedict jede freie Minute, die der Postmeister ihn entbehren konnte, im Laden seines neuen Freundes. Während sie die Stoffballen in die Regale sortierten oder abends den Boden kehrten, erzählte Mario von seiner Familie in Turin und immer wieder von Maria, seiner Frau.

Mario, der bereits wusste, dass sein Freund gut mit Zahlen umgehen konnte, musste mit der Zeit feststellen, dass dieser nicht nur des Lesens mächtig war, sondern – und das verwunderte ihn doch sehr – flüssig und gut schrieb. Benedict zuckte nur die Schultern, als Mario ihn fragte, wie es komme, dass er als Bauernjunge so gut lesen und schreiben könne. Er sei zur Schule gegangen wie alle anderen auch und er habe es nie als sonderlich schwer empfunden. „Und außerdem", da sah er den Freund ernst an „kommt es doch immer darauf an, wie viel man selbst lernen möchte. Denke nur an Klyogg! Ich kann mir nicht vorstellen, dass die Gelehrten an den Universitäten klüger sind als er – und er ist ebenfalls nur ein einfacher Bauer!"

Mario nickte. Benedict hatte schon öfter von Klyogg erzählt, immer voller Respekt und Anerkennung vor dessen Wissensdrang und Experimentierfreude, seiner vorurteilsfreien Sicht auf alles, was ihn umgab. Mario konnte sich das nicht so recht vorstellen. In seiner Welt gab es keine Bauern mit Bildung und selbst Kaufleute rechneten und schrieben nur, weil ihr Alltag es von ihnen verlangte. Er selbst, Mario, war heilfroh, wenn er abends den Laden schließen konnte und so ging es den meisten Leuten, die er kannte.

Benedict fühlte sich in diesen Wochen zufrieden und fast schon glücklich. Jeden Morgen half er Susanna bei ihren Beeten. Zwischen ihnen herrschte ein neckender, vertraulicher Ton und es machte ihn glücklich zu sehen, dass sich Susanna in seiner Nähe wohlfühlte. Danach half Benedict im Stall die Pferde zu versorgen. Nur kurze Zeit, nachdem Mario seinen Laden geöffnet hatte, war er dann bei ihm. Oft blieb er den ganzen Tag weg und kam erst abends wieder für die Versorgung der Pferde zurück.

Dann kam der Morgen, als Benedict Mario völlig aufgelöst in dem kleinen Laden antraf. Mario saß vornübergebeugt auf dem kleinen Hocker, den Kopf in beide Hände gestützt. Zwischen dem rechten Zeigefinger und dem Daumen hielt er lose ein Blatt Papier. Nach und nach erfuhr Benedict, dass Marios Frau schwer gestürzt war und man um das Leben des Kindes fürchten musste. Da war guter Rat teuer. Noch immer lag der Onkel krank im Bartholomäus-Spital, noch immer war noch niemand gefunden, der den Laden weiter betreiben würde. Benedict sprach dem Freund gut zu, dann ließ er ihn allein und ging zu Susanna. Wenn jemand Rat wusste, dann sie. Aber auch Susannas praktischer Verstand stieß bei diesem Problem an seine Grenzen. Schon am nächsten Tag würde zwar eine Postkutsche Richtung Süden aufbrechen, doch wer sollte die Geschäfte weiterführen? Die Regularien der Stadt waren streng, der Neider gab es viele, es war völlig undenkbar einen Laden an solch exponierter Stelle auch nur vorübergehend zu schließen. Benedict konnte die Zerrissenheit des Freundes nur zu gut verstehen.

„Meinst du, ich könnte dich vielleicht für ein paar Wochen vertreten?"

Mario schaute ihn ungläubig an. „Das würdest du für mich tun?"

„Ich könnte es versuchen. Bestimmt kann ich es nicht so gut wie du. Aber vielleicht müsstest du den Laden dann wenigstens nicht schließen."

Mario warf Benedict einen hoffnungsvollen Blick zu. „Oh, du könntest das, daran habe ich überhaupt keinen Zweifel! Aber du müsstest hier wohnen, wird dich denn der alte Frölich gehen lassen?"

Da Benedict ohnehin befürchtete, dass er es nur Susannas Überredungskünsten zu verdanken hatte, dass er hatte bleiben können, fiel es ihm leicht, die Bedenken des Freundes zu zerstreuen. Und mehr als Kost und Logis hatte ihm der alte Frölich sowieso nicht gewährt. Nur Susanna, die würde er morgens nicht mehr an ihren Beeten antreffen, dachte er voller Bedauern und es kam ihm der Gedanke, dass er ihr zerzaustes Haar am frühen Morgen vermissen würde.

***

Entschlossen machte sich der Viertelmeister auf den Weg zur Poststation, die seit jeher zu seinem Bezirk gehörte. Gleich zu Beginn seiner Amtszeit vor 15 Jahren hatte er sich vorgenommen, stets im Auge zu behalten, wer mit der Postkutsche ankam und wer wieder abreiste. Er hielt nichts von dem fremden Gesindel, das die Straßen überschwemmte. Es gab immer weniger Menschen in der Stadt, die ein ordentliches Französisch sprachen. Er selbst war stolz darauf, im Laufe der Zeit hier und da ein paar Brocken aufgeschnappt zu haben. Man wusste nie, ob man sie in feiner Umgebung einmal loswerden konnte. Auch wenn neuerdings sogar der Kurfürst dafür plädierte, Theaterstücke nicht mehr nur auf Französisch aufführen zu lassen. Nein, es musste ausgerechnet so etwas Ordinäres wie die deutsche Sprache sein. Als wenn er tagtäglich nicht genug mit dem Abschaum der Gesellschaft zu tun hatte, die außer dem derben Mannheimer Dialekt nichts Ordentliches zustande brachten. Aber die Welt war ungerecht und voller Tücken. Das allerbeste Beispiel war dieser Benedict Lemaistre. Ein Bauerntölpel, der der französischen Sprache mächtig war! Der Viertelmeister zog seine Augenbrauen vor Ärger zusammen, als er merkte, dass seine Perücke plötzlich unangenehm am Haaransatz juckte. Er nahm seinen Spazierstock von der rechten in die linke Hand, strich mit seinem behandschuhten Finger am Rand der Perücke entlang und rieb an der juckenden Stelle. Da bemerkte er, dass drei Gassenjungen seine Bewegungen nachahmten. Drohend hob er seinen Stock. Doch die drei lachten nur und verschwanden in der Nische zwischen zwei nicht ganz so eng stehenden Häusern. Es hatte keinen Zweck, ihnen zu folgen. Die Hinterhöfe und Gärten der Häuser bildeten ein undurchdringliches Dickicht und wer weiß, womöglich würde er sich an den eng stehenden Hauswänden auch noch beschmutzen. Das aber wollte er heute auf gar keinen Fall. Heute wollte er mit dem alten Philipp Frölich ein ernstes Wörtchen reden. Es wurde langsam Zeit, dass Susanna lernte, ihm gegenüber einen freundlicheren Ton anzuschlagen. Der alte Frölich war einfach viel zu gutmütig. Einem Viertelmeister stand schließlich ein gewisser Respekt zu. Wäre gut, wenn Susanna das schon frühzeitig lernte.

Er war früher dran als sonst und traf den alten Frölich in der Schankstube an. Der Viertelmeister wartete gar nicht erst, bis Philipp Frölich ihn nach seinen Wünschen fragte. Er nickte ihm nur kurz zu und sagte: „Kaffee!“ Dass dieser Kaffee wie alles andere, was er beim Postwirt zu sich nahm, auf dessen Kosten gehen würde, stellte er nicht einmal in Frage. Zufrieden registrierte der Viertelmeister, dass sich Philipp Frölich bei seinem Anblick bereits dem Zapfhahn zugewandt hatte, sich nun aber umdrehte und der Magd auftrug, für sie beide Kaffee zu bringen. Dann setzte sich der Postwirt zu seinem frühen Gast. „Schon so früh unterwegs heute?", fragte er und zog den Pfeifenstopfer aus seinem rechten Hosensack.

„Ich habe mit Euch zu reden", erwiderte der Viertelmeister.

In der Miene des alten Frölichs tauchte so etwas wie Unbehagen auf. Es vergingen einige Sekunden, in denen keiner von ihnen sprach. Der Viertelmeister bemerkte sehr wohl, wie Philipp Frölich nervös auf seiner Bank hin und her rutschte. Dann aber wandte sich der Postwirt seiner Pfeife zu, als habe er gefunden, was er suchte.

Dies wiederum verunsicherte den Viertelmeister, der spürte, dass ihm der alte Frölich bereits wieder zu entgleiten drohte. „Wir haben eine Abmachung getroffen!", sprang er mitten hinein in das Thema, das ihn bereits seit einigen Tagen schlecht schlafen ließ.

Der Postwirt stopfte scheinbar seelenruhig weiter seine Pfeife, doch entging dem Viertelmeister nicht, dass die Hände des Wirtes leicht zitterten. „Mir scheint, Ihr nehmt es mit Eurem Teil der Abmachung nicht ganz so genau", fügte der Viertelmeister mit drohender Stimme hinzu.

Die Tür zur Küche öffnete sich und die Magd brachte ein hölzernes Tablett mit zwei Bechern, Zimt und Zucker, die sie auf dem Tisch abstellte. Der Geruch von frisch gebrühtem Kaffee zog durch den Raum. Ohne ein weiteres Wort zu verlieren, eilte die Magd wieder hinaus.

Philipp Frölich sagte noch immer kein Wort. Er stopfte seine Pfeife zu Ende und zündete sie an. Dann paffte er ein paar Mal kräftig, bis der Tabak Feuer gefangen hatte. Schließlich stützte er seinen rechten Ellbogen auf den Tisch. „Mir scheint, ich verstehe nicht recht, was Ihr meint", sagte er mit ruhiger Stimme, sah dem Viertelmeister aber nicht in die Augen, sondern blickte dem Rauch seiner Pfeife hinterher, der nach oben zu der niedrigen Decke zog und dort einen Bogen machte, bevor er sich auflöste.

„Mir scheint, Ihr wisst das sehr wohl“, zischte der Viertelmeister und beugte sich bei diesen Worten nach vorne, sein spitzes Gesicht nahm Philipp Frölich von unten her genau ins Visier. Dann sagte er in drohendem Ton: „Da ist einer, der will heiraten, und da ist ein anderer, der absolut nicht heiraten will, obwohl dies nach den Statuten der Stadt längst hätte geschehen sollen!“

Und als von Philipp Frölich keine Reaktion kam, ergänzte er: „Ich kann Euch versichern, dass ich die Stadträte nicht endlos hinhalten werde! Ein Wort von mir und …“

Auf Philipp Frölichs Stirn erschien eine ärgerliche Falte. „So, nun wollt Ihr mir also drohen?“, fragte er. Überrascht richtete sich der Viertelmeister auf. Er hatte erwartet, dass der Postwirt sofort klein beigeben würde. Schließlich hatte jener eine Menge zu verlieren. In der Regel machten die Stadträte mit Witwern, die sich nicht wieder verheiraten wollten, kurzen Prozess und entzogen ihnen auch schon einmal die Bürgerrechte. Bei Philipp Frölich, der seit vielen Jahren die Poststation leitete, hatte man bisher – nicht zuletzt durch des Viertelmeisters Fürsprache – ein Auge zugedrückt. Der Viertelmeister wog seine Karten ab und überlegte, was den Postmeister wohl so sicher sein ließ. Wer weiß, am Ende hatte der doch schon eine Frau in Aussicht? Ihm trat der Schweiß auf die Stirn. Dann wäre er womöglich bald auf den guten Willen des Postwirts angewiesen, wenn er Susanna zur Frau haben wollte.

Da meinte Philipp Frölich: „Ihr müsst Euch schon auch ein bisschen bemühen! Ich kann Susanna schließlich nicht zwingen, Euch zu mögen!“

Der Viertelmeister lief hochrot an. „Das liegt alles nur an diesem Schweizer Bengel!“, brach es da aus ihm hervor.

„Seit der hier ist, hat Susanna nur noch Augen für diese Missgeburt!“

Der alte Frölich paffte weiter an seiner Pfeife, des Viertelmeisters Zorn wuchs unterdessen und richtete sich ausschließlich gegen den vermeintlichen Verursacher dieses Umstandes: Benedict Lemaistre. Keine Frage, ohne diesen Burschen wäre es weitaus einfacher, Susanna für sich zu gewinnen!

Die beiden Männer saßen noch eine ganze Weile zusammen. Doch irgendwann sagte der alte Frölich: „Ärgert Euch nicht und trinkt erst einmal Euren Kaffee aus, der wird ja ganz kalt.“ Damit stand Philipp Frölich auf, klopfte seine Pfeife am Tresen aus und wandte sich zur Tür.

Der Viertelmeister erhob sich ebenfalls. Bevor er durch die Tür schritt, die Philipp Frölich ihm galant aufhielt, sagte er: „Lasst uns nicht streiten, Postwirt. Ich werde mich um diesen Schweizer kümmern. Kümmert Ihr Euch um Eure Tochter!“ Und da er sich bereits wieder auf vertrautem Terrain fühlte, ergänzte er: „Sie ist ganz schön verwöhnt, die Jungfer Susanna! Bei Gott, die muss noch einiges lernen in ihrem Leben! Vor allem Gehorsam und Respekt!“ Damit schritt er durch die Tür und war verschwunden. Der alte Frölich schloss die Tür hinter seinem ungebeten Gast und seufzte erleichtert auf: Das war gerade noch einmal gut gegangen!

***

Susanna stand in der Speisekammer des *Goldenen Pfluges* und merkte, wie ihr der Ärger vom Bauch in den Magen und von dort in den Kopf wanderte. Dort setzte er sich fest und sie meinte, ihr Kopf müsse bersten. Es war einfach nicht zu fassen. Seit einer knappen Woche versprach der alte Frölich sich um die Fleischvorräte zu kümmern,

aber nichts war geschehen. Jetzt war es später Nachmittag. Wie üblich hatte ihr Vater lange geschlafen, weil ihm dies als Postwirt, wie er fand, zustand. Dann hatte er sich auf seinem Sonnenplätzchen hinterm Haus von Anna sein Frühstück servieren lassen und schließlich war er aufgebrochen. Wohin, das wusste nur der Herrgott. Aber Susanna hatte so ihre Vermutungen. Er würde bei der dicken Bertl sein im übernächsten Quadrat oder bei der Erna, die jenseits von Konkordien in einem kleinen Mansardenzimmer wohnte. Oh ja, Witwen kannte er genug, der alte Frölich! Aber er hatte nicht einen Funken von Anstand im Leib, dass er mal eine heiraten würde, um seine Tochter im *Pflug* zu entlasten! Sie, Susanna, ging auch jeden Abend lange nach dem Zapfenstreich zu Bett, oft genug noch nach ihrem Vater. Und sie stand jeden Morgen auf, oft genug sogar lange bevor die Stadttore geöffnet wurden! Jedenfalls lange vor ihrem Vater! Und dieser Hallodri brachte es noch nicht einmal fertig, das Geringe, was er noch an Aufgaben zu bewältigen hatte, beizeiten zu erledigen! Der sollte nur nach Hause kommen, dem würde sie heute etwas erzählen!
Der alte Frölich zündete sich währenddessen ein Pfeifchen an und setzte sich auf der Bank neben der Konkordienkirche in die Sonne. Dies konnte er sich nun wirklich nicht entgehen lassen. Nur noch kurze Zeit, dann war die Sonne um das nächste Quadrat weitergewandert und mit dem schönen Sonnenplätzchen war es dann vorbei. Die Erna war wirklich ein Prachtweib, da konnte man als Mann schon schwach werden. Vergnügt sah er den vielen Leuten zu, die mit großer Geschäftigkeit durch die Straßen zogen. Ein kleiner Junge trieb ein Schwein vor sich her, weiter vorne Richtung Marktplatz verkauften ziehende Händler Windräder und kleine Stoffpuppen. Philipp Frölich verspürte Appetit. Aber es würde wohl noch eine ganze Weile dau-

ern, bis es im Gasthaus etwas zu essen gab. Heute standen im *Goldenen Pflug* Gemüseeintopf mit Schweinespeck auf dem Plan. Womit könnte er sich bis dahin wohl seine Zeit vertreiben? Eine ganze Schar von Kindern hatte sich um den Windradverkäufer versammelt. Gemächlich stand der alte Frölich auf und ging, seinen Bauch gemütlich vor sich herschiebend und an seiner Pfeife paffend, auf das Kinderknäuel zu, das vom Spiel der Windräder angezogen wurde wie die Motte vom Licht.

Die Kinder ließen sich wohl von dem Händler gefangen nehmen, nicht genug jedoch, um nicht auch den Vorteil zu wittern, der da in Gestalt des alten Frölich auf sie zukam. Schon bald hatten sie ihn umlagert und baten und bettelten so lange, bis er dem kleinen Hans ein Windrad erstanden hatte und die kleine Lisl überglücklich eine winzige Fingerpuppe in den Händen hielt. Da flüsterte die Lisl schnell ihren Freundinnen etwas ins Ohr, drückte dem alten Frölich die Hand und huschte, gefolgt von drei weiteren kleinen Mädels um die nächste Ecke.

So kam der alte Frölich guter Dinge zurück in den *Goldenen Pflug* und erst als er die Gewitterwolke auf Susannas Stirn sah, fiel ihm der Schweinespeck wieder ein, an den er zwei Stunden vorher noch sehr wohl gedacht hatte, doch eher als Genuss im bevorstehenden Eintopf und nicht unbedingt als einer dringlichen Aufgabe, die er noch zu erledigen gehabt hätte. Schon ging er sein Repertoire an Erklärungen durch, die er Susanna würde geben können, doch merkte er schnell, dass er dieses Mal nicht so leicht davonkommen würde. Susanna hatte ein zupackendes, aufrichtiges Wesen, doch ihr Zorn war schlimmer als das Neckarhochwasser vor einigen Jahren, das innerhalb kürzester Zeit die halbe Unterstadt überschwemmte. Mit einem heimlichen Sichdavonstehlen würde es dieses Mal nicht klappen, auch für das Geloben von Besserung war

Susannas Zornesschwelle bereits überschritten. Da half nur eines: beschwichtigen, Recht geben und retten, was es noch zu retten gab.

„Ich werde dies keinen Tag länger mehr dulden!", fauchte Susanna gerade.

„Sollst du auch nicht", beeilte er sich zu sagen. „Bitte, Susanna ..."

„Binnen vier Wochen möchte ich von Euch wissen, wen Ihr zu heiraten gedenkt! Ich werde keinen Tag länger mehr diese Mauschelei mit dem Viertelmeister mitmachen!"

Nun erschrak der alte Frölich. Seine Beziehung zum Viertelmeister war ein kompliziertes Geflecht aus Großzügigkeit, Zugeständnissen und Hoffnungen, die er dem Viertelmeister in Bezug auf Susanna zu machen verstand. Dieses Gleichgewicht durfte auf keinen Fall außer Kontrolle geraten, sonst wäre es mit seiner Freiheit vorbei.

„Susanna …", versuchte er es noch einmal. „Liebes, süßes Sannchen …"

Aber Susanna ließ ihn einfach stehen und schlug die Tür, die zum Garten führte, mit einem lauten Knall hinter sich zu. Als sie zur Harke griff, um ihre Beete zu lockern, wischte sie sich schnell ein paar Tränen aus den Augen. Selbst die Versorgung ihrer Beete war nur noch das halbe Vergnügen, seitdem Benedict nicht mehr da war.

***

Johann schlich voller Missmut durch Mannheims Straßen. Wer ihn genau beobachtete, würde merken, wie er verstohlen alle Frauen musterte, die ihm auf seinem Weg begegneten. Seit einer geschlagenen Stunde machte er das nun schon, seine Laune war seinem Unbehagen gefolgt und er war kurz davor aufzugeben und unverrichteter Dinge wieder nach Käfertal zurückzukehren. Jetzt würde er noch einmal drüben beim neuen Kaufhaus unter den Arkaden entlanggehen, vielleicht gab es dort außer dem für ihn unerschwinglichen Porzellan aus Frankenthal doch noch etwas Geeignetes für ein Frauenzimmer zu erwerben. Frauenzimmer! Wenn Johann an Dorothea dachte, dann verdüsterte sich seine Miene noch eine Spur mehr. Die reiche Bauerstochter aus Seckenheim bereitete ihm erhebliches Kopfzerbrechen. Dorotheas Vater war ein reicher Bauer, sicher. Und Dorothea würde einmal eine Mitgift erhalten, von der seine eigenen Schwestern nur träumen konnten. Aber Dorotheas Vater machte ihm Angst und Dorothea selbst verunsicherte ihn maßlos. Sie war 17 Jahre alt, bildhübsch und hatte feine Hände, denen man ansah, dass es genügend Mägde auf dem Seckenheimer Hof gab. Ihre rotblonden Locken waren in einer Art hochgesteckt, wie es keine junge Frau in Käfertal tat. Er kam sich neben ihr klein und dumm vor. Dorotheas schnippische Art provozierte ihn einerseits maßlos, andererseits fühlte er sich davon auf eine Art angezogen, die ihn hilflos zurückließ. Johanns Vater Georg war der Ansicht, dass Johann sich eine solche Partie nicht entgehen lassen könne. Nachdem sie Dorothea vor einigen Wochen anlässlich einer Hochzeit eines entfernten Cousins kennengelernt hatten, war es für den Vater deshalb gesetzt, dass sich Johann wenigstens ein einziges Mal in seinem Leben Mühe geben und zeigen solle, dass ein Mann in ihm steckte. Johann fühlte eine große Schwere auf seiner Brust. Am liebsten hätte er Dorothea komplett aus seinem Kopf verbannt. Aber Johann war es noch nie gelungen, sich dem Willen des Vaters zu widersetzen. Und außerdem hatte Dorothea in ihrer schnippischen Art gemeint, so ein einfacher Bauer wie er einer sei, wisse ja gar nicht, was eine Dame – und dabei hatte sie ihn wissend angeschaut – begehre! Johann hatte das Herz bis zum Hals geklopft und so war er denn jetzt auf der Suche nach etwas, von dem er sich erhoffte, Dorotheas Gunst erringen zu können.

Wahrscheinlich wäre Johann in seiner schlechten Laune auch dieses Mal an dem kleinen Laden vorbeigestürmt, in dem Benedict – nicht minder missmutig als der andere – seinen Ladengeschäften nachging. Aber der Zufall wollte es, dass Benedict einige Stoffballen vor der Tür aufstellte, um Käufer anzulocken, und so stutzte er, als er Johann auf sich zukommen sah. Dann bemerkte er die Daumen des anderen, wie sie sich an seinen Hosentaschen eingehakt hatten, und es fiel ihm wieder ein: der junge Bauer vom Maimarkt, der seinen verstorbenen Ochsen durch ein dürres Kalb ersetzen wollte!

Dankbar um die Ablenkung grüßte Benedict den jungen Mann und meinte dann, als dieser ihn zweifelnd ansah: „Dieses Mal bist du aber nicht auf Kalbsuche, oder?"

Benedict verfolgte am Mienenspiel des anderen, wie der sein Gedächtnis durchforschte und dann freudig sagte: „Der Maimarkt! Ich wusste nicht recht, wo ich Euch hinstecken muss, verzeiht! Das hätte ich mir denken können, dass Ihr als Händler arbeitet!" Johann lachte in der Erinnerung, wie Benedict den Viehverkäufer heruntergehandelt hatte. „Aber erzähltet Ihr nicht, Ihr wärt auf dem Weg nach Brandenburg?"

Benedict nickte. Brandenburg! Dann schüttelte er den Kopf. „Ich bin kein Händler. Ich kann dir gar nicht sagen, wie sehr ich die krümelige Erde unter meinen Füßen vermisse!" Er erzählte kurz die Geschichte mit seiner Geldbörse und wie es dazu gekommen war, dass er im Laden eines italienischen Händlers arbeitete. Benedict lehnte sich mit einer Schulter an die Stoffballen, die an der Hauswand standen und verschränkte seine Arme und Beine. Er langweilte sich in dem kleinen Laden zu Tode. Seiner Ansicht nach würde er ganz und gar nichts versäumen, wenn er hier oben etwas plauderte, anstatt den Beschäftigungen eines Händlers im Ladeninneren nachzugehen. „Was treibt dich denn dieses Mal in die Stadt?“, fragte er jetzt und war ganz Ohr.

War es seine ganze Körperhaltung, die Johann signalisierte, dass er ausführlich wissen wollte, was ihn hertrieb oder war Johann nach dem zermürbenden Gang durch die Stadt froh, endlich jemanden getroffen zu haben? Jedenfalls machte er es sich neben Benedict in einer Fensternische des Ladens so bequem wie es eben ging und erzählte erst zögernd, dann immer forscher von der selbst auferlegten Mission seines Stadtgangs.

Da wurden sie von einer herrischen Stimme unterbrochen. „Euch scheint es viel zu gut zu gehen, wenn Ihr mitten unter der Woche Zeit habt in der Stadt herumzulungern!“

Benedict schaute überrascht auf. Auf der anderen Straßenseite war eine Kutsche zum Stehen gekommen. Eine mit dicken Ringen bestückte, fleischige Hand hielt den samtenen Vorhang ein Stück zur Seite. Benedict konnte nicht erkennen, wer dort saß, aber Johann stand etwas abseits und mochte wohl ins Wageninnere schauen können.

Johanns Haltung verkrampfte sich. „Grüß Gott, Herr Landschreiber!“, murmelte er und Benedict bemerkte den veränderten Tonfall Johanns, der eben noch ungezwungen erzählt hatte.

„Elendes Pack!“, zischte der Landschreiber. „Unsereinem vorzujammern, wie schlecht die Ernte steht! Das wird Folgen haben!“

Johann blieb stumm.

„Seit wann ist es verboten, sich in der Stadt das zu kaufen, was es an Dringendem auf dem Land nicht gibt?“ Benedict verstand Johanns Reaktion nicht, aber er mochte die Art des Landschreibers nicht.

Die beringte Hand zog den Vorhang noch ein Stück zur Seite, sodass nun auch Benedict das Gesicht des Insassen sah. Nun wusste er, warum ihm die Stimme bekannt vorgekommen war. Er erkannte den dicken Landschreiber, der nach einem Achsbruch seiner Kutsche in der Postkutsche zugestiegen war. Da wunderte er sich über nichts mehr. Er hatte damals nur wenig mitbekommen, weil ihm so übel war und weil er sich beim Zusteigen des Landschreibers nach vorne zum Kutscher gesetzt hatte. Aber das Wenige hatte ausgereicht, um den Landschreiber als eine herrische, unangenehme Persönlichkeit einzustufen, mit der er, Gott sei's gedankt, nicht sehr viel zu tun haben würde.

„Ihr schon wieder!" Der Landschreiber bekam einen verschlagenen Zug ins Gesicht, so als ob er sich gerade überlegte, wie er dieses zufällige Zusammentreffen zu seinem einseitigen Vergnügen ausschlachten konnte. Dann wandte er sich zu einer weiteren Person im Kutscheninneren, die Benedict bisher verborgen geblieben war. „Nichtsnutziges Ausländerpack! Jeder dahergelaufene Bauerntölpel meint heute, sich in der Kurpfalz breitmachen zu können!"

Die Gestalt im Wageninneren lehnte sich vor und warf nun ebenfalls einen Blick auf die beiden Gestalten am Straßenrand. Benedict erkannte den Viertelmeister, dessen hinterhältiges Gesicht sich verfinsterte, auch er hatte Benedict erkannt.

„Schau sie dir nur an!", sagte der Landschreiber mit hämischer Stimme. Und zu Benedict gewandt: „Würde mich wundern, wenn es mit Eurem Aufenthalt mit rechten Dingen zuginge!"

„Ihr habt mir nichts zu sagen, ich bin ein freier Mann!" Benedicts Stimme war ruhig geblieben, er fühlte sich von diesem Landschreiber nicht bedroht, allenfalls die Anwesenheit des Viertelmeisters löste in ihm ein gewisses Unbehagen aus und er dachte daran, wie schleimig und hartnäckig jener versuchte, Susannas Gunst zu erringen.

Benedicts Antwort, er sei ein freier Mann, war eine solche Ungeheuerlichkeit, dass dem Landschreiber zunächst keine Antwort einfiel. Dann sagte er nur: „Das werden wir ja sehen", und gab dem Kutscher das Zeichen zum Aufbruch.

Johann war blass geworden. „Wenn das mal kein Nachspiel hat!", murmelte er.

„Ach was, lass dich doch nicht von so einem einschüchtern!" Benedicts hohe Stirn schien noch höher als sonst. Als er aber sah, wie sehr die Begegnung Johann getroffen hatte, packte er ihn an den Schultern und sagte: „So, und jetzt komm mit. Ich glaube, ich habe genau das richtige Geschenk für deine feine Dorothea!" Daraufhin führte er ihn ins Ladeninnere und spielte so perfekt den liebenswürdigen Herrn, der eine Dame hofiert, dass Johann schließlich lachen musste und die Episode mit dem Landschreiber vergaß. Eine Weile später verließ er Benedict und sagte herzlich: „Nun habt Ihr mich ein zweites Mal gerettet!"

Dann machte er sich auf den Heimweg. In seiner rechten Hand hielt er ein kleines Päckchen mit einem seidenen Fächer. „Amore mio" stand darauf geschrieben und die selige Jungfrau Maria schwebte über dem blauen Meer vor einer untergehenden Sonne. Dorothea würde schon sehen, was sie an Johann hatte!

***

Die Ablenkung durch Johanns Besuch hielt nur kurz an. Benedict kam die Arbeit im Laden noch trister und langweiliger vor als davor. Lustlos ordnete er die neuen Waren ein, die am Vorabend angekommen waren und dokumentierte seine Arbeit in den Büchern. Noch zwei, drei Wochen, so hatte ihm Marios Tante gestern erzählt, dann würde ihr Mann aus dem Spital entlassen werden. Benedict würde also gar nicht mehr so sehr lange im Laden arbeiten müssen. Warum freute er sich nicht? An diesem Tag kostete es ihn besondere Mühe, die Listen zu vervollständigen. Schließlich aber war es geschafft. Er klappte die Bücher zu und stand auf. Zeit für ein Bier im *Goldenen Pflug*!

Es war später als sonst, als er das Wirtshaus betrat. Viele Gäste waren schon gegangen. Susanna stand am Tresen und lachte ihn an. „Da hast du aber Glück! Ich habe gerade ein Bier gezapft!"

Susannas gute Laune, die ihn sonst stets aufheiterte, ließ ihn heute Abend eher noch trübseliger werden. Er nahm den Krug entgegen, doch noch ehe er ein Wort an Susanna richten konnte, folgte sie einem Ruf aus der Küche, nickte ihm freundlich zu und verschwand. Benedict setzte sich an einen Tisch. Anna kam herein und stellte ihm unaufgefordert einen Teller Fleischsuppe vor die Nase. Auch sie war guter Laune und scherzte mit den beiden Zimmerleuten vom Nachbartisch.

Benedict löffelte seine Suppe. Selbst die wohlwollende Wärme und Behaglichkeit, die ihn gewöhnlich beim späten Abendessen im *Goldenen Pflug* überkam, wollte sich heute nicht so recht einstellen.

„Was ist denn dir für eine Laus über die Leber gelaufen?" Susanna stand vor ihm, zwei Bierkrüge in der Hand. Dann setzte sie sich zu ihm und prostete ihm zu. „Hast du heute so wenig verkauft?"

Das konnte man eigentlich nicht sagen. Benedict hatte zwei größere Bestellungen entgegengenommen und fast alle Zitronen verkauft, die er auf Lager hatte. Auch von dem Rotwein würde er schon bald wieder nachbestellen müssen. Nein, das Ladengeschäft lief sehr gut. Mario würde es nicht bereuen, dem Freund den Laden anvertraut zu haben. Benedict bekam für seine Tätigkeiten einen festen Wochenlohn und wurde darüber hinaus noch am Umsatz des Ladens beteiligt. Finanziell war es ihm noch nie so gut gegangen wie im Moment.

„Susanna, ich bin kein Händler", sagte er unvermittelt.

„Es kann nicht jeden Tag gleich gut laufen", antwortete sie, weil sie seine Antwort als direkte Antwort auf ihre Frage interpretierte. Dann winkte sie den Zimmerleuten am Nachbartisch zu, die gerade aufgestanden waren, um zu gehen.

„Das meine ich nicht", widersprach Benedict. „Meistens läuft es ja auch gut, auch heute lief es gut, aber es ist mir egal, ob es gut oder schlecht läuft, verstehst du?"

Susanna, die wegen der Zimmerleute nur halb zugehört hatte, wandte sich ihm wieder zu. Ein Lächeln umspielte ihr Gesicht, sie war noch nicht bei der Sache. „Es kann nicht alle Tage gleich sein, aber das musst du dir nicht zu Herzen nehmen. Morgen wird es bestimmt wieder besser."

In Benedict stieg Ärger auf. Er wollte, dass Susanna ihm zuhörte. „Nein, das meinte ich nicht. Ich sagte, ich bin kein Händler. Ich bin es einfach nicht!"

„Was bist du dann?" Jetzt wandte sie sich ihm zu und schaute ihn belustigt an. „Als was würdest du es denn bezeichnen, was du zurzeit tust, wenn nicht als ‚Händler'?"

Benedict ergriff ihre Hand. „Susanna, ich bin ein Bauer. Ich möchte die Erde zwischen meinen Händen spüren, ich möchte Pflanzen wachsen sehen! Was mache ich stattdessen? Ich verkaufe feinen Leuten, die sonst nicht wissen, wohin mit ihrem Geld, irgendwelche Stoffe, von denen ich nicht einmal genau weiß, wer sie hergestellt hat."

Irgendetwas an Benedicts Ton verunsicherte Susanna. Sie rettete sich in den neckenden Ton, der zwischen ihnen so selbstverständlich geworden war. „Mein Garten steht dir voll und ganz zur Verfügung!", scherzte sie. „Ich habe mich mittlerweile sogar daran gewöhnt, dass meine Pflanzen in Pferdemist groß werden!"

Doch Benedict war nicht zum Scherzen zumute. Er saß unglücklich über seinem leeren Teller und fand keine Kraft, nach den richtigen Worten zu suchen. Susanna fasste sich ein Herz. „Benedict, was ist eigentlich los mit dir?"

Benedict griff nach ihrer Hand und fragte völlig unvermittelt: „Susanna, würdest du mit mir nach Brandenburg kommen? Ich halte das hier nicht mehr aus."

Susanna erbleichte, sie war nun voll bei ihm, die wenigen Gäste im Schankraum nahm sie nicht mehr wahr. „Benedict, wie stellst du dir das vor? Ich lebe hier", damit entzog sie ihm ihre Hand und unterstrich mit einer Bewegung ihrer Arme, was sie meinte: der *Goldene Pflug*, die gesamte Poststation, Haus und Hof. „Mir ist noch nie der Gedanke gekommen, dass ich hier weggehen sollte", sagte sie hilflos. „Mein Vater braucht mich, immerhin ist es mein Zuhause!"

„Dein Zuhause!", erwiderte Benedict bitter. Da war es wieder. Alle hatten jemanden, zu denen sie gehörten, aber er selbst konnte es drehen und wenden wie er wollte, nie gehörte er richtig dazu. Seine Eltern waren tot, bei Klyogg hatte er nicht bleiben können. Mario hatte seine Familie in Italien, Susanna die ihre in der Kurpfalz. Selbst Johann hatte eine Familie, wenn Benedict auch sah, wie sehr er unter der Dominanz des Vaters litt, so wusste Johann doch, wohin er gehörte. Alles, was sich in den letzten Wochen an Unzufriedenheit in Benedict angesammelt hatte, an Einsamkeit und dem Gefühl, nur ein Platzhalter zu sein, brach mit einem Mal aus ihm hervor und entlud sich. „Wenn das alles ist, was dir dazu einfällt, dann kann ich dir auch nicht helfen", hörte er sich sagen. Blind vor Schmerz sprang er auf und eilte zur Tür. Das ging alles so schnell, dass Susanna mit offenem Mund sitzenblieb. Dann aber sprang auch sie auf und eilte ihm hinterher. Sie verstand nicht, was passiert war, aber sie wusste: Sie konnte und wollte Benedict so nicht gehen lassen. Sie riss die Tür auf und brauchte einen Moment, um sich an das Dunkel der Stadt zu gewöhnen. Während ihre Augen noch die Straße absuchten, waren ihre Füße bereits unterwegs in Richtung Kaufhaus, wo, wie sie wusste, Benedict ein kleines Zimmer oberhalb des Ladens bewohnte. Plötzlich hörte sie in der Ferne lautes Gezeter, erschrocken machte sie die Stimme des Viertelmeisters aus. Was wollte denn der schon wieder? Und dazu mitten in der Nacht? Sie schmiegte sich an die Hauswand, um selbst nicht gesehen zu werden, und traute ihren Augen nicht. Der Viertelmeister war offensichtlich nicht alleine unterwegs. Er wurde von zwei Polizisten begleitet.

„Nun sagt, seid Ihr Mitglied der Familie Salvatore? Nein?" Die Stimme des Viertelmeisters triefte vor Häme. „Oder seid Ihr etwa Bürger von Mannheim? Nein?" Der Viertelmeister machte sich sichtlich ein Vergnügen aus seiner Befragung. Doch dann wurde seine Stimme kalt. „Abführen!"

Susanna hörte das Klicken der Handschellen, als deren Schloss zuschnappte und blieb schreckensbleich an ihrer Hauswand zurück. Der Mond stand als kleine Sichel über den Dächern von Mannheim, doch Susanna hatte für ihn keine Augen. Sie raffte ihre Röcke zusammen und eilte nach Hause.

4. Kapitel

Kaum zurück, verschwand Susanna sofort in der Küche. Jetzt nur nicht ihrem Vater über den Weg laufen! Das hätte ihr gerade noch gefehlt. Zuerst musste sie die Folgen dessen durchdenken, was sie soeben erlebt hatte, dabei konnte sie niemanden brauchen. Sie schickte die alte Anna ins Bett und machte sich in der Küche zu schaffen. Sie war sich ziemlich sicher, dass es sich bei Benedicts Verhaftung nur um ein Missverständnis handeln konnte. Soweit sich Susanna erinnern konnte, hatte Benedict ihr erzählt, Marios Onkel habe beim Stadtrat eine Ausnahmeregelung dafür beantragt, dass es Benedict, obwohl er nicht zur Familie gehörte, für die Zeit seiner Krankheit erlaubt war, ihn zu vertreten. So etwas war durchaus üblich und lag absolut im Ermessen der Stadträte. Niemand würde ein solches Gesuch ablehnen, es sei denn, es stünden andere Interessen dagegen. Nach allem, was Susanna von den Gepflogenheiten in der Stadt wusste, gab es nur zwei Möglichkeiten, Benedict zu helfen: einmal offiziell über die Familie Salvatore, die ein Interesse daran haben musste, dass Benedict den Laden fortführte. Am liebsten wäre Susanna sofort zu ihnen geeilt, doch zwang sie sich zur Geduld. Die Sperrstunde nahte bereits, heute Abend würde sie ohnehin nichts mehr ausrichten können.

Es gab aber immer auch einen inoffiziellen Weg, das wusste Susanna nur zu gut. Für diesen schien ihr niemand geeigneter als ihr Vater. Zum einen kannte der alte Frölich den Viertelmeister sehr gut, Susanna wollte gar nicht wissen, wie viel Bier der Viertelmeister bereits auf Kosten des Hauses getrunken hatte! Voller Abscheu dachte Susanna an den schleimigen, feisten Mann und stellte mit Wucht den großen Topf, den sie gerade abgetrocknet hatte, an seinen Platz im unteren Regal. Es passte zum Viertelmeister, dass er nichts Besseres zu tun hatte, als andere zu schikanieren! Ihr Vater dagegen, das musste sich Susanna jetzt widerstrebend eingestehen, wäre bestens geeignet in diesem Fall zu vermitteln. Da der alte Frölich sich stets an den offiziellen Regeln vorbeidrückte, hatte er sich im Laufe seines Lebens einen enormen Erfahrungsschatz an inoffiziellen Vorgehensweisen angeeignet, die in einem solchen Falle durchaus von Nutzen sein konnten.

Susanna hielt einen Moment in ihren Aufräumarbeiten inne und stützte sich auf den großen Holztisch. Erst jetzt kam ihr Benedicts Frage wieder in den Sinn, ob sie mit ihm nach Brandenburg gehen wolle. Ihr wurde ganz heiß. Die Frage hatte sie völlig unvorbereitet getroffen. Benedict musste doch klar sein, was eine solche Frage bedeutete! Außerdem konnte sie hier nicht mir nichts dir nichts weg. Dies war ihr Zuhause! Sie konnte doch ihren Vater nicht einfach im Stich lassen! Es hatte Benedict verletzt, als sie ihm das gesagt hatte. Sie hatte ihn noch nie so wütend gesehen. Sie hatte überhaupt noch nie erlebt, dass er ein Gespräch einfach abgebrochen hatte. Susanna holte die Wurzelbürste aus der Waschschüssel, die bereits mit Wasser gefüllt neben dem Regal auf dem Boden stand, und begann den Tisch zu schrubben. Erst als sie damit fertig war und den Lappen über der Wasserschüssel auswrang, damit sie mit ihm die geschrubbte Lauge aufnehmen konnte, hatte sie ihre Gedanken soweit sortiert, dass sie sich die Frage stellen konnte, die auf der Hand lag, die sie sich aber nie gestellt hatte: Wie fühlte man sich, wenn man ganz alleine auf der Welt war – ohne Eltern, ohne Verwandte, ohne das Haus, in dem man einst aufwuchs, ohne den Garten, in dem man als Kind die ersten Äpfel pflückte? Sie konnte es sich einfach nicht vorstellen. So weit sie zurückdenken konnte, gab es für sie niemals etwas anderes als den *Goldenen Pflug* mit seinem Schankraum, der Küche, den Stallungen, den Gärten im hinteren Teil des Quadrates.

Aber wenn Benedict dies alles fehlte, warum blieb er dann nicht hier und lief wieder weg? Soweit Susanna das beurteilen konnte, lief es doch ganz gut in dem italienischen Laden. Und wer weiß? Vielleicht würde Benedict ja auch nach der Genesung von Marios Onkels bleiben können! Andererseits wusste Susanna natürlich auch, wie schwer es für Fremde war, in Mannheim Fuß zu fassen. Die Zeiten, in denen man einfach und leicht hatte Häuser erwerben können, wie zu Kurfürst Carl Philipps Zeiten, waren schon lange vorbei. Auch sie wusste davon nur noch vom Hörensagen. Heutzutage waren die Grundstücke in der jungen Stadt alle vergeben, die Händler und Handwerker hatten ihr festes Einkommen und es war zunehmend schwieriger geworden, sich als Fremder niederzulassen. Wenn Benedict wenigstens katholisch gewesen wäre! Aber als Protestant hatte er sowieso so gut wie keine Chance. Susanna selbst war ebenfalls protestantisch. Obwohl es niemand wagen würde, sich an der Familie des Postwirtes zu vergreifen – sie gehörten eben zu den alteingesessenen Familien, da spielte die Glaubenszugehörigkeit keine so große Rolle mehr –, so war Susanna doch Realistin genug, um zu sehen, wer hofiert wurde und wer nicht. Und wenn ihr Vater es gut mit den Stadträten konnte, dann war dies eher ein Zeichen für seinen Witz und seine Schlagfertigkeit – oder auch für seine Spendierfreudigkeit, dachte Susanna bitter – als für irgendetwas anderes.

Aber Benedict hatte auch etwas davon gesagt, dass er viel lieber als Bauer arbeiten würde. Susanna schüttelte den Kopf. Einerseits konnte sie das gut nachvollziehen. Die Arbeit an ihren Beeten war auch ihr die liebste vom ganzen Tag. Sie verstand sehr gut, was Benedict meinte, als er sagte, er müsse Pflanzen wachsen sehen. Aber dafür musste man ja nicht gleich als Bauer arbeiten! Viele Bauern waren so arm, dass sie von ihrer Feldarbeit gerade mal so ihre Familie ernähren konnten. Susanna wusste, dass es immer wieder Jahre gab, in denen den Bauern kein Korn übrig blieb, das sie auf dem Mannheimer Markt hätten verkaufen können. Oft genug waren die Bauern froh, wenn sie den

Winter ohne Hungersnot überstanden. Und so einen Beruf wollte Benedict ausüben? Nur damit er Pflanzen wachsen sehen konnte?! Susanna wrang den Lappen aus, bis kein Tropfen mehr übrig blieb. Nein, das war blanker Unsinn! Wenn man ein so guter Händler war und die Chance hatte, als solcher zu arbeiten, dann war dies bei Weitem die bessere Lösung, dessen war sich Susanna sicher. Pflanzen wachsen sehen konnte Benedict auch noch morgens und abends, wenn er nicht als Händler arbeitete. Sie leerte das Laugenwasser von der Schüssel in den Eimer, um den Boden zu wischen. Aber zuerst, dachte sie, während sie sich niederkniete und den Boden schrubbte, musste man Benedict aus dem Gefängnis herausbekommen.

Dann konzentrierte sie sich auf ihre Arbeit und wischte den Boden zu Ende. Danach stellte sie Eimer und Wurzelbürste zurück ins Regal und ging zu Bett.

***

Einige Tage später sah man Johann die Mannheimer Planken entlangeilen. Von Seckenheim kommend hätte er zwar in Feudenheim mit der kleinen Fähre den Neckar überqueren können. Aber ihn zog es noch nicht nach Hause. Seine Mission bei Dorothea war gescheitert und zu Hause würde er sich nur die höhnischen Bemerkungen seines Vaters anhören müssen. Grimmig schaute er vor sich hin. Immerhin, mit dieser Dorothea war er fertig! Es hatte ihn sehr viel Mut gekostet, sie aufzusuchen und ihr den Fächer zu überreichen. Er war bestimmt tiefrot angelaufen. Aber Dorothea hatte ihn nur spöttisch angeschaut. Was er ihr denn da so Geheimnisvolles bringe. Viel könne es ohnehin nicht sein, was ihr ein kleiner Bauer aus Käfertal bieten könne. Das Blut stieg ihm in den Kopf, als er daran zurück dachte, wie sehr er sich geschämt hatte. Dann hatte Dorothea das Geschenk ausgewickelt und er hatte sehr wohl das Blitzen in ihren Augen bemerkt. Der Fächer hatte ihr gefallen, das wusste er genau! Doch anstatt sich zu bedanken und endlich ein bisschen freundlicher zu ihm zu sein, hatte sie wieder ihr hochmütiges Gesicht aufgesetzt und ihn gefragt, was das denn solle. Und ob er glaube, ihr mit so einem Fächer imponieren zu können.

Da war mit einem Mal seine Erstarrung von ihm abgefallen. Er hatte Dorothea den Fächer aus der Hand genommen und gesagt, wenn ihr der Fächer nicht gefalle, dann brauche sie ihn nicht zu nehmen. Mit Genugtuung erinnerte er sich an ihr erstauntes Gesicht und ihre halb im Entsetzen vorgebrachte Frage, er wolle den Fächer doch nicht etwa wieder mitnehmen? Aber Johann war sich plötzlich ganz sicher, dass er genau das tun wollte. Leider war ihm so schnell keine passende Entgegnung eingefallen. So hatte er den Fächer schweigend wieder in das Tuch eingewickelt, das ihm Benedict mitgegeben hatte. Als er dann ging, war er sehr erleichtert, so, als ob ihm eine große Last von den Schultern genommen worden wäre.

Dann wollte er den Fächer so schnell wie möglich wieder loswerden, weshalb er den Weg über die Residenzstadt gewählt hatte, es war sowieso nur ein kleiner Umweg. Außerdem würde er seinem Vater eine Menge zu erklären haben, ein weiterer Grund, weshalb er diesen Umweg gerne in Kauf genommen hatte. Er konnte sich lebhaft vorstellen, wie sein Vater reagieren würde!

Johann erreichte den Paradeplatz und blinzelte gegen die tief stehende Sonne. Gegenüber lag der *Pfälzer Hof* und dort links lag das neue Kaufhaus. Hoffentlich war er nicht zu spät und traf Benedict noch in seinem Laden an. Wenige Augenblicke später drückte er erleichtert die Türklinke hinunter und trat ein.

„Es ist schon geschlossen“, kam es aus dem hinteren Teil des Ladens. Doch dann erkannte Benedict seinen jungen Freund und drückte ihm die Hand. „Na, brauchst du noch ein Geschenk für deine reiche Bauerstochter?“

„Nein, nein! Ich wollte Euch den Fächer zurückbringen.“

Benedict sah Johann überrascht an, sodass Johann sich bemüßigt fühlte zu ergänzen: „Sie ist es nicht wert, sie ist es einfach nicht wert!“ Und dann erzählte er von seiner missglückten Mission.

Benedict musste unwillkürlich lachen, als er Johann so vor sich stehen sah: ein Häufchen zerknirschtes Unglück und dennoch auch erleichtert. Schließlich wischte Johann die ganze Geschichte mit einer energischen Handbewegung zur Seite. Sein Blick fiel auf ein geschnürtes Reisebündel. „Was macht Ihr denn da?“, fragte er verwundert. „Wollt Ihr etwa verreisen?“

Aber Benedict wollte jetzt nichts erzählen. „Ja“, antwortete er deshalb nur knapp.

„Wohin denn?“

Benedict nahm sein Bündel vom Tisch und schob Johann vor sich her aus dem Laden. „Zuerst in den *Goldenen Pflug*! Und von dort mit der nächsten Postkutsche nach Brandenburg!“

Johann stand auf der Straße und sah ihn sprachlos an. „Aber warum denn so plötzlich?“

Benedict zog die Tür sorgfältig hinter sich zu. Von den Salvatores hatte er sich bereits verabschiedet, sie hatten sich äußerst großzügig gezeigt und waren sehr empört darüber, wie man Benedict behandelt hatte. Ihre Anteilnahme hatte Benedict fast mehr bedeutet als die großzügige Entlohnung, die sie ihm zuteilwerden ließen. Zwischenzeitlich war der alte Salvatore auch aus dem Krankenhaus zurück. Er war noch etwas schwach auf den Beinen, aber er würde mit der Unterstützung seiner Frau zurechtkommen, sodass der Laden nicht geschlossen werden musste. Er hatte sogar darauf bestanden, zusammen mit Benedict zu den Mays zu gehen, einer alteingesessenen jüdischen Familie, bei denen Benedicts Geld in guten Händen sein würde.

Benedict wusste von den Salvatores, dass er es nur Susanna und ihrem unermüdlichen Einsatz zu verdanken hatte, dass er nach nur drei Tagen freigekommen war. Er wusste auch, dass er sich glücklich schätzen konnte, dass man ihn nicht kurzerhand der Stadt verwiesen hatte, sondern ihm gestattet war, die nächste Postkutsche zu nehmen. Die tiefe Traurigkeit, die sich seiner schon seit dem Morgen bemächtigt hatte und die er über seinen abschließenden Tätigkeiten den Tag über weggeschoben hatte, gewann wieder die Oberhand. Vor drei Tagen noch wollte er nichts anderes als nach Brandenburg aufbrechen. Jetzt, wo er dies konnte, war er traurig, die Stadt zu verlassen. Irgendwie war er froh, dass Johann bei ihm war. „Kommst du noch mit in den *Goldenen Pflug*?", fragte er ihn deshalb mit hoffnungsvoller Stimme.

Eigentlich wollte Johann noch am selben Tag nach Käfertal zurückkehren. Aber an diesem Tag war sowieso alles anders als sonst und er wollte Benedict, der immer so nett zu ihm gewesen war, diesen Wunsch nicht abschlagen. Denn dass dies eine Bitte und keine bloße Frage gewesen war, das spürte Johann. Auch lag der *Pflug* in Richtung Neckartor und damit eigentlich auf dem Heimweg, ging es ihm durch den Sinn. Indem er all diese leichten Eindrücke und Gedanken, die eigentlich noch gar nicht als solche bezeichnet werden konnten, sortierte und gegeneinander abwog, fand er keine Zeit zu antworten. Also nickte er bloß und machte sich zusammen mit Benedict auf den Weg zum *Pflug* drei Quadrate weiter.

Das Wirtshaus war wie immer um diese Zeit brechend voll. Johann und Benedict quetschten sich durch die Menge und ergatterten im hinteren Teil, wo gerade jemand aufstand, ein Stück von einer Bank. Benedict drückte Johann schnell auf den frei werdenden Platz und sagte „Warte hier!“ Dann machte er sich auf den Weg, Susanna zu suchen. Er fand sie in der Küche, den großen Holzlöffel in der Hand. Es war ihm ein so vertrautes Bild, dass er plötzlich einen dicken Kloß im Hals spürte. In der Küche herrschte große Hektik. Susanna gab, während sie in dem großen Topf rührte, den Mägden und der alten Anna Anweisungen. Dann schaute sie hoch und erkannte Benedict. Ihre offensichtliche Erleichterung zerschnitt ihm fast das Herz. Er machte ihr ein Zeichen, dass er draußen im Schankraum sei und sie später aufsuchen würde. Sie nickte und sah ihm einen Moment nach. Da richtete schon wieder eine der Mägde eine Frage an sie und sie nahm ihre Arbeit auf, als ob nichts gewesen wäre.

Benedict kehrte mit zwei dicken Bierkrügen zum Tisch zurück und prostete Johann zu. Die beiden leerten ihre Krüge im Nu, Johann holte die zweite Runde und auch diese hielt nicht lange vor. Dann wollte Johann gehen und Benedict fragte schnell: „Eine neue Runde?“ Und Johann nickte erleichtert. Er hatte nichts dagegen, im *Goldenen Pflug* noch etwas aufgehalten zu werden.

„Mein Vater wird schelten“, sagte Johann plötzlich wie aus heiterem Himmel.

„Wegen Dorothea?“, fragte Benendict.

Johann nickte betrübt.

„Warum sagst du ihm nicht einfach, dass sie dir nicht gefällt?“, fragte Benedict.

„Das verstehst du nicht. Du kannst das gar nicht verstehen!“ Irgendwann zwischen der ersten und der zweiten Runde war endlich auch Johann zum vertrauten „du“ übergegangen.

„Und warum nicht?“ In Benedicts Ton klang leichter Spott mit.

„Weil du meinen Vater nicht kennst und weil du sowieso vor niemandem Angst hast", sagte Johann in einem so aufrichtigen Ton, dass Benedict lächeln musste.

„Wann hast du deinem Vater das letzte Mal widersprochen?", fragte Benedict dann etwas ernster.

Johann sah ihn unglücklich an. „Das ist es doch gerade! Meinem Vater kannst du nicht widersprechen. Er ist der Bauer und entscheidet. An ihm kommst du nicht vorbei."

Benedict sah ihn nachdenklich an. „Du hast eine Familie, du weißt, zu wem du gehörst und du hast einen Bauernhof, den du einmal erben wirst." Das hatte ihm Johann während der zweiten Runde Bier erzählt. Johann hatte vier Schwestern und war der einzige Sohn. Nach Kurpfälzer Recht würde der Hof einmal ihm zufallen.

„Du hast gut reden!" Johanns Stimme klang bitter. „Miese Ernten und hohe Abgaben, das Wetter hat seine Launen und der Landschreiber auch, ich weiß wirklich nicht, was daran gut sein sollte!"

„Andere gäben etwas darum, wenn sie Grund und Boden hätten", meinte Benedict und dachte daran, dass er am nächsten Tag mit der Postkutsche quer durch das Deutsche Reich fahren würde, in der Hoffnung, am Ende seiner Reise ein Stück Land zu erhalten. Als Johann nichts erwiderte, tat es Benedict leid. Er war froh, dass der andere mit ihm in den *Pflug* gekommen war. Hier alleine unter lauter Fremden sitzen zu müssen, wäre etwas gewesen, was ihm an diesem letzten Abend in Mannheim sehr schwergefallen wäre. Susanna war wohl immer noch in der Küche, kein Wunder, noch immer gab es keinen freien Platz im Wirtshaus, das Stimmengewirr um sie herum war ohrenbetäubend. Benedict lehnte sich vor, damit ihn Johann besser verstehen konnte, und fragte völlig unvermittelt: „Warum düngt ihr hier in der Kurpfalz eure Felder nicht? Warum lasst ihr eure Rinder auf der Weide und haltet sie nicht im Stall?"

Johann schaute ihn mit großen Augen an. „Das haben wir hier noch nie so gemacht. Die Kühe weiden auf dem Kuhbuckel und die Ochsen auf der Ochsenweide. So ist das nun einmal." Johann zuckte die Schultern. „Ich weiß schon, worauf du hinauswillst, hast mir ja damals auf dem Viehmarkt schon erzählt, dass ihr es in der Schweiz anders macht als wir." Johann schaute auf. „Ich kenne niemanden, der es so tut, wie du es erzählst. Und selbst wenn man es wollte", ergänzte er nach kurzem Überlegen, „es hat ja niemand einen Stall, wo die Rinder bleiben könnten. Und selbst wenn man ihn hätte, was sollten die Rinder denn fressen?"

Johann hatte sich seit dem Viehmarkt offensichtlich schon seine Gedanken gemacht. Benedict fühlte sich geschmeichelt, er war es nicht gewohnt, dass andere seine Gedanken aufgriffen und sie für überlegenswert hielten. Er wollte schon zu einer Antwort ansetzen, als Johann mit düsterer Miene ergänzte: „So einen schlechten Boden wie hier gibt es bestimmt kein zweites Mal!"

Hatte Benedict ihm gerade noch halbwegs recht geben wollen, dass es ohne separates Futter schwierig sei, so provozierten ihn Johanns letzte Worte eindeutig zum Widerspruch. „Aber das stimmt einfach nicht!"

Johanns Augen funkelten. „So, das stimmt also nicht. Sei mir nicht böse Benedict, aber von unseren Böden hast du keine Ahnung!"

„Wie kann man nur so verbohrt sein!", entfuhr es Benedict. Dann stand er plötzlich auf. „Komm mit!"

„Was soll das denn jetzt?" Johann tat es bereits leid, dass er heftig geworden war. Als er Benedict so willensstark vor sich stehen sah, machte er sofort einen Rückzieher.

„Komm einfach mit", wiederholte Benedict in etwas milderem Ton, „ich will dir nur etwas zeigen!"

Aber Johann sträubte sich noch immer. Benedict nahm ihn kurzerhand am Arm. Am Schanktisch griff er nach einer Kerze und öffnete dann die vertraute Tür hinaus zu Susannas Garten. Dieser war schon zum Großteil abgeerntet. Nur einige späte Bohnen wuchsen hier noch, sowie einige Krautköpfe und Rosenkohl. Aber es mochte ausreichen, etwas anderes gab es zu dieser Jahreszeit leider nicht mehr zu zeigen. „Schau es dir an", sagte Benedict, „schau es dir gut an! Und dann sag mir, ob du in euren Gärten jemals so viele Bohnen an einer Stelle hast ernten können oder ob eure Krautköpfe in Käfertal bereits so groß und dick sind wie diese hier!"

Johann blickte auf die Kohlköpfe und dann zu Benedict. Dann nahm er die Kerze, um besser sehen zu können. Ungläubig schaute er Benedict an.

Benedict nickte. „Es ist der gleiche Boden wie bei dir in Käfertal und wie überall hier in der Kurpfalz, nichts als Sand! Aber der Boden ist gedüngt! Und ich will dir noch etwas sagen: Das hier ist nur Pferdemist, mit Kuhmist werden die Kohlköpfe noch größer!"

Susanna gelang es erst spät am Abend, sich endlich in der Küche loszureißen. Der Schankraum der Poststation hatte sich bereits deutlich geleert. Da die Sperrstunde schon vorbei war, traf sie nur noch solche Gäste an, die bei ihnen auch übernachten wollten. Benedict saß an einem der hinteren Tische und redete mit einem jungen Mann, den sie nicht kannte. Beide hatten einen hochroten Kopf, Benedict hatte die Ärmel seines Leinenhemdes zurückgekrempelt. Susanna gab es einen Stich, als sie die beiden dort sitzen sah. Eigentlich wäre es ihr lieber gewesen, sie hätte Benedict für sich alleine gehabt. Nun, sie würde sich Benedict schon bemerkbar machen!

Susanna zapfte sich ebenfalls ein Bier und trat dann an den Tisch, wo die beiden gerade hochkonzentriert besprachen, wie die richtige Mischung für einen Kompost auszusehen habe, den man für ein Gemüsebeet benötigte. Johann schaute erstaunt auf, als Susanna neben ihnen stand, doch Benedict zog Susanna rasch zu sich auf die Bank, ohne seine Rede zu unterbrechen und hielt ihre Hand noch umfasst, bis er seinen Gedanken zu Ende formuliert hatte. Dann strahlte er sie an:

„Susanna, das ist Johann aus Käfertal. Johann, dies ist die Herrin der Gemüsebeete im hinteren Hof!" Johann stand auf und deutete eine Verbeugung an, während Susanna freundlich lächelte und sich überlegte, wie viel Bierkrüge die beiden an diesem Abend wohl schon geleert hatten. Es mussten einige gewesen sein, denn Benedicts Augen glänzten und Johann stand nicht mehr ganz sicher auf den Beinen.

Während Benedict mit leuchtenden Augen weitersprach, bedauerte es Susanna plötzlich, dass sie in der Küche so lange aufgehalten worden war. Leiser Groll gegen ihren Vater stieg in ihr hoch, ihr blieb noch nicht einmal Zeit für Dinge, die ihr wirklich wichtig waren. Dies war Benedicts letzter Abend in Mannheim! Und sie hatte die ganze Zeit in der Küche verbracht! Sie schluckte den Kloß hinunter, den sie im Hals spürte und versuchte sich auf das Gespräch zu konzentrieren, beziehungsweise auf das, was Benedict ihr gerade zu erklären versuchte. Da sagte er: „Was hältst du davon?"

„Wovon?" Susanna riss sich zusammen. „Entschuldige, Benedict, ich war in Gedanken noch in der Küche. Was fragtest du?"

Benedict stöhnte im Spaß auf. „Nun schau dir das an, Johann! Wir wollen die Welt verändern und unsere dickste Verbündete hört noch nicht einmal richtig zu!"

Es gab Susanna einen kleinen Stich, dass Benedict an seinem letzten Abend in Mannheim alles andere als traurig war. Bedauerte er es kein kleines bisschen, dass sie sich nun nicht mehr sehen würden? Aber Benedicts gute Laune hatte auch etwas Entwaffnendes. Wie er da neben ihr saß und flapsig einen Scherz nach dem anderen zum Besten gab, wollte Susanna auch keine Spielverderberin sein. Sie nahm einen Schluck Bier, prostete den beiden zu. „Ihr beiden wollt also die Welt verändern", griff sie Benedicts letzte Worte tapfer auf.

„Und wir brauchen dich dazu", sagte Benedict mit todernstem Gesicht. Susanna wurde warm ums Herz. Doch dann sagte Benedict nicht minder ernst: „Oder doch zumindest deinen Pferdemist!"

Susanna schluckte. Wollte er sie auf den Arm nehmen? Oder war er absichtlich so grausam zu ihr? Doch bevor sie ihren Gefühlen weiter auf den Grund gehen konnte, sprach Benedict schon weiter und sie verstand mehr und mehr, was die beiden Männer vorhatten. Benedict wollte mit Johann nach Käfertal gehen. Dort würde er ihm helfen, Landwirtschaft zu betreiben, bei der man auf die Brache verzichten könne. Johann hing mit Bewunderung an Benedicts Lippen. In seiner Miene las Susanna pure Begeisterung. Ihr Verstand hatte sofort unzählige „aber" parat, aber sie verbannte diese zu ihrem Groll in die Küche. Heute Abend gab sie sich ganz der Erleichterung hin, dass Benedict in der Nähe bleiben wollte. Dies war kein Abschied für immer.

„Dann bleibst du mir also erhalten", sagte sie mit belegter Stimme und Benedict strahlte sie an.

5. Kapitel

Die Sonne war noch nicht über die Kämme des Odenwalds gekrochen, doch schon jetzt kündete ein strahlend blauer Himmel von einem weiteren, heißen Tag. Lisabeth hatte draußen bereits den Nachttopf geleert und dann für ihre Geschwister und sich selbst den Getreidemus gerichtet. Gerade deckte sie das Gefäß mit einem Holzbrett ab. Später, wenn sie vom Feld nach Hause kommen würde, würden sie gemeinsam frühstücken. Ein prüfender Blick – alles war an seinem Platz, Mäuse und Fliegen würden in ihrer Abwesenheit vergeblich nach Nahrung suchen! Dann eilte sie hinaus. Ihre Cousinen Marthe und Grete waren bestimmt schon draußen auf der Allmende. Heute waren sie eingeteilt, die übrig gebliebenen Ähren aufzulesen. Viel würde es nicht sein. Aber Lisabeth war mit ihren 17 Jahren alt genug, um zu wissen, dass man im ausgehenden Winter, wenn die Vorräte knapp wurden, um jedes Körnchen dankbar sein würde, das man im Spätsommer noch hatte ergattern können.

Sie erkannte die beiden schon von weitem an ihren weißen Hauben und an ihrem Schritt. Beide trugen die gleichen schweren Holzschuhe wie sie selbst, aber während die fülligere Marthe schweren Schrittes und leicht vornüber gebeugt ihres Weges ging, schritt die schlankere Grete hocherhobenen Hauptes aus und schien bewusst langsam zu gehen. Lisabeth lächelte. Sicherlich ermahnte Grete die Cousine gerade, dass Marthe etwas schneller gehen sollte und Marthe würde erwidern, dass dies nicht erforderlich sei, da Lisabeth ja noch nicht bei ihnen war.

Innerhalb kürzester Zeit holte Lisabeth die beiden ein. „Guten Morgen, Grete, guten Morgen, Marthe!“ grüßte sie die beiden Frauen.

Grete schlug auch sofort ein schnelleres Tempo an. Sie mochte das Ährenlesen nicht besonders und wollte es so schnell wie möglich hinter sich bringen. Lisabeth, sowieso die flinkeste von den dreien, reduzierte ihr Tempo auf Gretes Schritt, sodass Marthe nichts anderes übrig blieb, als mitzuhalten oder zurückzubleiben.

„Was rennt ihr denn so?“, beschwerte sie sich denn auch sofort.

Grete, die keinen Grund mehr sah, auf Marthes Tempo Rücksicht zu nehmen, erwiderte ärgerlich: „Wenn du weiter so rumtrödelst, sind wir erst am späten Nachmittag wieder zu Hause!“

„Na und“, brummte Marthe zurück.

„Wie faul du manchmal bist“, tadelte Grete, die ein Jahr älter war als Marthe und sich immer noch als die Große fühlte, die Verantwortung für die Jüngeren trug.

Marthe, der die Aussicht, alleine zur Allmende hinauszulaufen noch weniger behagte als etwas schneller zu gehen, schloss auf und lief jetzt zwischen den beiden her. „Es ist ja doch nur ein Tropfen auf den heißen Stein“, nörgelte sie weiter. „Man kann tun, was man will, aber das Essen reicht doch hinten und vorne nicht!“ Und als die beiden anderen nichts erwiderten, meinte sie: „Das letzte Jahr war so nass, dass der Kohl hinterm Haus verfaulte. Und dieses Jahr ist es so trocken, dass die Kornernte dürftig ist wie nie!“

„Vom Nörgeln wird es aber nicht besser“, fühlte Grete sich nun bemüßigt zu sagen, „und vom faul sein auch nicht. Du musst schon auch ein bisschen mithelfen und ein bisschen Gottvertrauen wäre auch nicht schlecht!“

„Wie kannst du so etwas sagen!“, ereiferte sich Marthe, „als ob ich den ganzen Tag auf der faulen Haut liegen würde. Immerhin muss ich den neuen Lehrer mitversorgen! Und du musst schon auch zugeben, dass wir seit Jahren kein Korn mehr auf den Markt bringen konnten!“

„Ach hört auf“, mischte sich Lisabeth nun ein, „heute ist es viel zu schön um zu streiten!“ Wie um ihr recht zu geben, tauchten die ersten Sonnenstrahlen die dürren Weiden in ein warmes Licht. Lisabeths Blick schien für einen Moment darin zu versinken, doch dann hörte sie Grete sagen: „Der neue Lehrer soll so gebildet sein!“

„Gebildet! Dass ich nicht lache! Wenn du unter ‚gebildet' verstehst, dass einer geschraubt daher kommt, dann hast du natürlich recht! Aber unter uns gesagt", Marthes Ton wurde vertraulich, „lernt man auf dem Heidelberger Seminar nichts, was mit dem wirklichen Leben zu tun hat. Der neue Lehrer mag ja Latein sprechen, aber er weiß noch nicht einmal, wann die Äpfel reif sind!"

Grete verspürte den Drang, den neuen Lehrer zu verteidigen. „Immerhin lernen die Kinder bei ihm Lesen und Rechnen", meinte sie deshalb in belehrendem Ton und ergänzte spöttisch: „Etwas, was du natürlich perfekt beherrschst!"

Marthe ließ sich nicht aus der Ruhe bringen. „Was ich für mich brauche, das kann ich auch", erwiderte sie nur.

Lisabeth hatte dem Gezänk der beiden nur halb zugehört. Sie liebte die frühen Morgenstunden, ihr Blick schweifte über die Ebene, in der Ferne erahnte sie im Morgendunst die Hügelketten des Pfälzer Waldes. Marthe hatte schon recht, weit und breit dürre Felder und ausgetrocknete Weiden. Nur den Schafen schien das alles nichts auszumachen, dachte sie, als sie quer ab die Herde des Schäfers ausmachte. Der alte Schäfer war erst vor wenigen Tagen wieder in ihre Gegend gekommen, er zog mit den Schafen umher, führte sie zu den saftigeren Wiesen am Neckar oder zu den Altrheinarmen in Sandhofen. Lisabeth ging dem alten Schäfer gerne aus dem Weg, als Kind hatte sie ihn gefürchtet. Immer hatte er die Kinder angebrüllt, wenn sie in seine Nähe kamen. Einmal, als sie mit Grete und Marthe die Lämmer streicheln wollte, hatte er sogar den Hund auf sie gehetzt. Heute fürchtete sie ihn nicht mehr, sie empfand eher Mitleid mit ihm, weil er außer seinem Sohn Mathes niemanden hatte und so viel mit seinen Schafen alleine war. Trotzdem machte sie einen großen Bogen um ihn, wie viele andere aus dem Dorf auch. Umso verwunderter war sie heute, als sie eine Kutsche neben dem Schäfer halten sah. Das konnte nur der Landschreiber sein, denn um diese Jahreszeit kamen die feinen Herrschaften noch nicht zur Jagd nach Käfertal und die Postkutsche nahm einen völlig anderen Weg. Aber was wollte der Landschreiber beim alten Schäfer?

„Seht mal“, unterbrach sie deshalb das Gezänk der beiden anderen. „Ist das die Kutsche des Landschreibers dort drüben beim alten Schäfer?“

Grete kniff die Augen zusammen, wie immer, wenn sie etwas in der Ferne erkennen wollte. Marthe stellte sich nur kurz auf die Spitzen ihrer Holzschuhe und bestätigte dann: „Du hast recht! Was will der denn?“

Grete wollte nicht gern zugeben, dass sie die Kutsche nur verschwommen sah und beeilte sich deshalb zu sagen: „Auch der kurfürstliche Schäfer hat seine Abgaben zu leisten, wie wir alle!“, und ergänzte dann spitz: „Auch wenn er sich gerne für etwas Besseres ausgibt!“

Marthe nickte. Sie wusste, was Grete meinte. Als kurfürstlicher Schäfer fühlte sich der Alte tatsächlich als etwas Besseres, das hatte er schon jeden im Ort spüren lassen. Und wenn einer ihm nicht den nötigen Respekt entgegenbrachte, dann konnte es passieren, dass er seine Schafe just durch dessen Garten trieb oder sogar über die Allmende. Es hatte schon oft Streitereien deshalb gegeben. Aber letztlich berief sich der Schäfer mit bösem Lächeln immer auf seine Triftgerechtigkeit und die anderen hatten das Nachsehen.

„Ich will nicht wissen, was die beiden dort miteinander aushecken“, murmelte Marthe düster. Doch blieben ihr die beiden anderen eine Antwort schuldig, sodass die drei jungen Frauen einen Augenblick recht schweigsam ihren Weg zurücklegten. Auf der Suche nach Gesprächsstoff schlug sich Marthe plötzlich an die Stirn. Wie hatte sie das nur vergessen können!

„Ich habe gehört, dass Johann aus der Stadt einen Fremden mitgebracht hat“, begann sie mit geheimnisvoller Stimme.

„Ach Marthe“, wurde sie da von Grete ärgerlich unterbrochen. „Was erzählst du denn da schon wieder!“

Doch nun mischte sich Lisabeth ein. „Doch, Grete, Marthe hat recht! Ich sah die beiden zusammen ankommen!“

„Du hast sie gesehen!“ Marthes Stimme wurde lebhaft. „Wie sieht er denn aus?“

„Nun, er hat langes, schwarzes Haar, das er offen trägt. Er sieht schon ein bisschen fremd aus“, gab Lisabeth zu.

„Was will er denn hier?“

„Das weiß ich nicht. Aber Johann war sehr freundlich zu ihm“, erinnerte sie sich.

„Es ist nie gut, wenn man Fremden gegenüber zu freundlich ist“, sagte Marthe düster.

„Du redest wie ein altes Tratschweib“, tadelte Grete sie prompt.

Da erreichten sie die Allmende und packten ihre Säckchen aus. Lisabeth und Grete wandten sich sofort den ihnen zugeteilten Plätzen zu und begannen die kleinen Ähren aufzusammeln, die bei der Ernte zurückgeblieben waren. Marthe schaute noch einen Moment missmutig vor sich hin, dann machte auch sie sich an die Arbeit.

***

Wenige Tage später öffnete der kleine Valentin leise das Fenster am rückwärtigen Flur des Hauses. Aus dem Schulzimmer nebenan hörte er noch die Stimme des neuen Lehrers, der gerade einen Psalm vortrug. Valentins Magen knurrte. Behände kletterte er aus dem Fenster und zog es dann, auf dem Außensims sitzend, gerade noch so weit zu, wie er es konnte. Dann sprang er die drei Fuß hinunter auf den Boden und befand sich im Garten des kleinen Häuschens, das der neue Lehrer in Käfertal bezogen hatte. Valentin hätte auch durch die Haustüre hinausgehen können, aber die Haustürklinke quietschte ein bisschen und er wollte nicht riskieren, dass der Lehrer ihn hörte. Das zumindest war anfangs der Grund gewesen, weshalb er sich für das hintere Fenster entschieden hatte. Mittlerweile war er schon so oft aus dem Unterricht ausgebüchst, dass er das Fenster schon aus reiner Gewohnheit nahm, ohne noch weiter darüber nachzudenken. Sobald er die sandige Erde unter seinen nackten Füßen spürte, lief er ein Stückchen geduckt am Haus entlang und dann unter den Obstbäumen hindurch, deren Obst leider noch nicht reif war, und hinaus auf die sandige Dorfstraße. Nach wenigen Metern hatte er die dichten Holunderbüsche erreicht und rannte über das ausgetrocknete Feld hinüber in Richtung Wald.

Dort wohnte, wie Valentin wusste, seit einiger Zeit ein neuer, viel jüngerer Schäfer. Dabei gab es den alten Schäfer immer noch. Valentin rümpfte die Nase, vor dem alten Schäfer musste man sich in Acht nehmen. Aber heute war keine Gefahr, der Alte war bereits gestern mit den Schafen in Richtung Neckar aufgebrochen. Der neue Schäfer hauste in dem alten Schäferkarren, der schon viele Jahre draußen am Waldrand im Gras lag. Die Leute im Dorf erzählten sich, dass früher der alte Schäfer in dem Karren gewohnt habe, aber das wusste Valentin nur aus ihren Erzählungen. So weit er zurückdenken konnte, wohnte der alte Schäfer mit seinem Sohn Mathes draußen in einer kleinen Kate am Dorfrand. Der alte Schäferkarren stand daher leer am Waldrand und das Gras wucherte um ihn herum.

Jetzt aber wohnte dort ein neuer Schäfer und der hatte noch nicht einmal Schafe! Das fand Valentin schon sehr seltsam. Überhaupt machte der neue Schäfer immerzu seltsame Dinge. Er ging in den Wald und sammelte Kiefernnadeln, Blätter und kleine Zweigchen. Aber anstatt dass er mit diesen etwas machte, warf er sie neben dem Schäferkarren einfach auf den Boden. Mittlerweile war das ein richtiger kleiner Berg geworden, fast so hoch wie Valentin. Vielleicht war ja der neue Schäfer auch nicht richtig im Kopf so wie der Gustl, der hinten bei der alten Lisl wohnte. Immerhin schien der neue Schäfer ganz nett zu sein. Er pfiff manchmal vor sich hin und außerdem schaute er nicht so grimmig wie der andere.

Valentins Magen knurrte schon wieder. Es war bereits früher Nachmittag und er hatte seit dem Morgen nichts gegessen. Vielleicht hatte er Glück und der Bewohner des Schäferkarrens war heute wieder in den Wald gegangen. Valentin pirschte sich heran. Der Schäferkarren war sehr klein, man musste regelrecht in ihn hineinkriechen und drinnen konnte man sich eigentlich nur hinlegen, so niedrig war er. Die Deichsel lag im hohen Gras und der Karren beugte sich nach vorn. Die beiden einfachen Holzräder waren nicht mit Eisen beschlagen. Dafür hatte der Karren ein richtiges kleines Dach. Vorsichtig schob Valentin den kleinen Riegel zurück, der die Tür geschlossen hielt, und kletterte hinein. Seine kleine Hand tastete bereits nach der Stelle, von der er wusste, dass der neue Schäfer dort sein Brot aufbewahrte.

Da packten ihn zwei kräftige Hände an den Beinen und zogen ihn rittlings aus dem Schäferkarren heraus. Valentin war wie gelähmt vor Entsetzen. Dann aber wollte er nur noch weg und schlug wie wild um sich. Aber seine Beine blieben fest umklammert und nun hörte Valentin eine lachende Stimme: „Nur nicht so schnell!“ Valentin registrierte gerade noch, dass diese Stimme es nicht böse meinte, da lockerte sich auch bereits der Druck und der neue Schäfer, denn dieser war es, wie Valentin beklommen feststellte, hielt ihm ein Stück Brot hin: „Hier, iss! Wenn du schon jeden Tag kommst, um bei mir zu essen, dann sollten wir uns auch miteinander bekannt machen!“ Mit diesen Worten streckte der, den Valentin für den neuen Schäfer hielt, ihm seine Hand hin und sagte: „Ich heiße Benedict Lemaistre, und wer bist du?“

Von diesem Tag an kam Valentin jeden Tag zu Besuch. Er erzählte seinem neuen Freund, dass er bei seiner Großmutter, der alten Lena, wohne. Seine Eltern arbeiteten beide als Tagelöhner in Mannheim und kamen nur selten hinaus nach Käfertal. Oft nahm Benedict Valentin nun mit in den Wald und sie sammelten gemeinsam die Blätter und Zweige für den Haufen neben dem Karren. Dann kam der Tag, an dem Benedict den Haufen umschichtete, und Valentin sah mit großen Augen, dass sich am unteren Rand Erde gebildet hatte. Benedict freute sich über die neue Gesellschaft und stellte bald fest, dass Valentin begierig lernte und das Gelernte auch nicht wieder vergaß. Umso erstaunlicher fand er, dass Valentin so oft die Schule schwänzte. Denn dass dem so war, daraus machte der Junge kein Hehl.

Eines Tages fragte Benedict ihn: „Warum bist du eigentlich so wenig in der Schule?“

Valentin rümpfte die Nase, wie immer, wenn ihm etwas nicht behagte. „Der neue Lehrer will nur, dass wir unnützes Zeug lernen. Psalmen und so“, verdeutlichte er, als er sah, dass Benedict ihn erstaunt ansah. „Die Schulstunden dauern auch viel zu lange, hier bei Euch geht die Zeit viel schneller vorbei!“ Valentin sah Benedict treuherzig an.

Benedict erwiderte darauf nichts. Doch wenige Tage später meinte er wie beiläufig: „Valentin, ich sollte mir tagsüber aufschreiben, was genau wir sammeln, damit ich lerne, aus welchen Blättern die beste Erde entsteht.“

Valentin sah ihn erstaunt an. „Könnt Ihr denn schreiben?“

„Aber ja", entgegnete Benedict. „Ich schreibe mir jeden Abend auf, was ich gesammelt habe. Aber ich habe nur Papier und Federkiel und in letzter Zeit weiß ich am Abend gar nicht mehr, was wir alles hergebracht haben. Ich müsste es tagsüber auf einer Schiefertafel notieren, damit ich es nicht vergesse."

„Warum macht Ihr es dann nicht?"

„Weil ich keine Schiefertafel habe", antwortete Benedict und zuckte die Schultern.

Als Valentin am nächsten Tag kam, hatte er eine kleine Schiefertafel dabei. Benedict fragte ihn nicht, woher er diese habe und Valentin erzählte auch nichts. Benedict schrieb nun tagsüber auf, was sie sammelten und schon bald begann Valentin die Buchstaben nachzumalen. Sie zählten die vielen Blätter und Kiefernadeln, die sie sammelten und Benedict schichtete sie zu gleich großen Häufchen. „Valentin, waren es drei oder vier Häufchen Buchenblätter?"

Valentin warf einen Blick auf den Boden. „Vier", antwortete er. „Und in jedem Häufchen waren 100 Blätter. Benedict, heute habe ich 400 Blätter gesammelt!"

Benedict lächelte ihn an. „Ich wüsste nicht, wie ich das ohne dich alles schaffen sollte!", meinte er und Valentin strahlte vor Stolz und Freude. Und wenn Benedict überdachte, dass Valentin ihn tatsächlich auch von seinen eigenen Problemen ablenkte, dann war dieses Lob noch nicht einmal gelogen.

Es war erst wenige Wochen her, dass er Johann zugestimmt hatte, mit nach Käfertal zu kommen. Seither war kein Tag vergangen, an dem er sich nicht fragte, ob dies eine gute Entscheidung gewesen war. Sicherlich, Brandenburg lief ihm nicht davon. Er würde auch im ausgehenden Winter noch aufbrechen können, wenn die Wege noch gefroren waren. Das war sowieso besser als jetzt, wo plötzliche Regenfälle die Straßen in sumpfigen Morast verwandeln konnten. Doch Benedict wusste auch, dass er Susannas wegen noch nicht aufgebrochen war. Er fühlte, dass er ihr nicht gleichgültig war und war ihr zutiefst dankbar für ihre Hilfe und ihren Einsatz, nachdem der Viertelmeister ihn festgenommen hatte. Aber andererseits hatte sich auch nicht viel geändert. Susanna saß nach wie vor bei ihrem Vater fest und wenn die Mistfuhren nicht gewesen wären, die Benedict hin und wieder nach Mannheim trieben, hätten sie sich nicht sehen können. Das einzig Gute an seiner momentanen Situation war, dass er nicht mehr im Laden stehen und Stoffballen hin- und herhieven musste. Er verbrachte seine Tage wieder draußen, er spürte die Erde unter seinen Füßen und konnte wieder mit seinen Kompostversuchen experimentieren, wie er es bei Klyogg gelernt hatte. Wie er die anregenden Gespräche mit seinem Mentor vermisste! Dessen kluges, systematisches Vorgehen! Er hatte noch nie jemanden wie Klyogg getroffen und war dankbar für die wenigen Monate, die ihn der Zufall damals nach Wermatswil geführt hatte.

6. Kapitel

Casimir Nebulus schloss die Tür des Schulhauses und machte sich auf den Weg zu Marthe. Er war hungrig und hoffte, dass es nicht schon wieder Kohlsuppe geben würde. Er ging die staubige Dorfstraße hinunter, die heute ungewöhnlich leer war. Verwundert schaute er sich um. Der Ort war wie leergefegt. Nur vor Martin Dicks Haus stand eine Kutsche. Erstaunt hob Nebulus die Augenbrauen. Er war erst wenige Wochen in Käfertal, die Postkutsche hatte ihn damals hierher gebracht. Vorne, an der kleinen Poststation beim Schmied, war er ausgestiegen. Andere Kutschen hatte er seither noch nicht gesehen. Aber dann sagte er sich, dass die Kutsche zu irgendeinem kurfürstlichen Vertreter gehören müsse, schließlich war Martin Dick Schultheiß von Käfertal und da war damit zu rechnen, dass hin und wieder kurfürstliche Verwaltungsbeamte vorbeikamen.

Nebulus bog in den schmalen Weg ein, der zu Marthes Häuschen führte, und musste feststellen, dass die Tür verschlossen war. Er drückte die Klinke, aber die Tür war sogar abgeschlossen! Leichter Ärger gesellte sich zu seinem Hunger, der bereits laut in seinem Magen rumorte. Was sollte das denn heißen? Selbst wenn Marthe aufs Feld ging, schloss sie die Tür nicht ab. Wie kam sie dazu, einfach wegzugehen, obwohl sie wusste, dass er jetzt vor der Tür stehen würde?

Da hörte er, wie sich der Schlüssel leise knarrend im Schloss drehte und die Tür öffnete sich einen kleinen Spalt. „Kommt rein!", hörte er Marthe flüstern. Ihre Augen lugten dunkel hinter der Tür hervor. „Kommt rein! Schnell! Und seid leise!"

Nebulus raffte erschrocken seinen dünnen Überrock zusammen und zwängte sich durch den schmalen Spalt, den Marthe ihm gelassen hatte. Kaum drinnen, verschloss Marthe umgehend die Tür und ging hinüber zur Feuerstelle, über der ein Topf baumelte.

Nebulus setzte sich an den einzigen Tisch mit dem Rücken zur Wand. Das machte er immer so. So hatte er Marthe, die immer gerne irgendetwas zu erzählen hatte, im Blick. Und außerdem konnte er sich an die Wand anlehnen, denn die beiden Holzbänke, die am Tisch für Sitzgelegenheiten sorgten, hatten keine Lehne. Mit Bedauern stellte er fest, dass heute keine Brotscheiben auf dem Tisch standen.

Marthe nahm eine kleine Schüssel von einem Brett, füllte sie und stellte sie auf dem Tisch ab. Doch dann hielt sie es nicht mehr aus. Sie hielt den Löffel noch in der Hand, den sie Nebulus eigentlich hatte geben wollen, setzte sich ihm gegenüber und beugte sich vor. „Hat er Euch gesehen?"

„Wer?"

„Der Landschreiber!"

Nun ging Nebulus ein Licht auf. Der Landschreiber war in der kurfürstlichen Verwaltungshierarchie derjenige, der die Steuern und Abgaben auf dem Land einsammelte. Erstaunt fragte er: „Versteckt Ihr Euch etwa vor dem Landschreiber?" Und als Marthe nicht sofort antwortete, fragte er mit hochgezogenen Augenbrauen: „Habt Ihr etwa Eure Abgaben nicht bezahlt?"

„Natürlich habe ich das", erwiderte Marthe nun gekränkt, sehr wohl wissend, dass sie mit den Abgaben im Rückstand war. Wie auch hätte sie diese leisten sollen? Seit Jahren schon war kein Getreide übrig, das sie hätte verkaufen können. Dieses Jahr war es noch weniger gewesen als sonst. Aber das musste man ja einem wie dem Herrn Lehrer nicht unbedingt auf die Nase binden.

„Warum fürchtet Ihr Euch dann vor ihm?", fragte Nebulus, der fand, dass diese Furcht so recht zu ungebildeten Menschen passte.

„Ihr habt gut reden!" Marthes Ton klang immer noch gekränkt. „Meint Ihr, ich treibe mich draußen herum und warte nur darauf, dass er mich aufgreift? Da müsste ich schön blöde sein!"

„Aber Martin Dick sammelt doch die Abgaben für Euch ein?", insistierte Nebulus. „Also ist er auch derjenige, der sie weitergibt!"

„Das ist auch gut so!", ereiferte sich Marthe jetzt und ergänzte düster: „Bevor Martin Dick zu uns kam, war ja alles noch viel schlimmer."

Nebulus, der sehnsuchtsvoll zu dem Löffel schielte, den Marthe immer noch in Händen hielt, schaute sie überrascht an. „Bevor er zu Euch kam?"

„Ja wisst Ihr das denn nicht!" Und dann erzählte Marthe, Martin Dick sei gar kein Käfertaler, er stamme drüben aus Feudenheim. „Aber der Martin Dick ist trotzdem einer von uns!", erklärte Marthe nun mit einem gewissen Stolz. „Wir haben ihn nämlich zum Käfertaler Bürger gemacht und das, obwohl er katholisch ist!" Sie beugte sich noch weiter vor und meinte dann in vertraulichem Ton: „Normalerweise darf bei uns nur Schultheiß werden, wer hier geboren ist."

„Soso", meinte Nebulus, dessen Interesse langsam erlahmte und der sich jetzt ernsthaft überlegte, wie er wohl am besten an den Löffel kam.

„Ich sage Euch", dozierte Marthe und hielt den Löffel wie einen verlängerten Zeigefinger in die Luft. „Wenn wir den Martin Dick nicht hätten, sähe es ganz schlimm aus. Und weil er der Einzige ist, der mit dem Landschreiber kann, bleiben wir alle schön brav zu Hause und warten ab, bis der Landschreiber wieder gegangen ist."

Nebulus erwiderte nichts. Da schob sie ihm sein Schälchen näher hin, sah den Löffel in ihrer Hand und legte ihn dazu. „So esst doch! Es wird ja alles ganz kalt!"

Erleichtert nahm Nebulus den Löffel entgegen, schob seine Brille zurecht und beugte sich hungrig über sein Schälchen. Kohlsuppe. Er hatte es befürchtet. Und dann auch noch ohne Brot.

Marthe strahlte ihn an. „Lasst es Euch schmecken!"

***

Die Luft in der *Ratsstube* war stickig und ungewöhnlich heiß. Der Landschreiber saß auf dem Stuhl hinter dem

Tisch, an dem sonst Martin Dick zu sitzen pflegte, seine Beine weit von sich gestreckt, die Arme baumelten rechts und links an seinem schweren Körper herunter. Schweißperlen standen auf seiner Stirn und sammelten sich an seinen Schläfen zu kleinen Rinnsalen. Schwerfällig nestelte er an seinen Hosentaschen, um nach einem Taschentuch zu suchen. Mein Gott, was war das heute für eine Hitze! Ach, es war immer das gleiche mit diesem Martin Dick, ärgerte er sich. Dort stand der Schultheiß, direkt vor dem Tisch, so wie es sich gehörte. Seine Kleidung war vorbildlich, seine Manieren einwandfrei. Und dennoch ließ es dieser Schultheiß an Respekt fehlen. Spielte da nicht sogar ein leichtes Lächeln um dessen Mundwinkel? Er stellte einmal mehr fest, dass er diesen Martin Dick nicht mochte. Irgendetwas an diesem Menschen war nicht so, wie es sein sollte, und es ärgerte ihn, dass er es nicht zu fassen bekam.

Es war eine Gesprächspause zwischen den beiden Herren eingekehrt und man hörte nichts außer dem schweren Atem des Landschreibers. Martin Dick sah, wie dessen Augen im Raum umherschweiften, als ob sie sich Antwort auf eine unausgesprochene Frage erhofften. Nun, er hatte Zeit. Laut Protokoll war es ihm sogar untersagt, das Wort zu ergreifen. Sollte der andere ruhig den Anfang machen!

„Was habt Ihr dieses Mal für eine Erklärung dafür", begann der Landschreiber jetzt unvermittelt, „dass Eure Gemeinde schon wieder mit dem Zehnten im Rückstand ist?"

Na also, dachte Martin Dick, da ist er dieses Mal also ohne Umschweife zum Punkt gekommen. Artig deutete er eine Verbeugung an. „Der Sommer war ungewöhnlich heiß, Herr Landschreiber. Die Bauern arbeiten von morgens früh bis abends spät. Ihr werdet in der ganzen Kurpfalz kaum fleißigere Menschen finden als hier in Käfertal!"

„Dass Ihr es wagt!", erwiderte der Beamte erbost. „Bereits im vergangenen Jahr ist Euch der Kurfürst in seiner unendlichen Großzügigkeit entgegengekommen und hat Euch Eure Schuld gestundet. Fleißig, dass ich nicht lache! Faules Pack, das Ihr seid!"

Martin Dick schwieg einen Moment. Es hatte keinen Sinn, sich aufzuregen. Es hatte keinen Sinn, dem Landschreiber vorzuhalten, dass er sich Wildschwein und Gänseleberpastete, feine Trüffel und leckere Confiserien auftischen ließ, während es den Tagelöhnern im Ort manchmal sogar an der täglichen Suppe mangelte. Von weniger als von dem, was seine Leute jetzt hatten, konnte man nicht mehr leben. Martin Dick wusste, dass die Tagelöhnerfamilien im letzten Winter Spelz und Holzspäne ins Mehl gemischt hatten, um das Brot zu strecken. Aber solange er, Martin Dick, Schultheiß war und er mit ansehen musste, wie der Landschreiber immer dicker wurde, während seine Leute von morgens bis abends schufteten, so lange würde er alles tun, was in seiner Macht stand, um ihn hinzuhalten. Martin Dick streckte sich innerlich und musste sich eingestehen, dass es ihm auch Spaß machte, den Landschreiber in seine Schranken zu weisen. Und da er ihn nur zu gut kannte, deutete er auf dessen Beleidigungen hin nur eine weitere, kleine Verbeugung an und blieb stumm.

Der Landschreiber holte sich ein Taschentuch aus seiner Jackentasche und wischte sich den Schweiß von der Stirn. Warum verteidigte sich dieser Martin Dick nicht? Normalerweise müsste er jetzt flehend vor ihm stehen. Der Landschreiber hatte es sogar schon erlebt, dass Schultheiße vor ihm auf die Knie gegangen waren. Mein Gott, was war es hier drinnen schwül! Ob er den Schultheißen bat, ein Fenster zu öffnen? Aber in seiner Position hatte man sich nicht nach frischer Luft zu sehnen, diese war den Bauern und Tagelöhnern vorbehalten.

Jedenfalls wollte er, dessen Einkommen ebenfalls am Zehnten der Gemeinde hing, diese Einbuße nicht noch einmal hinnehmen. Mühsam erhob er sich aus dem engen Stuhl und stützte sich auf dem Ratstisch ab. „Vierzehn Tage gebe ich Euch! Vierzehn Tage und keinen Tag länger!"

„Der Herr Landschreiber dürfen darauf vertrauen", erwiderte Martin Dick mit ernster Stimme, „wir werden unser Bestes geben!" Ob das Beste gut genug sein würde, ließ er dabei offen.

Aber der Landschreiber hatte endgültig genug. Ächzend stand er auf. Er wollte nur noch hinaus. Martin Dick verbeugte sich leicht, hielt dem Landschreiber die Tür auf und geleitete ihn zu dessen Kutsche. Auch hier öffnete er galant die Tür und wartete, bis der Landschreiber eingestiegen war.

Gerade wollte er die Tür schließen, da beugte sich der Landschreiber noch einmal vor. Martin Dick stellte überrascht fest, dass sich der Landschreiber durch die kurze Bewegung und durch die frische Luft zusehends erholt haben musste. Mit gewohnt herrischer Stimme bellte der Landschreiber ihn an: „Wie ich höre, ist der junge Schweizer bei Euch untergetaucht! Nehmt Euch in Acht, Martin Dick, dass Ihr den Bogen nicht überspannt!"

Martin Dick hatte jetzt endgültig genug von seinem hohen Besuch. Er verzögerte deshalb die Unterhaltung nicht länger, sondern antwortete entgegen seiner sonstigen Gewohnheit recht offen: „Ich wüsste nicht, dass gegen Benedict Lemaistre irgendetwas vorliegt. Es kann also keine Rede davon sein, dass er bei uns untergetaucht ist", erwiderte er ruhig und sah dem Landschreiber ungeniert in die Augen.

„So hat er Euch verschwiegen, dass er in Mannheim der Stadt verwiesen wurde", stellte der Landschreiber zufrieden fest.

„Nein, das ist uns bekannt", erwiderte Martin Dick sehr zur Überraschung des Landschreibers, der jetzt die Augenbrauen so weit in die Höhe zog, dass sie fast hinter seiner weißen Perücke verschwanden.

„Soso, das ist Euch bekannt", wiederholte der Landschreiber. Sein Mienenspiel spiegelte nur allzu deutlich seine Überlegung wider, wie er diese Nachricht zu seinem Vorteil würde ausschlachten können.

Martin Dick war des Versteckspiels plötzlich müde. Er fühlte sich dem Landschreiber durchaus gewachsen, sowohl als Mensch als auch von seinen Fähigkeiten her. Er hatte sogar einige Semester Jura in Heidelberg studiert, bevor er nach Käfertal gekommen war, um Margarethe zu heiraten. Er fand die Drohungen des Landschreibers albern und hatte keine Lust mehr, dieses Spiel weiter mitzuspielen.

„Ich wüsste nicht, was die Entscheidung der Mannheimer Stadträte mit uns hier draußen in Käfertal zu tun haben könnte", ergänzte er deshalb. „Wir haben unsere eigenen Räte. Sollten wir zu demselben Schluss gelangen, werde ich Euch das selbstverständlich gerne mitteilen."

Der Landschreiber hatte einen hochroten Kopf bekommen. Mit einer kurzen Drehung seiner Hand beendete er das Gespräch.

Martin Dick verbeugte sich. „Der Herr Landschreiber gestatten", sagte er formvollendet und gab der Tür einen Stoß. Dann gab er dem Kutscher ein Zeichen und die Kutsche setzte sich in Bewegung.

Bei seinem letzten Besuch war der Landschreiber im Anschluss an ihr Gespräch im Wirtshaus eingekehrt und hatte dort für Angst und Schrecken gesorgt. Martin Dick blieb deshalb noch einen Moment stehen. Doch als er sah, dass die Kutsche des Landschreibers nicht vor dem Wirtshaus hielt, kehrte er beruhigt ins Haus zurück.

Er hätte sich nicht zu sorgen brauchen. An diesem Spätnachmittag stand der Wirt des *Grünen Waldes* alleine hinter dem Tresen und hoffte, dass der Landschreiber möglichst bald aus Käfertal verschwinden würde.

Martin Dick wandte sich in Richtung Küche, wo letzter Qualm darauf hindeutete, dass hier bis vor wenigen Minuten ein Feuer gebrannt hatte. Von hier aus ließ sich ganz vortrefflich die kleine *Ratsstube* beheizen. Er fand Margarethe beim Brunnen hinter dem Haus, wo sie sich den Schweiß abwusch. Martin Dick drückte sie kurz. „Ich danke dir“, flüsterte er.

Sie nickte düster. „Wie gut, dass er endlich weg ist!“ Dann schaute sie ihren Mann sorgenvoll an: „Was wirst du jetzt tun?“

Martin Dick betrachtete sie nachdenklich. „Vielleicht ist es an der Zeit, einmal mit Johann und diesem Lemaistre zu sprechen.“

***

Valentin hatte am Schäferkarren noch ein wenig gespielt und machte sich jetzt auf den Weg nach Hause. Benedict sah ihm gedankenverloren nach. Ja, es tat gut, jemanden wie Valentin um sich zu haben. Die Begeisterung des Jungen nahm ihm etwas von seiner Einsamkeit, die nicht nur aus der Distanz zu Susanna rührte, sondern auch damit zu tun hatte, dass man sich in Käfertal schwer tat mit dem jungen Schweizer. Benedict säuberte die kleine Sichel und sein Messer mit einem alten Tuch. Man duldete ihn, aber keiner nahm seine Ideen wirklich ernst, außer Johann vielleicht. Benedict spürte das Misstrauen allerorten, vor allem aber spürte er sein eigenes Fremdsein. Die Gemeinschaft schien ihm eingeschworen. Johann hatte ihn ganz erstaunt angesehen, als er ihm das neulich sagte, und erwidert, es gebe nach innen sehr wohl Reibereien und Eifersüchteleien, aber Benedict spürte davon nichts. Wenn er sah, wie sich die

Frauen einmal pro Woche beim Brotbacken am Backhaus trafen, wie gut das Miteinander auf der Allmende, dem Dorfacker, klappte, dann fühlte er nichts als Sehnsucht und eine tiefe Traurigkeit, nicht Bestandteil einer solchen Gemeinschaft zu sein, wo jeder wusste, wann was zu machen war, wo einer sich auf den anderen verlassen konnte. Er glaubte es Johann einfach nicht, dass die internen Reibereien von großem Belang sein konnten.

Was er indessen auch bemerkte, war eine gewisse Starre, eine Bewegungslosigkeit, die sich aus einer solch engen Gemeinschaft wohl oder übel ergeben mochten. Dass es Johann bis heute nicht gewagt hatte, seinen Vater auf den kleinen Bretterverschlag anzusprechen, den sie als Stall nutzen wollten, mochte an Johann liegen. Aber dass niemand auch nur im Entferntesten daran dachte, das Neue auszuprobieren, hatte ihn doch sehr gewundert. Wie dem auch sei, der Stall für die Rinder war überfällig. Erst wenn die Rinder ein Dach über dem Kopf hatten, würde man Rindermist für die Düngung der Böden gewinnen können. Benedict hatte vor Wochen schon die Brache und einen Teil der Weide mit Pferdemist aus der Stadt gedüngt. In wenigen Tagen schon würde er den ersten Schnitt machen können, sodass ausreichend Futter für die Rinder vorhanden wäre. Aber der Stall war immer noch nicht fertig. Benedict runzelte die Stirn. Er musste unbedingt mit Johann sprechen.

Benedict schloss den Schäferkarren und machte sich auf den Weg. In der Ferne sah er die Gestalt des alten Schäfers, den breitrandigen Hut, den großen Holzstab. Die Schafe weideten ein Stück weiter. Das erinnerte Benedict an das nächste Problem. Selbst Johann war sich nicht bewusst, dass sich ihre Pläne nicht verwirklichen lassen würden, wenn weiterhin so viele Schafe die Weideflächen begrasten. Benedict seufzte. Es gab wirklich vieles, was man hier ändern müsste und vielleicht hatten die Käfertaler sich auch einfach damit abgefunden, dass das Leben so gelebt wurde, wie sie es taten.

Dann schritt Benedict kräftig aus. Schluss mit den trüben Gedanken! Er und Johann wollten am Abend noch in Mannheim sein, es war höchste Zeit aufzubrechen, damit sie die Stadt noch erreichten, bevor die Tore geschlossen wurden. Nicht auszudenken, wenn sie Susannas Eintopf versäumten!

Auf seinem Weg ins Dorf kam Benedict eine Kutsche entgegen, deren Samtvorhänge aus den Fenstern wehten. Erstaunt schaute er auf. Außer der Postkutsche hatte er bisher noch keine Kutschen in Käfertal gesehen, schon gar keine mit Samtvorhängen. Es dauerte einen Moment, dann wusste Benedict, wem diese Kutsche gehörte: dem Landschreiber.

***

Der Landschreiber indessen bemerkte Benedict nicht, er saß in seiner Kutsche und fächelte sich Luft zu. Sein Gesicht war immer noch erhitzt, der Schweiß rann ihm von der Stirn. Er überlegte, wohin ihn sein Weg heute noch führen mochte und ob er es wagen konnte, die heiße Perücke abzusetzen. Schließlich entledigte er sich seines Überrockes, was in der schwankenden Kutsche nicht ganz einfach war. Wiederholt stieß er sich den Kopf und überlegte kurz, ob er die Kutsche nicht anhalten lassen sollte. Aber er sehnte sich nach einem kühlen Glas Wein, sollte der Kutscher lieber zusehen, dass sie in die Stadt kamen, damit er sich erfrischen konnte. Dieser unhöfliche Martin Dick hatte ihm mal wieder nichts zu trinken offeriert. Aber was konnte man von so einem mickrigen Schultheißen auf dem Land auch schon erwarten. Sie waren doch alle gleichermaßen Bauerntölpel, auch wenn sich einer Schultheiß nannte. Es wurde Zeit, dass er sich wieder mehr um seine Beziehungen bei Hofe kümmerte, sonst würde er sein Lebtag als Landschreiber sein Dasein fristen. Und so sehr er die zusätzlichen Einkünfte schätzte, die ihm seine Tätigkeit immer wieder bescherte, so wäre ein Leben bei Hofe doch sehr viel angenehmer. Und sicherlich würde man auch dort Mittel und Wege finden, das eigene Salär aufzubessern.

Der Landschreiber hatte sich gerade seines Überrockes entledigt und sich wieder in die Polster zurückfallen lassen, da verlangsamte die Kutsche ihre Fahrt und kam zum Stehen. Sofort fing der Landschreiber an zu zetern, dann beugte er seinen hochroten Kopf zum Fenster hinaus. „Was fällt dir ein, einfach anzuhalten?", herrschte er seinen Kutscher an.

Dann sah er selbst, was sich als Hindernis auf der Straße aufbaute. Dutzende von mageren Schafen kreuzten die Chaussee, wenige Meter von ihm entfernt stand der alte Schäfer auf seinen Stab gestützt, sein breitkrempiger Hut beschattete das zerfurchte Gesicht.

Der kam ihm genau richtig! Der Landschreiber wälzte sich aus der Kutsche, ignorierte den Umstand, dass er keinen Überrock trug und baute sich vor dem Schäfer auf.

„Gott zum Gruß, der Herr Landschreiber!", begrüßte ihn der Schäfer.

Der Landschreiber sah dem alten Mann an, dass ihm dieses Zusammentreffen unangenehm war und er wusste auch, warum.

„Soso, der herrschaftliche Schäfer von Käfertal", begrüßte er ihn mit spöttischer Stimme, „müsst Ihr ausgerechnet heute Eure Schafe über die Chaussee treiben!"

„Immer auf der Suche nach ein wenig Futter, Herr Landschreiber. Nehmt es den Tieren nicht übel, die Weideplätze sind auch nicht mehr das, was sie einmal waren!"

„Spart Euch Eure Jammerei! Ihr wisst, dass Ihr mir immer noch die halbe Schafbede vom letzten Jahr schuldet. Wie viel bequemt Ihr Euch mir heute zu geben?", schnitt ihm der Landschreiber das Wort ab.

Nun begann der Schäfer erst recht dem anderen sein Leid zu klagen. Neuerdings wohne sogar irgendein Ausländer in Käfertal. Nicht genug, dass dieser in seinem alten Schäferkarren hause, mache er den Tieren auch noch ihre Weideplätze streitig.

Dies entsprach nicht ganz der Wahrheit, denn Benedict Lemaistre bediente sich lediglich der Brache und sonstiger Randflächen für seine Experimente, nicht jedoch der Schafweiden.

„Als ob Euch das je gestört hätte", spottete der Landschreiber. „Und wie stellt es der Herr Ausländer an, dass er Euren Schafen die Weideplätze streitig macht? Er grast wohl selber des Morgens früh?" Der Landschreiber lachte laut über seinen schlechten Witz und der alte Schäfer öffnete seinen fast zahnlosen Mund zu einem schiefen Lächeln.

„Da sollten der Herr Landschreiber wirklich einmal einschreiten", erwiderte der Schäfer, der erleichtert war, dass man vom Thema „Abgaben" so schnell weggekommen war. „Dieser Fremde bepflanzt auch die Brache! Jedermann weiß, dass dies eine Sünde ist. Wie soll der Herrgott das Korn gedeihen lassen, wenn der Boden sich nicht erholen darf?"

„So so", der Landschreiber schaute gedankenverloren in die Ferne und sagte dann: „Nun, wenn er die Brache bepflanzt, dann muss das unterbunden werden. Aber mich braucht Ihr da, weiß Gott, nicht dazu!" Der Landschreiber sah ihn scharf an. „Wie Ihr Bauern und Schäfer Eure Abgaben erwirtschaftet, ist Eure Sache, da mische ich mich nicht ein! Was ist nun mit der Schafbede vom letzten Jahr?"

Der Schäfer nestelte an seinem Rock. Er war froh so glimpflich davongekommen zu sein und zog einen kleinen Lederbeutel hervor, dem er einige kleinere Münzen entnahm und dem Landschreiber in die Hand drückte.

„Dann will ich mal nicht so sein", sagte der Landschreiber gönnerhaft, während er die Münzen entgegennahm und in seine Rocktasche gleiten ließ. „Für heute sei Euch die letztjährige Schafbede noch einmal gestundet."

„Aber die Münzen ..."

„Die paar Kreuzer reichen noch nicht einmal dafür, dass Ihr mir meine kostbare Zeit gestohlen habt, indem Ihr meine Kutsche anhieltet. Seid froh, dass ich Euch nicht noch mehr abnehme!"

Damit zwängte der Landschreiber seinen wuchtigen Körper durch den schmalen Einstieg. Mittlerweile hatten die Schafe die Chaussee gequert, der Kutscher zögerte nicht lange und trieb die Pferde an.

Der alte Mann sah dem Landschreiber mit böser Miene hinterher. Doch dann dachte er, dass er eigentlich ganz zufrieden sein konnte, dass sich der andere mit den paar Kreuzern hatte besänftigen lassen. Der Landschreiber hatte ihm zweifelsohne etwas viel Wertvolleres in die Hände gespielt. Nachdenklich rieb sich der alte Mann an der Nase. Der Ausländer war ihm schon lange ein Dorn im Auge. Nun hatte er erfahren, dass jener offensichtlich auch beim Landschreiber nicht willkommen war. Zufrieden rief der alte Schäfer nach seinem Hund. Kurz darauf überquerten die Schafe die Chaussee ein zweites Mal, dem saftigen Klee der Brache entgegen.

***

„Vater, kann ich Euch einen Moment sprechen?" Johann hatte mit der einen Hand noch die Türklinke in der Hand und blickte mit eingezogenem Kopf unter dem niedrigen Türrahmen hindurch in die gute Stube, wo sein Vater Georg in dem alten Sessel saß und gedankenverloren an seiner Pfeife qualmte.

Georgs Miene verdüsterte sich, als er seinen einzigen Sohn in der Tür stehen sah. Alles an Johann reizte ihn. Warum war er immer nur so zurückhaltend? So vorsichtig! Ein Bauer musste wissen, wo es lang geht, sonst tanzten ihm alle auf der Nase herum. „Was willst du?", fragte er gereizt.

Johanns Anspannung wuchs. Es wäre auch zu schön gewesen. Sein Vater war gereizt und ungeduldig wie immer. „Ich wollte mit Euch über den Hof sprechen", begann er zögernd.

„Das hättest du dir früher überlegen müssen", polterte Georg los, für den die Zukunft des Hofes gleichbedeutend war mit der Frau, die Johann einmal zur Seite stehen würde.

„Vater, bitte …", Johann war blass geworden. Er hasste die Auseinandersetzungen mit seinem Vater.

„Aber dir ist ja noch nicht einmal die Tochter eines reichen Bauern gut genug!", schalt der alte Georg weiter. „Das hast du dir selbst eingebrockt! Sieh selber zu, wie du das jetzt hinkriegst. Ich kann dir ja nicht ewig den Hintern putzen!"

„Vater, ich weiß wirklich nicht, ob Dorothea eine gute Bäuerin …"

„Ich weiß nicht, ich weiß nicht", äffte ihn der alte Georg nach. „Ich weiß nicht, warum ich eine solche Memme als Sohn haben muss! Ich kann dir sagen, ich an deiner Stelle, hätte mir die Mitgift schon lange gesichert!" Er musterte Johann verächtlich. „Zu nichts nutze bist du!"

„Ihr lasst mich ja auch nicht machen", brach es aus Johann heraus. „Wenn Ihr mich nur ließet, dann würde ich Euch schon beweisen, dass ich ein guter Bauer bin!"

Die roten Äderchen auf Georgs Wangen schwollen an. Seine Stimme indessen klang ruhiger als zuvor, gefährlich ruhig, wie es Johann schien. „Du wagst es, mir die Schuld zu geben! Mir zu sagen, ich ließe dich nicht!“ Dann wurde sein Vater wieder laut. „Das ist mir ja noch nie untergekommen! Ein Nichtsnutz, der keine Traute hat für nichts und niemanden! Und du wagst es auch noch, mir die Schuld dafür zu geben!“

Es hatte einfach keinen Zweck. Mit seinem Vater war nicht zu reden. Und doch wusste Johann, dass er die Zustimmung des Vaters brauchte, wenn er den Bretterverschlag im Hof errichten wollte. Benedict hatte ihn erst vorgestern gefragt, wie weit er damit sei. Und er wusste ja selbst, dass sie kurz davor waren, eine erste Fuhre Futter für das Vieh zu ernten. Johann gab sich einen Ruck. „Vater“, begann er vorsichtig und setzte dann mit festerer Stimme fort: „Vater, lasst mich im Hof einen Bretterverschlag errichten, den wir als Stall für die Rinder nutzen können!“

Dem alten Georg verschlug es die Sprache. War der Junge nun völlig übergeschnappt?

Doch Johann, der nur erleichtert feststellte, dass sein Vater dieses eine Mal nicht lospolterte, wertete dies als gutes Zeichen und fuhr fort: „Wenn wir die Rinder im Stall hielten und dort fütterten, könnten wir viel mehr Land für den Getreideanbau verwenden. Außerdem hätten wir den Mist zum Düngen und müssten nicht in die Stadt fahren und von dort den Pferdemist holen.“ Johann schien zu bemerken, dass sein Vater diesen Vorschlag nicht mit Wohlwollen entgegen nahm, denn seine Stimme verlor nun zusehends an Kraft. „Natürlich müsste man auf der Brache dann Futterklee anbauen …“

Johann verstummte. Georgs Gesicht war hochrot angelaufen. Mühsam wuchtete er sich von seinem Stuhl hoch. „Hinaus!“, schrie er. „Nie wieder will ich einen solchen

Schwachsinn hören! Enterben sollte man dich, enterben! Hast du nichts anderes gelernt? An dir ist Hopfen und Malz verloren! Raus mit dir! Komm mir nicht wieder unter die Augen!"

Normalerweise endeten solche Auseinandersetzungen damit, dass Johann die Tür ins Schloss knallte und nach draußen stürmte. Doch heute senkte sich der Streit bleischwer auf seine Seele. Langsam schloss er die Tür und trat vors Haus. Ihn drückte nicht, dass der Vater ihn enterben wollte. Das hatte er schon oft angedroht. Aber da Johann noch vier Schwestern, aber keinen weiteren Bruder hatte, dem der Hof zufallen könnte, wurde diese Androhung vor Johanns geistigem Auge davongetragen wie Spreu im Wind. Johann wusste so gut wie sein Vater, dass dieser ihn niemals enterben würde. Nein, Johann beschäftigte etwas ganz anderes: Er hatte es wieder nicht geschafft, seinem Vater die Stirn zu bieten! Er war jetzt Anfang zwanzig, sein Vater Mitte vierzig. Es war durchaus üblich, dass die Söhne in diesem Alter den Hof übernahmen. Die alten Bauern halfen noch weiter mit, so wie es in Käfertal sowieso kaum eine Familie gab, in der nicht jedes Familienmitglied für die Arbeit auf dem Hof gebraucht wurde. Sein Jugendfreund Sepp zum Beispiel hatte schon vor zwei Jahren geheiratet und war jetzt das Familienoberhaupt. Sepps Vater Ullrich schien sich sogar zu freuen, dass er die schwere Arbeit nach und nach an seinen Sohn hatte abgeben können. Sepps Vater war aber auch schon immer sehr geschickt im Umgang mit Holz gewesen. Und da es in Käfertal keine Schreinerfamilie gab – von den wenigen Aufträgen hätte ein Schreiner mit seiner Familie kaum leben können – waren die Käfertaler froh, dass sie Ullrich hin und wieder bitten konnten, ihnen bei Reparaturen zu helfen. Und Sepp, das musste sich Johann eingestehen, war auch jemand, der sich durchsetzen konnte. Trotzig schaute Johann auf seine Füße. Der alte Ullrich war aber auch bei Weitem nicht so cholerisch wie sein Vater, es gehörte nicht wirklich viel Willenskraft dazu, sich gegen jemanden wie den alten Ullrich durchzusetzen.

Als Johann auf die staubige Straße trat, sah er Lisabeths schlanke Gestalt auf sich zukommen. Sie eilte flink die Dorfstraße hinunter, zwei große Hanfkörbe in den Händen. Johann wurde trotz seiner Sorgen warm ums Herz und er lächelte wehmütig. Lisabeth war ohne Falsch. Er würde nie vergessen, wie sie sich damals in der Dorfschule für Mathes eingesetzt hatte, als die Jungen aus dem Dorf den Schäfersohn piesackten. Lisabeths Mut hatte Johann damals imponiert, das Feingefühl dahinter aber war es, das ihn im Innersten berührt hatte. Doch Lisabeths Familie gehörte zu denen, die sich mit den Randfeldern der Allmende zufrieden geben mussten, sie war niemand, zu der er sich hingezogen fühlen durfte.

Lisabeth hatte ihn fast erreicht. „Grüß Gott, Johann", grüßte sie freundlich und nutzte die kurze Unterbrechung, um die Wasserbehälter abzustellen. Gnadenlos brannte die Sonne auf die staubige Dorfstraße herab, auf Lisabeths Stirn standen die Schweißperlen, ein paar blonde Haarsträhnen fielen ihr ins Gesicht. Sie pustete sie weg und steckte sie mit einer hundertfach geübten Bewegung hinters Ohr. Ihre blauen Augen blitzten und lachten mit der Sonne um die Wette. „Da meint es der Herrgott heute aber besonders gut mit uns!" Und schon hatten ihre kräftigen Hände die beiden Behälter wieder gepackt und sie eilte weiter, dem Brunnen entgegen.

„Grüß Gott, Lisabeth!", rief Johann hinter ihr her. Lisabeth drehte sich noch einmal kurz um und schwenkte den rechten Hanfbehälter zum Gruß.

Lisabeth, dachte Johann, während er immer noch hinter ihr her blickte, Lisabeth wäre eine Bäuerin, die es wert wäre, so genannt zu werden. Die Auseinandersetzung mit seinem Vater wog auf einmal nicht mehr ganz so schwer und plötzlich wusste Johann, was er tun wollte. Er würde Benedict aufsuchen und die Lage mit ihm besprechen. Der Freund hatte immer einen Rat, sicherlich würde ihm auch dieses Mal etwas einfallen.

Johann nahm die Abkürzung über die Felder, während Benedict seinen Freund auf normalem Wege aufsuchte. So kam es zum einen, dass Johann Benedict nicht begegnete. Zum anderen fiel es Johann erst angesichts des verschlossenen Schäferkarrens siedendheiß ein, was er über den Ärger mit seinem Vater völlig vergessen hatte: Er und Benedict wollten heute noch in die Stadt fahren.

***

Als Benedict das Dorf erreichte und die leeren Straßen bemerkte, war dies für ihn einfach ein weiteres Beispiel dafür, dass in der Kurpfalz so vieles anders war als er es kannte. Es wollte ihm partout kein Grund dafür einfallen, warum an einem Sommertag in einem Dorf, das von der Landwirtschaft lebte und wo von Sonnenaufgang bis Sonnenuntergang hart gearbeitet wurde, niemand zu sehen war.

Auch auf Johanns kleinem Anwesen traf er niemanden an. Benedict runzelte die Stirn. Wenn er Johann nicht bald fand, würde es keinen Sinn mehr machen, heute noch in Richtung Mannheim aufzubrechen. Benedict überquerte den Hof und pochte an die Haustür. Im selben Moment wurde diese von innen aufgerissen. Erschrocken wich Benedict zurück. Dann erkannte er die wuchtige Gestalt von Johanns Vater. „Grüß Gott, Herr Georg“, grüßte Benedict freundlich, nachdem er sich von seinem kurzen Schreck erholt hatte. „Ist Johann zu Hause?“

„Was wollt Ihr?“, herrschte Georg ihn an.

„Johann und ich wollten heute noch nach Mannheim fahren“, erwiderte Benedict. „Ist er denn nicht zu Hause? Wir wollten eigentlich schon viel früher aufbrechen!“

Der alte Georg musterte den jungen Schweizer. Wie er so vor ihm stand, mit schulterlangem, dunklem Haar, gekleidet in der schlichten Leinenkleidung der Bauern, hatte er dennoch nichts Unterwürfiges an sich. Im Gegenteil. Johanns Vater, der eben noch seinem Sohn über den Mund gefahren war, zögerte. Er war sich, wie immer, wenn er Benedict Lemaistre traf, nicht sicher, wie er sich verhalten sollte. Dieser Lemaistre sah aus wie jemand, der genau wusste, was er tat und der sich – das spürte der alte Georg instinktiv – nicht so leicht einschüchtern lassen würde wie sein Sohn. Der alte Georg ahnte, dass die Idee mit dem Bretterverschlag nicht von Johann kam, sondern auf diesen Schweizer zurückgehen mochte. Aber da er Johann nicht hatte aussprechen lassen, wusste er es nicht und gefragt hatte er ihn auch nicht. Schließlich brummte er so etwas wie „Ich weiß auch nicht, wo sich der Bengel wieder herumtreibt“, und schloss die Tür ohne weiteren Gruß.

Verdutzt blieb Benedict im Hof stehen. Das sollte mal einer verstehen! Hatte Georg nicht gerade das Haus verlassen wollen? Er seufzte und dachte mit Bedauern an Susannas Eintopf, der in weite Ferne rückte. Was machte er denn jetzt am besten? Er entschloss sich, noch im Wirtshaus nach Johann zu suchen, bevor er unverrichteter Dinge zu seinem Schäferkarren zurückkehren würde. Als er um die Ecke bog, lief er seinem Freund direkt in die Arme.

„Da bist du ja!“ Benedict war angesichts seiner jüngsten Überlegungen einfach nur erleichtert Johann zu sehen.

Johann war etwas außer Puste. „Oh, Benedict, entschuldige! Ich hatte total vergessen, dass wir heute noch Mist holen wollten!“ Dann ergänzte er kleinlaut: „Ich hatte mal wieder Streit mit meinem Vater und war draußen am Schäferkarren, um mit dir zu sprechen."

„Du hast ihn auf den Bretterverschlag angesprochen", stellte Benedict fest.

Johann nickte. Seine Verzweiflung stand ihm immer noch ins Gesicht geschrieben und er wusste nicht recht, wo er anfangen sollte.

Benedict überlegte kurz. „Lass uns nach Mannheim aufbrechen, dann erzählst du mir das Ganze auf dem Weg."

Johann nickte stumm.

Ein zweites Mal schickte sich Benedict an den Hof zu verlassen, dieses Mal zusammen mit Johann.

Da bog ein mittelgroßer Mann um die Ecke, er mochte Mitte dreißig sein, sein Leinenhemd war verschwitzt, seine Hände schmutzig. „Johann, du und dieser da", damit nickte er in Richtung Benedict, „sollt umgehend zum Schultheiß Dick kommen!" Sprach's, drehte sich um und schlurfte davon.

Benedict schaute ihm entgeistert hinterher. „Was war das denn?", fragte er und drehte sich zu Johann um.

„Was das war, kann ich dir auch nicht sagen", erwiderte Johann nicht minder verblüfft. „Aber ich kann dir sagen, wer das war: das war Josef, der Knecht von Martin Dick. Und ich kann dir versichern: wenn Martin Dick ruft, dann lässt man sich bei uns nicht zweimal bitten!"

Benedict schaute Johann neugierig an. Nicht dass er von Johann irgendeine Art von Widerstand erwartet hätte, aber Johanns Stimme klang nicht so hilflos wie sie sonst klang, wenn er etwa von den aussichtslosen Gesprächen mit seinem Vater erzählte. Johann sprach ehrfürchtig und respektvoll, ohne irgendeinen Unterton.

„Tut mir leid, Benedict", fügte Johann hinzu. „Ich fürchte, wir müssen Mannheim auf morgen verschieben."

***

Susanna schaute äußerst zufrieden auf ihre abgeernteten Beete. Noch nie hatte sie eine solche Ausbeute gehabt wie in diesem Sommer und dies, obwohl es so trocken wie selten gewesen war. Heute wollte sie die restlichen Bohnen ernten, auch ihre Tomaten trugen noch kräftig, ansonsten war sie mit dem Sommergemüse durch. Die Karotten lagerten bereits in ihrer Sandkiste im Kellergewölbe, das Kraut war angesetzt. Selbst die Bohnen waren bereits in Krügen sterilisiert. Die Ausbeute von heute würde direkt in den Suppentopf wandern. Für die nächsten vierzehn Tage hatte sie sich die Kartoffeln vorgenommen und dann blieben nur noch Ackersalat und Rosenkohl für den Winter.

Philipp Frölich unterbrach die Gedanken seiner Tochter. Er war schlecht gelaunt. Seit Tagen plagten ihn Rückenschmerzen, die sein fröhliches Naturell und auch seine Großzügigkeit auf eine harte Probe stellten. Gerade war er an dem Misthaufen vorbeigekommen, der mittlerweile ziemlich groß geworden war. „Auf niemanden kann man sich verlassen!", schimpfte er, „und auf Fremde schon gar nicht!"

Susannas Augen verengten sich. Sie hatte ihrem Vater gegenüber in den letzten Wochen große Nachsicht walten lassen und war sehr geduldig gewesen. Philipp Frölich hatte in seiner großzügigen aber auch sturen Art entscheidend dazu beigetragen, dass Benedict so schnell freigekommen war. Der alte Frölich hatte sogar zugestimmt, dass Benedict ab und zu kommen und den Pferdemist abholen konnte. Susanna hatte im Gegenzug beide Augen zugedrückt, wenn ihr Vater mal wieder unterwegs war zu seiner Liebschaft in Richtung Konkordienkirche oder auch nur ums Eck zur dicken Bertl. Jetzt spürte sie, wie ihre Geduld zu Ende ging.

„Auf wen kann man sich nicht verlassen?", fragte sie mit beherrschter Stimme.

Aber der alte Frölich war so sehr mit sich selbst beschäftigt, dass er den warnenden Unterton überhörte. „Eine Schnapsidee ist das, Mist zu sammeln und durch die halbe Welt zu kutschieren", grollte er weiter. „Und unsereins muss den Gestank aushalten!"

„Mir scheint, du hast bereits vergessen, dass wir es waren, die bis vor kurzem jeden Tag den Mist wegfahren mussten!", konterte Susanna.

„Eine Schnapsidee!", wiederholte Philipp, ohne Susannas Einwand zu beachten. „Der halbe Hof ist blockiert. Die Leute machen sich schon lustig über mich!"

„Das glaube ich allerdings", stimmte ihm Susanna zu. „Aber ich kann dir versichern, der Grund dafür liegt nicht in diesem Misthaufen, sondern an dir selbst!" Und als der alte Philipp zu einem weiteren Lamento ansetzen wollte, fügte sie ironisch hinzu: „Es ist natürlich viel sinnvoller, selbst den Mist vor die Stadttore zu bringen und auch selbst noch das Brückengeld entrichten zu müssen!"

Da gab der alte Philipp auf. Er fasste sich an sein Kreuz und humpelte hinüber zur Holzbank, wo die Nachmittagssonne ihre letzten Strahlen hinschickte. „Weiber!", brummelte er vor sich hin, hielt dann aber noch einmal inne und fragte etwas lauter: „Wann kommt er denn jetzt endlich, dein Herr Benedict?"

Susanna hatte dem humpelnden Vater sorgenvoll hinterhergeschaut. „Spätestens morgen Mittag ist der Misthaufen weg", tröstete sie ihn und dachte an den Gemüseeintopf, der bereits auf dem Herd stand und der heute etwas üppiger ausfiel als sonst.

Doch Benedict kam nicht. Als Susanna wohl zum zehnten Male in den Schankraum ging, um nachzuschauen, ob sie seine Ankunft möglicherweise verpasst hatte, sah sie ihren Vater mit dem Viertelmeister an einem Tisch sitzen. Da öffnete sich die Tür zur Straße und Susanna schaute hoffnungsvoll hinüber. Herein kam indessen nicht Benedict, sondern die wuchtige Gestalt des Landschreibers. Polternd trat er in den Raum. Der alte Frölich verzog die Miene, nun musste er schon wieder aufstehen, um den Landschreiber zu begrüßen. Aber da war der Viertelmeister schon aufgesprungen und hatte seinen Cousin mit an den Tisch gezogen, sodass sich der Postwirt nicht mehr zu bemühen brauchte. Also blieb er sitzen und winkte Susanna nur kurz zu. „Susanna, noch ein Bier für den Herrn Landschreiber, er sieht mir heute gar zu durstig aus!"

„Zu großzügig", kam es da spöttisch aus des Landschreibers Mund zurück. „Ihr werdet ja wohl ein kühles Glas Wein in Euren Kellern haben?"

„Wir sind einfache Leute, Herr Landschreiber", antwortete ihm der alte Frölich ruhig. „Ein kühleres und frischeres Bier als bei uns werdet Ihr nirgendwo finden!"

Der Landschreiber war zu durstig, um sich auf eine Diskussion mit dem Postwirt einzulassen, und schließlich war ein kostenloses kühles Bier auch nicht zu verachten. Also setzte er sich schwer ächzend zu den beiden anderen an den Tisch und antwortete: „Dann will ich mal nicht so sein!"

Susanna zapfte also ein weiteres Bier, dann ging sie zu dem Tisch, wo die drei Herren sich bereits ausgiebig über das heiße Wetter unterhielten, stellte den Krug mit einem Schwung dem Landschreiber direkt vor die Nase und verschwand grußlos in der Küche.

„Ein hübsches Mädel, Eure Tochter", sagte der Landschreiber, der Susannas Schweigen zu seinen Gunsten auslegte. „Kommt nicht häufig vor, dass eine nicht den ganzen Tag lang tratscht, sondern auch mal den Mund halten kann! Prost Cousin! Prost Postwirt!"

Der Viertelmeister schwoll sichtlich an und nutzte die Gunst der Stunde, seinen Cousin in seine Pläne einzuweihen. „Gut, dass sie dir gefällt“, sagte er, stellte feierlich seinen Krug ab und wischte sich weniger feierlich mit dem Rücken seiner rechten Hand den Schaum vom Mund. „Susanna wird nämlich bald zur Familie gehören!“

Der Landschreiber klopfte seinem Cousin laut lachend auf die Schulter. „Du bist mir ja ein Schwerenöter! Habe ich etwas verpasst?“

Der Postwirt rutschte unbehaglich auf seiner Bank hin und her und war gottfroh, dass Susanna bereits wieder in der Küche war und sich auch sonst keine anderen Gäste im Schankraum befanden. Währenddessen erzählte der Viertelmeister, dass er die hübsche Susanna zu heiraten gedenke. Natürlich sei es noch nicht offiziell, auch habe er Susanna noch nicht fragen können. Aber er müsse doch sagen, dass er, seit dieser elende Schweizer nicht mehr in Mannheim sei, mit seiner Werbung doch ein gutes Stück vorangekommen sei.

Der Landschreiber wurde hellhörig. „Der Schweizer, sagst du? Du meinst aber nicht den Bauerntölpel, der sich bei den Salvatores als Händler versuchte?“

Der Viertelmeister, der es offensichtlich genoss, dass sich sein wohlhabender Cousin für seine Belange interessierte, nickte eifrig. „Doch, genau den! Aber dem habe ich es gezeigt! Verhaften musste ich den, weil seine Papiere nicht in Ordnung waren und dann habe ich ihn der Stadt verwiesen!“ Listig schaute der Viertelmeister auf. „Der kommt so schnell nicht wieder!“

„Wenn du dich da mal nicht täuschst“, erwiderte der Landschreiber und erzählte seinem Cousin von dem jungen Schweizer, der jetzt in Käfertal wohnte. „Aber lang wird er dort wohl nicht bleiben“, tröstete er seinen Cousin, als er dessen entsetztes Gesicht sah. „Mittlerweile macht er sogar dem Schäfer seine Weiden streitig." Und mit einem Blick auf den Postwirt ergänzte der Landschreiber fröhlich: „Eckt nur an, der gute Junge. Na, was will man von so einem auch erwarten!"

Philipp Frölich atmete erleichtert auf, als sich das Interesse der beiden Gäste anderen Themen zuwandte und entschuldigte sich mit dringenden Geschäften im Stall.

Kaum war der Postwirt draußen, raunte der Landschreiber dem Viertelmeister zu: „Wie gut, dass du mich getroffen hast! Hör zu!" Und nun erzählte der Landschreiber den zweiten Teil seiner Käfertaler Erlebnisse, den er nicht vor Philipp Frölich hatte loswerden wollen und in dem er eine wunderbare Gelegenheit sah, seinem Cousin einen Gefallen zu tun, der ihn selbst nichts kostete, den anderen aber in seine Schuld bringen würde.

„Wie du siehst", beendete er seinen Bericht wie beiläufig, „ist der dumme Ausländer schon wieder dabei, sich in Schwierigkeiten zu bringen. Ich könnte dafür sorgen, dass ihm das endgültig das Genick bricht!"

„Das würdest du für mich tun!" Der Viertelmeister war so erleichtert, dass er, ohne groß darüber nachzudenken, dem Landschreiber seinen Trumpf überließ und gierig fragte: „Wie willst du das machen?"

Da erzählte der Landschreiber seinem Cousin von den potentiellen Konflikten, die er zwischen Benedict und dem alten Schäfer entstehen sah, und dass er den alten Schäfer bereits auf die Brache angesetzt hatte. Im Übrigen kannte der Landschreiber seinen Cousin gut genug, um Zweifel an dessen Dankbarkeit zu hegen. Aber er würde schon dafür sorgen, dass dieser kleine Gefallen nicht in Vergessenheit geriet, dachte er noch, bevor er zufrieden seinen Krug leerte.

7. Kapitel

Die Fenster der *Ratsstube* standen sperrangelweit offen, ein leichter Wind sorgte für Durchzug. Trotzdem wirkte die Befeuerungsaktion für den Landschreiber in dem kleinen Raum noch nach. Unter dem mittleren Fenster, wo der Durchzug am größten war, standen drei Stühle, auf denen Martin Dick, Johann und Benedict saßen. Martin Dick hatte die Zeit bis zum Eintreffen der beiden Besucher genutzt, um sich bequemer zu kleiden. Er hatte sogar Zeit gefunden, die weiße Perücke abzuziehen und seinen Kopf unter den kühlen Schwall des Brunnens zu halten. Er fühlte sich erfrischt und ausgeruht, als Johann mit Benedict eintraf und freute sich, dass die beiden so schnell kommen konnten. Sie saßen schon seit geraumer Zeit zusammen und bisher war es hauptsächlich Benedict gewesen, der – den Oberkörper leicht vorgebeugt und immer wieder die Hände zu Hilfe nehmend – gesprochen hatte. Nun lehnte er sich in seinem Stuhl zurück und schwieg. Martin Dick schwieg ebenfalls und Johann, der die Gedanken des Schultheißen nicht stören wollte und stolz war, bei diesem Gespräch zugegen zu sein, sah ebenfalls keine Veranlassung etwas zu sagen.

Nach einer Weile erhob sich Martin Dick und begann in dem Raum langsam auf und ab zu gehen. „Lasst mich das in meinen Worten zusammenfassen und widersprecht mir, wenn ich etwas falsch verstanden habe."

Als Benedict darauf zustimmend nickte, fuhr Martin Dick fort: „Ihr wollt die Erde auf den Feldern mit Mist versetzen, im Idealfall mit Rindermist. Aus Eurer Zeit in der Schweiz wisst Ihr, dass dadurch die Erträge steigen. Richtig?" Benedict nickte bestätigend.

„Ihr experimentiert jetzt schon auf Teilen der Brache – und wie Ihr sagt auch im Garten der Poststation – mit

Pferdemist, den Ihr Euch in Ermangelung von ausreichend Rindermist von der Poststation in Mannheim holt. Um Rindermist zu gewinnen, müsste man die Kühe ganzjährig in Ställen halten, ergo irgendwo Futter für diese anpflanzen, da sie nicht mehr auf der Weide stehen und selbst fressen können."

Benedict spürte ein Kribbeln im Bauch. Gleich würden sie zu der kritischen Stelle seiner Betrachtungen kommen. Ob der Schultheiß den Knackpunkt erkennen würde? So oder so, es würde zu einer Entscheidung kommen, dessen war er sich plötzlich ganz sicher. Und tatsächlich fragte der Schultheiß: „Wo wollt Ihr die Fläche für das Futter herbekommen? Sicher, mit Eurer Mist-Methode könnte man mit der Brache experimentieren und versuchen, diese häufiger als bisher nutzbar zu machen. Aber das wäre wohl nicht ausreichend."

Martin Dick schaute Benedict fragend an und sah, wie dieser – langsam den Kopf schüttelnd – ihn ganz genau anschaute, als ob er auf irgendetwas gespannt wäre, das er schon wusste, von dem er sich aber wünschte, dass der andere es zuerst sagen würde. „Das Futter wäre also nicht ausreichend", wiederholte Martin Dick und blieb stehen. Er schaute den jungen Schweizer an, Benedict erwiderte seinen Blick und plötzlich schien der Schultheiß zu begreifen. Er setzte sich auf seinen Stuhl und stützte den Kopf in seine Hände. So saß er eine ganze Weile. Dann schaute er nach draußen, wo sich die dürren Weiden so weit erstreckten, wie das Auge reichte.

„Ich komme ursprünglich aus Feudenheim", sagte er schließlich, „es ist nicht weit, ein kleiner Ort eine halbe Stunde neckaraufwärts von hier. Als ich damals nach Käfertal kam, merkte ich, dass man als Außenstehender manche Dinge anders wahrnimmt als die Menschen, die schon lange an einem Ort wohnen. Und jetzt muss ich feststellen", er lächelte Benedict an, „dass ich auch nur Bestandteil einer bestehenden Gemeinschaft bin. Ihr bringt als Nicht-Kurpfälzer zweifellos neue Sichtweisen mit."

Benedict erwiderte nichts, er spürte, der Schultheiß war noch nicht fertig.

Und richtig, da kam es auch schon: „Was ich nicht weiß", der Schultheiß sah Benedict ernst an, „ich bin mir unsicher, wie viel Veränderungen ich den Menschen – oder besser: den bestehenden Strukturen – zumuten kann."

Benedict nickte erleichtert. Der Schultheiß hatte ihn verstanden. Er saß hier einem Menschen gegenüber, der sah, dass die Veränderungen mit dem Düngen der Felder nicht endeten. Man würde in langjährige, gewachsene Strukturen eingreifen müssen.

Johann blickte verwirrt vom einen zum anderen. „Was heißt das?", fragte er. „Was meint Ihr mit ‚Strukturen'? Wem kann man was nicht zumuten? Alle würden sich freuen, wenn wir endlich etwas mehr Getreide hätten als bisher!"

Benedict schaute den Schultheißen erwartungsvoll an. Jener hatte es immer noch nicht ausgesprochen.

Der Schultheiß enttäuschte ihn nicht. „Tja, Johann", hörte er den Ortsvorstand jetzt sagen, „die Sache ist, dass wir vorher nur ein bisschen die kurfürstliche Schäferei abschaffen müssten."

Johann verstand immer noch nicht.

Martin Dick legte seine linke Hand auf Johanns rechte Schulter und sah ihm direkt in die Augen. „Das Futter für die Stallrinder kann nur dort wachsen, wo im Moment die Schafe weiden. Einen anderen Platz haben wir nicht."

Von draußen ertönten laute Stimmen. „Herr Benedict, Herr Benedict!" Und dann: „Lasst mich los! Herr Benedict!"

Benedict sprang auf und lehnte sich aus dem Fenster. Draußen sah er den kleinen Valentin mit hochrotem Kopf, er war völlig außer Puste. Neben ihm stand ein junger Mann mit einem dünnen, schwarzen Umhang und einer Brille auf der Nase. Dieser hielt mit der einen Hand Valentins Arm fest, mit der anderen zog er ihn am Ohr. „Hab ich dich endlich, du Schulschwänzer! Wirst du wohl stille halten! Dieses Mal entkommst du mir nicht!"

Benedict erkannte den jungen Lehrer aus der Postkutsche sofort. „Verzeiht", murmelte er in Richtung Martin Dick, dann eilte er aus dem Zimmer. Ein kleines bisschen schlechtes Gewissen wegen Valentins Schulschwänzen, an dem er sich nicht ganz unschuldig fühlte, mischte sich mit einer gehörigen Portion Zorn auf den jungen Pädagogen, der so gar nicht zimperlich mit dem Jungen umsprang. Im Nu stand Benedict neben dem jungen Lehrer und packte ihn am Arm. „Wollt Ihr den Jungen augenblicklich loslassen!", forderte er mit erregter Stimme.

Der Lehrer war so erstaunt, dass er tatsächlich innehielt und Benedict verblüfft anschaute. Irgendwie kam ihm dieser junge Mann bekannt vor, aber er erinnerte sich nicht, wo er ihm begegnet war.

„Herr Benedict! Herr Benedict!", rief Valentin aufs Neue und entwand sich geschickt dem Griff des Lehrers, als dieser seine Umklammerung plötzlich lockerte. Valentin zerrte Benedict am Hemdsärmel. „Herr Benedict …"

„Einen Augenblick, Valentin", sagte Benedict. Ohne den Blick von dem Lehrer zu wenden, legte er beruhigend eine Hand auf Valentins Schulter. Dann sagte er in kühlem Ton an den Lehrer gerichtet: „Wenn Ihr etwas geschickter mit den Kindern umgingt, dann würden sie freiwillig zu Euch kommen und Ihr müsstet sie nicht dazu prügeln!"

„Lesen und Schreiben lernt man nun einmal in der Schule, und nur dort!", erwiderte der Lehrer in spitzem Ton. „Ich kann auch nichts dafür, dass Kinder nicht gerne zur Schule gehen! Aber lernen müssen sie allemal!"

„Ist das alles, was man Euch auf Eurem Seminar in Heidelberg beigebracht hat?“, fragte Benedict und hielt mit seiner freien Hand Valentins Hand fest, die immer noch an seinem Ärmel zerrte.

Nun dämmerte es Casimir Nebulus, wo er diesen jungen Mann getroffen hatte. Der Schweizer aus der Postkutsche, dem so schlecht gewesen war! „Ich wüsste nicht, was Euch das angeht“, erwiderte er „der Junge dürfte wohl kaum mit Euch verwandt sein, nehme ich an!“

„Als ob das eine Rolle spielte …“, setzte Benedict an, doch der Lehrer hatte nun an Zuversicht gewonnen. Und da er merkte, dass neben Johann nun auch der Schultheiß auf die Straße gekommen war, erwiderte er mit allem, was er an Lehrerautorität aufzubringen vermochte: „Dem Land ist schlecht gedient, wenn seine Kinder nicht einmal rechnen können. Wie sollen sie …“

„Soso“, unterbrach ihn Benedict, „nicht rechnen …“

„Jawohl, rechnen! Und dieser Junge ist ein Paradebeispiel dafür, wie Kinder sich entwickeln, wenn sie ohne Schule durchs Leben gehen. Dieser Junge, der nicht einmal die einfachsten Rechenfunktionen beherrscht …“

„Valentin“, unterbrach Benedict den Lehrer erneut. „Valentin, so zeige doch dem Herrn Lehrer, wie du rechnen kannst!“

„Herr Benedict“, rief Valentin verzweifelt, froh, endlich zu Wort zu kommen. „Herr Benedict, ich muss Euch unbedingt …“

„Gleich, Valentin, nichts ist so wichtig, dass wir dem Lehrer nicht noch zeigen können, wie viel du gelernt hast! Was ist drei mal fünf?“

„Herr Benedict …!“

„Valentin, drei mal fünf!“

„Mein Gott, fünfzehn! Herr Benedict, draußen beim Schäferkarren! Der Schäfer treibt gerade seine Schafe über unsere Brache!“

Benedict hatte sich gerade wieder dem Lehrer zugewandt, um ihn zu fragen, ob er immer noch der Ansicht sei, dass Valentin nicht rechnen könne und es sei ja sehr wohl anzunehmen, dass der Junge dies nicht in der Schule gelernt habe. Doch hielt er jäh in seiner Bewegung inne und packte Valentin an den Schultern. „Was sagst du?"

„Der Schäfer, Herr Benedict!" Valentin schluchzte nun fast. „Die Schafe. Sie fressen den ganzen schönen Klee, den wir für die Kühe haben wollten!"

Benedict schaute auf, sein Blick traf den von Martin Dick. Gerade hatten sie noch überlegt, ob sie mit den neuen Anbaumethoden Widerstände hervorrufen würden. Der Widerstand hatte, wie es schien, bereits begonnen. Dann liefen sie los, Benedict vorneweg, Valentin und Martin Dick hintendrein. „Der Schäfer, die Schafe", stammelte Johann noch, aber dann folgte auch er den anderen eiligen Schrittes.

Einzig der Lehrer blieb mit offenem Mund zurück. Er konnte es einfach nicht glauben. Der kleine Valentin konnte rechnen!

***

Als sie den Dorfrand erreichten, zügelte Benedict seine Schritte. Martin Dick, der älter war und außerdem an seinem kleinen Bauch zu tragen hatte, war bereits zurückgeblieben. Benedict aber wollte nicht ohne Martin Dick an der Brache ankommen. Dieser war immerhin der Schultheiß und er, Benedict, nur Gast im Dorf. Was hätte er alleine schon dem alten Schäfer sagen können? Also wartete er, bis ihn der andere eingeholt hatte und sie setzten ihren Weg gemeinsam fort.

„Ich hätte mit Euch schon viel früher sprechen sollen", sagte Benedict auf einmal. „Johann hat mir erzählt, dass der Schäfer hin und wieder auch die Brache als Weideland nutzt. Wenn ich geahnt hätte, dass der Schäfer so schnell zurück ist!"

„Ja, das ist seltsam", bestätigte Martin Dick. „Eigentlich sollte er jetzt auf dem Weg in Richtung Neckar oder Richtung Sandhofen sein. Vielleicht ist die Ausbeute der Wiesen durch die Trockenheit schlechter als sonst."

Benedict horchte auf. „Ihr werdet ihn doch dort wegschicken können, oder?"

Der Schultheiß wiegte seinen Kopf hin und her, als wäge er etwas ab.

„Das ist so eine Sache", sagte er dann. „Habt Ihr schon einmal etwas von der Triftgerechtigkeit gehört? Nein? Nun, die Triftgerechtigkeit ist ein uraltes Recht, sie ist mehrere hundert Jahre alt und besagt, dass ein Schäfer jeden Weg queren darf, den er nehmen möchte, um seine Schafe zur Weide zu bringen."

„Jeden Weg", wiederholte Benedict. „Ihr meint: jede Straße?"

„Nein!" Der Schultheiß schüttelte den Kopf. „Nein, es beschränkt sich nicht nur auf Straßen, sondern gilt für jegliches Land. Der Schäfer dürfte seine Schafe auch durch meinen Garten treiben, wenn er das für richtig hielte oder über ein Weizenfeld, was auch schon passiert ist …"

„… oder über ein Kleefeld", ergänzte Benedict.

„Richtig, auch über ein Kleefeld, zumal dieses Kleefeld auf der Brache wächst, einem Stück Land also, das der Schäfer ganz offiziell als richtiges Weideland nutzen darf!"

„O Gott", murmelte Benedict.

Kurz bevor sie die Brache erreichten, holten Johann und Valentin auf. So kam es, dass sie zu viert waren, als sie in die Sichtweite des Schäfers gelangten. Dieser befand sich auf der rückwärtigen Seite seiner Herde und hatte dort auf einem großen Stein Platz genommen, sodass er sie erst spät kommen sah.

„Gott zum Gruße, Alois“, grüßte der Schultheiß.

Der Alte schaute sie mit listigen Augen an. „Gott zum Gruße“, erwiderte er und spottete: „Was verschafft mir die Ehre?“

Martin Dick trat vor und machte den anderen ein Zeichen, stehenzubleiben. Offensichtlich wollte er alleine mit dem Alten reden. „Alois“, begann der Schultheiß. „Es ist Jahre her, dass ich Eure Herde auf der Brache habe weiden sehen.“

Der Alte erwiderte Martin Dicks Blick und sagte dann: „So, das ist Euch aufgefallen!“

„Warum seid Ihr nicht in Sandhofen?“

„Darüber bin ich Euch keine Rechenschaft schuldig!“

„Alois“, setzte Martin Dick von Neuem an. „Wir haben hier auf der Brache Klee angepflanzt, aber nicht für die Schafe, sondern als Stallfutter für das Hornvieh.“

„Das ist nicht sehr klug gewesen“, erwiderte der Alte. „Die Brache wird von jeher auch schon als Weideland genutzt.“

„Ihr wisst, dass das so nicht stimmt“, widersprach der Schultheiß mit scharfer Stimme. „Es gibt seit vielen Jahren eine Abmachung, dass die Schafe zuerst auf den Schafweiden fressen sollen und nur in Notfällen die Brache betreten sollen.“

„Bisher wart Ihr immer sehr zufrieden, wenn ich die Schafe auf dem Brachland weiden ließ!“, konterte der Alte ruhig. „Es gab schon Jahre, da habt Ihr mich sogar händeringend darum gebeten!“

„Das waren Ausnahmen“, erwiderte der Schultheiß ärgerlich. „Und Ihr wisst das auch ganz genau! Das waren nur die Jahre, in denen der Boden sich nicht schnell genug erholte und wir wollten, dass die Schafe mit ihren Exkrementen nachhalfen! Was ist nur in Euch gefahren?“

Benedict schaute den Schultheißen neugierig an. Verstand jener deshalb sein Konzept so gut, weil es zu dem passte, was man bereits wusste? Aber warum in aller Welt, setzte man das dann nicht konsequent um?

„Jeder muss sehen, wo er bleibt", gab der Alte zur Antwort. „Ich habe meine Abgaben und Ihr die Euren. Hier wächst das beste Futter weit und breit. Ich wäre ein schlechter Hirte, wenn ich die Tiere anderswo weiden ließe!"

In der Tat, die roten Blüten des Klees reckten sich dicht und prall der Sonne entgegen. Martin Dick wollte sich gerade wütend abwenden, als er im hinteren Teil der Brache eine kleine Fläche entdeckte, auf der die Pflanzen fast hüfthoch wuchsen. Überrascht schaute der Schultheiß Benedict an. „Ihr habt mir nicht gesagt, dass Ihr die Brache bereits zum Anbau von Pflanzen nutzt. Haltet Ihr das wirklich für sinnvoll?"

Benedict wandte sich verlegen. „Das ist auch eine Art Klee …", begann er.

„Klee? Der fast einen Meter hoch wächst?" Martin Dick beäugte ihn misstrauisch.

„Nun ja", antwortete Benedict. „Wir sagen dazu Luzerne. Sie hinterlässt den Boden genauso reichhaltig wie Klee, wächst aber höher und liefert deshalb ein Vielfaches an Futter! Ich wusste nur nicht, ob Luzerne hier auf dem sandigen Boden überhaupt gedeiht …" Benedicts Stimme verlor sich, hatte er sich zu weit vorgewagt?

„Und?", hakte Martin Dick nach. „Gedeiht sie?"

Benedict lächelte. „Völlig problemlos!" Und mit einem Blick auf die Schafe meinte er trocken: „Und geschmacklich scheint sie auch in Ordnung zu sein!"

***

„Ruhe, ich bitte um Ruhe!" Martin Dick griff nach dem kleinen Hammer und schlug mehrmals auf den alten

Holztisch. Benedict zuckte unwillkürlich zusammen und rutschte langsam auf seinem Stuhl nach vorn. Mehr liegend als sitzend saß er nun hinter dem Tisch, den er sich mit dem Schultheißen teilte. Er hielt den Blick gesenkt und vertiefte sich alsbald in einen Riss, der die Tischplatte direkt vor seinen Augen durchzog. Benedict griff nach der Ritze im Holz und betastete die Ränder mit seinen Fingern. Seine dunklen Haare legten sich wie ein Vorhang um sein Gesicht.

Am liebsten wäre es ihm gewesen, er hätte der Versammlung fern bleiben können. Die Begegnung mit dem Schäfer, der seine Herde einfach auf die Brache getrieben hatte, hatte ihn zutiefst verunsichert. Auch der Schultheiß und Johann wirkten bedrückt, als sie ergebnislos ins Dorf zurückkehren mussten, und Valentin hatte wieder und wieder gefragt, warum man den Schäfer nicht vertreiben dürfe.

Für Benedict war die Begegnung mit dem Schäfer nur ein weiteres Beispiel dafür, wie fremd er hier eigentlich war. Er war kein Käfertaler Bürger, er gehörte nicht dazu. Und wenn er sich durch Johanns Freundschaft und des Schultheißen Interesse auch geschmeichelt fühlte, so war dies alles nicht seine Angelegenheit. Er hätte schon längst aufbrechen sollen, am allerwenigsten aber hätte er mit hierherkommen sollen zu dieser Versammlung. Obwohl er jetzt schon viele Wochen in der Kurpfalz weilte, war ihm der Dialekt teilweise noch sehr fremd, er würde sowieso nur die Hälfte verstehen. Aber Martin Dick hatte darauf bestanden. „Die sollen alle sehen, wie wichtig mir diese Sache ist", hatte er erklärt.

Johann hatte Benedict noch einmal zugenickt und dann auf einem der Stühle Platz genommen, die in dichten Reihen vor dem kleinen Holztisch aufgestellt waren. Käfertal war mit seinen gut zwei Dutzend Familien eine sehr kleine Gemeinde, das wusste Benedict. Dennoch schien ihm der kleine Saal im Gasthaus *Zum Grünen Wald* übervoll mit

Männern und Frauen aller Altersgruppen. Benedict hatte Johanns Vater Georg erkannt und auch Lisabeth und die beiden anderen Frauen, die er manchmal zusammen mit Lisabeth gesehen hatte, Grete hieß die eine, meinte er sich zu erinnern. Doch dann hatte er nicht mehr aufgeschaut. Sein Blick verweilte beharrlich auf der Tischplatte, wo seine linke Hand immer noch mit dem Riss spielte.

„Ruhe bitte!" Der Hammer dröhnte ihm in den Ohren, doch dieses Mal zeigte das Werkzeug eine gewisse Wirkung, der Gesprächspegel im Saal verebbte. Martin Dick erhob sich. „Wir sind heute hier zusammengekommen, weil es wichtige Dinge zu besprechen gibt, von denen unser aller Zukunft abhängt", begann er mit ernster Stimme.

Der Schultheiß erzählte von den schlechten Ernteerträgen der letzten Jahre, davon, dass es immer nur zum Nötigsten reiche und dass in manchen Wintern selbst das nicht genug war, um die Kinder satt zu bekommen. „Seit einiger Zeit", fuhr Martin Dick fort, „lebt mit Gottes Fügung ein junger Schweizer unter uns, der aus seiner Heimat Ideen mitbringt, die uns helfen könnten, die Erträge auf unseren Feldern zu steigern und unsere Not zu lindern."

Mein Gott, was erzählte der Schultheiß da! Benedict dachte an die Sandböden, deren Bedürfnisse er trotz der guten Ergebnisse immer noch meinte, nicht wirklich durchdrungen zu haben. Ja, er hatte kleine Erfolge erzielt. Und ja, er wusste manches besser als die Bauern in der Kurpfalz. Aber musste der Schultheiß deswegen gleich so maßlos übertreiben? Benedicts Unbehagen wuchs, als er den Schultheißen sagen hörte: „Ihr mögt denken: Der kann uns viel erzählen! Wer garantiert denn, dass der junge Schweizer kein Scharlatan ist und es uns hinterher noch viel schlechter geht als jetzt?"

Benedict schaute auf. Um die Mundwinkel des Schultheißen meinte er trotz der ernsten Worte ein leichtes Lächeln wahrzunehmen. Ein Blick in den Saal zeigte ihm, dass sich auf einigen Gesichtern Betroffenheit bemerkbar gemacht hatte, so als fühle man sich ertappt. „Diese Sorge ist durchaus berechtigt", fuhr der Schultheiß fort. „Ihr seid zu recht stolz auf Eure Arbeit, die Ihr seit vielen Generationen in bewährter Weise tut." Er nickte anerkennend und machte eine kleine Pause. Aller Augen hingen an den Lippen des Schultheißen. Und da sich nun niemand mehr um ihn und seine Anwesenheit zu kümmern schien, setzte sich Benedict auf und lauschte nun selbst voller Konzentration den Worten Martin Dicks.

„Einige von Euch haben bereits gehört, dass die neuen Ideen nicht nur Hirngespinste sind. Johann zum Beispiel", Martin Dick deutete auf Johann, der nur wenige Fuß von ihm entfernt saß und nun grinsend um sich blickte. „Johann hat mit eigenen Augen gesehen, wie sich im Garten des Postwirtes in Mannheim innerhalb kürzester Zeit die Ernte verbessert hat! Und wer kürzlich draußen bei der Brache war, wird bemerkt haben, dass auf einem Teil des Bodens kräftiger Futterklee wächst in einer Dichte, wie wir es hier in der Kurpfalz noch nirgendwo sonst gesehen haben." Zustimmendes Gemurmel begleitete diesen Satz. „Und einige von Euch", Martin Dick lächelte in Gretes Richtung, „haben bereits selbst in ihren Gärten experimentiert und erlebt, dass es den Kohlköpfen zumindest nicht schadet, wenn man ihnen Pferdemist untermengt." Grete war während dieser Worte hochrot angelaufen und erwiderte den erstaunten Blick ihrer Sitznachbarin mit einer unwirschen Kopfbewegung.

Weit davon entfernt, sich verunsichern zu lassen, lenkte der Schultheiß die Versammlung mit einer Selbstverständlichkeit, die Benedict fremd war. Er war nun hellwach, seine Beklemmung war verflogen. Sein Blick wanderte durch den Saal und plötzlich wusste er, dass wohl kaum einer der

Anwesenden der Art und Weise Beachtung schenkte, wie der Schultheiß zu ihnen sprach. Was im Raum zu hängen schien, war ein diffuses Gefühl davon, dass der Schultheiß es gut meinte und es irgendwie schon seine Richtigkeit haben würde, was er sagte. Benedict ahnte, dass dies nur möglich war durch ein gewisses Maß an Vertrauen. Vertrauen, das über die Jahre gewachsen war. Er verstand plötzlich, wie viel leichter es sein mochte, sich unter solchen Bedingungen zu behaupten und ihm wurde schmerzlich bewusst, wie weit entfernt er selbst davon war. Ein Fremder, den sie nicht kannten, der nicht aussah wie sie, der einer anderen Glaubensrichtung angehörte und der so nebenbei alles anders machte, als sie es von je her gewohnt waren. Woher sollten sie auch wissen, dass er ihnen nicht böse wollte? Sie kannten ihn nicht, vertrauten ihm nicht. Benedict bekam eine Ahnung davon, dass er vielleicht zu viel auf einmal erwartete.

Das Gemurmel im Saal war lauter geworden. Johann hatte sich umgedreht und sprach mit drei jungen Männern, die hinter ihm saßen. Sie mochten in seinem Alter sein. Benedict spürte eine Hand auf seiner Schulter und schaute auf. Martin Dick zwinkerte ihm zu und flüsterte: „Nur keine Angst, das wird schon!" Dann nahm der Schultheiß den kleinen Hammer zur Hand und richtete seinen Blick in den Saal, als warte er auf irgendetwas. Benedict hatte das Gefühl, der Schultheiß wisse ganz genau, was er tat. Ein großes Gefühl von Wärme und Geborgenheit durchflutete ihn.

Martin Dick schlug mit dem Hammer auf den Tisch, erneut kehrte Ruhe ein. Benedict spürte, dass die Anspannung im Saal nachgelassen hatte. Selbst Johann hatte es sich auf seinem Stuhl bequem gemacht und die Beine so weit von sich gestreckt, wie es zwischen den engen Stuhlreihen gerade noch möglich war. Benedict erwiderte Johanns Grinsen mit einem leichten Kopfnicken und wandte seine Aufmerksamkeit dann wieder dem Schultheißen zu.

„Leider ist es mit dem Unterharken des Mistes allein nicht getan. Bitte hört mir noch einen Moment zu, es ist wichtig, dass Ihr alles versteht!“ Martin Dick erklärte nun die Facetten des Vorhabens – neue Ställe, ganzjährige Unterbringung der Rinder im Stall, Gewinnung des hochwertigen Rindermistes, Anbau von Futter, Verringerung der Weideflächen, Abschaffung der Brache.

Nun war es heraus. Ungläubigkeit schlug dem Schultheißen entgegen, gepaart mit Nichtverstehen und Unsicherheit. „Was soll das denn nun schon wieder heißen“, schienen die Blicke zu sagen. Benedict senkte den Kopf. Vor genau dieser Situation hatte er sich gefürchtet.

„Das schaffen wir im Leben nicht!“, rief eine Stimme von weiter hinten. „Wer soll denn die ganze Arbeit erledigen?“ Und als ob damit der Bann gebrochen wäre, redeten nun alle wild durcheinander.

„So eine Schnapsidee, als ob wir nicht schon genug zu tun hätten!“

„Futter anbauen! Wo wir nicht einmal genug Getreide für uns selbst haben!“

„Wovon sollen wir denn leben, wenn es auf der Weide keine Kühe und keine Ochsen mehr zu hüten gibt?“ Das musste der Mann sein, dessen beide Söhne die Kühe und Ochsen auf der Weide betreuten.

„Ruhe, bitte! Ruhe!!“ Martin Dick sah sich gezwungen, erneut nach seinem Hammer zu greifen.

Als Erstes meldete sich Sepp zu Wort, ein junger Bauer, der schräg hinter Johann saß und mit dem sich Johann zuvor unterhalten hatte: „Was bedeutet das, Martin Dick? Keiner von uns kann sich noch höhere Abgaben leisten als wir dies ohnehin schon tun.“

„Das ist eine sehr gute Frage, Sepp", erwiderte Martin Dick. Benedict meinte so etwas wie Erleichterung in des Schultheißen Stimme mitzuhören. Aber des Schultheißen Stimme klang fest, als er erwiderte: „Es wird keine höheren Abgaben geben und zwar deshalb, weil dies alleine unsere Entscheidung sein wird."

„Keine höheren Abgaben, dass ich nicht lache!" Ein älterer Mann konnte sich jetzt kaum noch beherrschen. Martin Dick solle doch keinen Stuss von sich geben. Seit wann war die Höhe der Abgaben ihre eigene Entscheidung?

Einige der Älteren waren jetzt ebenfalls aufgestanden. „Wir lassen uns nicht für blöd verkaufen", wetterte der Alte mit einem Seitenblick auf die stehenden Männer neben ihm. „Uns kannst du nicht in die Irre führen! Und überhaupt, wenn das alles so gut sein soll, warum macht es dann niemand? Ich kann Euch genau sagen, warum! Weil es nämlich nicht funktioniert! Mist unter die Erde und Rinder in den Stall, wo man ihnen das Futter hinterhertragen muss, anstatt dass sie es sich selbst auf der Weide holen, dass ich nicht lache!"

Sepp meldete sich noch einmal zu Wort, der Schultheiß nickte ihm zu. „Warum kommt nicht vom Kurfürsten eine Anweisung, wenn das eine so erfolgreiche Sache ist?"

„Genau!" Plötzlich redeten wieder alle durcheinander.

„Bitte!" Martin Dick griff wieder nach dem kleinen Hammer. „Ruhe!!"

Der Schultheiß versuchte es noch einmal. „Ich will ganz offen zu Euch sein", begann er. „Vielleicht wäre es tatsächlich richtiger, eine Anfrage an die Verwaltung zu stellen." Er hielt plötzlich inne und fragte in Richtung Vorsitzenden der protestantischen Gemeinde: „Seit wie vielen Jahren warten wir jetzt auf Antwort wegen der Renovierung des Kirchendaches? Seit acht, neun Jahren? – Zwölf! Seit zwölf Jahren warten wir auf eine so einfache Zusage wie die Renovierung eines Kirchendaches, durch das es regelmäßig hereinregnet. Zugegebenermaßen ist es die Kirche und nicht der Kurfürst, der uns so lange auf die Reparaturen warten lässt. Aber ich sage Euch: Ich werde nicht zulassen, dass wir über Jahre so weiterschuften wie bisher und es hinten und vorne nicht zum Leben reicht! Ihr alle wisst: Wir haben wahrlich keinen Grund zur Annahme, dass die kurfürstliche Verwaltung schneller arbeitet als die der Kirche!"

Nun hatte Martin Dick die Käfertaler wieder auf seiner Seite. Nein, mit der kurfürstlichen Verwaltung, deren Abgesandter der Landschreiber war, hatten sie alle schon einschlägige Erfahrungen gesammelt, da hatte der Schultheiß wohl recht.

Martin Dick fuhr fort. „Ihr habt mich zu Eurem Schultheißen gewählt, obwohl ich keiner von Euch war. Ich habe Euch schon damals gesagt, dass ich Euch das nicht vergessen werde und dass ich alles in meiner Macht Stehende tun werde, das in mich gesetzte Vertrauen nicht zu enttäuschen."

Benedict schaute überrascht auf. Martin Dicks Stimme war leiser, ja, intimer geworden. Im Saal hätte man ein Mäuschen vorbeihuschen hören können, so still war es geworden. „Dieses neue Vorhaben", Martin Dick beugte sich vor und stützte sich mit beiden Armen auf dem Holztisch ab, „es hat mich bereits überzeugt, als ich noch nicht wusste, wie gut der Klee auf der Brache wächst!" Er machte eine Pause und sagte dann: „Was haben wir zu verlieren? Wir können nur gewinnen. Alles, was wir zur Verwirklichung des Vorhabens benötigen, ist hier vor Ort. Wir holen das Holz aus dem Wald, ich stelle Euch mein Grundstück für den Stall der Rinder zur Verfügung. Wir fangen einfach an! Im nächsten Sommer schon werdet Ihr in Euren Gärten mehr ernten als je zuvor. Unsere Kornernten werden vielleicht noch nicht perfekt sein, aber reichhaltiger als jetzt. Nach und nach werden wir so viel

Futterklee anbauen können, dass wir alle Rinder ganzjährig damit füttern können. Durch die Fütterung im Stall erhalten wir mit der Zeit so viel Rindermist, dass wir unsere Felder, auch die Brache, regelmäßig düngen können."

„Aber wir können doch nicht hinter dem Rücken des Kurfürsten einfach alles anders machen als bisher", rief eine Stimme aus dem hinteren Teil des Saals.

„Das werden wir auch nicht", versprach der Schultheiß und ergänzte spöttisch. „Selbst die kurfürstliche Verwaltung kam noch nicht auf die Idee, das Beimengen von Mist unter die Erde zu verbieten. Wir tun also nichts Ungesetzliches." Dann wurde er wieder ernster. „Dennoch werden wir gleich morgen früh ein Schreiben an den Kurfürsten aufsetzen und ihn um seine Unterstützung bitten. Aber ich kann mir, aufrichtig gesagt, nicht vorstellen, dass unser Landesfürst uns den Anbau von Futterklee untersagt, wenn er erst einmal verstanden hat, dass die Ernte dadurch höher ausfallen wird!"

Benedict stellte überrascht fest, dass zustimmendes Gemurmel die letzten Worte des Schultheißen begleitete. Aber dann erinnerte er sich, dass er auch drüben in Mannheim auf diesen unerschütterlichen Glauben in die Gutherzigkeit des jungen Kurfürsten gestoßen war. Selbst Susanna hatte nichts auf den Kurfürsten kommen lassen. Offensichtlich trennten auch die Käfertaler zwischen dem, was der Kurfürst anordnete und dem, was die Verwaltung daraus machte. Obwohl der Hofstaat nur durch die hohen Abgaben leben konnte, wäre niemand auf die Idee gekommen, dem jungen Kurfürsten etwas anderes zu unterstellen als das Wohlergehen seiner Untertanen. Benedict tat sich schwer, dies zu begreifen. Die Verwaltung mochte marode, geldgierig und zeitweise auch grausam sein, der gute Wille des jungen Kurfürsten schien unantastbar. Als Benedict dies bemerkte, fühlte er sich noch unwohler als dies ohnehin schon der Fall war.

Da öffnete sich die Saaltür einen Spalt und ein junger Mann betrat den Raum. „Was macht der denn hier?“, hörte man eine Stimme aus den hinteren Reihen.

„Guten Abend, Mathes“, grüßte Martin Dick den Zuspätgekommenen freundlich. „Es freut mich, dass du doch noch gekommen bist!“

Das musste der Sohn des Schäfers sein, Johann hatte neulich von ihm erzählt. Er mochte wohl knapp 20 Jahre alt sein, kurze unscheinbare Locken kräuselten sich auf seinem Kopf. Er lächelte verlegen und drehte seine Mütze in seinen Händen. Benedict mochte ihn sofort.

„Es freut mich ganz besonders, dass Mathes hier ist“, fuhr der Schultheiß fort, „weil wir ohne die Unterstützung der kurfürstlichen Schäferei unser Vorhaben nicht werden umsetzen können.“

„Dann hättet Ihr mal besser den alten Schäfer eingeladen und nicht diesen Grünschnabel“, meldete sich jetzt Johanns Vater Georg schnaubend zu Wort. „Der Alte kümmert sich doch einen Dreck um unsere Felder!“

Benedict sah, wie Martin Dick die Stirn runzelte und dann seine Schultern straffte. „Wir sollten uns bewusst sein, dass wir bei dem, was wir vorhaben, nur gewinnen können, wenn wir alle an einem Strang ziehen“, sagte der Schultheiß mit fester Stimme und fuhr fort: „Die Triftgerechtigkeit sorgt schon seit Jahrhunderten für Konfliktstoff in Käfertal. Wir alle wissen das.“ Sein Blick verschärfte sich. „Aber wir können dieses alte Recht nicht von heute auf morgen abschaffen. Deshalb sollten wir uns bemühen, rechtschaffen und freundlich mit denen umzugehen, an die die Triftgerechtigkeit einst vergeben wurde.“

„So ein albernes Geschwätz!“, brach es jetzt aus dem alten Georg hervor. „Als ob bei dem Alten jemals etwas anderes geholfen hätte als Drohen!“

„Rechtschaffen und freundlich", wiederholte Martin Dick, ohne auf den Einwurf zu achten. „Das ist unsere einzige Chance!"

Und zu Benedicts großer Verwunderung beendete der Schultheiß nun einfach die Veranstaltung, indem er sagte: „Ich danke Euch für Euer Kommen! Wir werden das schaffen, ich verspreche es Euch! – Herr Wirt, eine Runde Freibier für alle!"

Benedict war sprachlos. Er hatte erwartet, dass Johanns Vater weiterschimpfen würde oder doch noch mehr Fragen zu beantworten gewesen wären. Aber die Männer und Frauen standen auf, die meisten wandten sich laut schwatzend in Richtung Theke, wo der Wirt plötzlich alle Hände voll zu tun hatte. Andere kamen nach vorne und verwickelten Martin Dick und Johann in ein Gespräch. Benedict hatte keine Ahnung, was von ihm erwartet wurde und blieb auf seinem Stuhl sitzen. Sein Blick heftete sich erneut an den Ritz in der Tischplatte. Wie machte der Schultheiß das bloß? Auch wenn Martin Dick aus dem Nachbarort kam und nicht aus der fernen Schweiz, so mag er in den Augen der Dorfbewohner einst ebenfalls als Fremder gegolten haben. Benedicts rechter Zeigefinger folgte der Spitze des Risses in die Holzfaserung und umkreiste dann ein Astloch, das sich als dunkler Ring auf der Tischplatte abhob. Aber Fremdsein schien für Martin Dick keine Rolle zu spielen, sinnierte Benedict weiter. Irgendwie schaffte es der Schultheiß, seine Herkunft zu seinem eigenen Vorteil auszulegen. Benedict kamen die wütenden Reaktionen der alten Männer in den Sinn, wie sie als geschlossenes Bollwerk aufgestanden waren – solche Menschen machten ihm, Benedict, einfach nur Angst. Da war ihm der Mathes schon lieber. Es hatte ihn gefreut, dass Martin Dick den jungen Schäfersohn in Schutz genommen hatte. Womöglich, so musste sich Benedict eingestehen, lag seinem eigenen Fremdsein doch mehr zugrunde als der eigenartige Kurpfälzer Dialekt. Sicherlich würde es ihm in Brandenburg kein bisschen anders ergehen. Eine große Schwere bemächtigte sich seiner. Doch bevor er dem dicken Kloß nachspüren konnte, der ihm plötzlich im Hals saß, hörte er, wie ihn jemand ansprach.

„Des is jetzart grad rescht, dass mer Sie emol allä do hawwe!" Benedict schaute überrascht auf. Grete und ihre Freundin, an deren Namen er sich immer noch nicht erinnerte, standen vor ihm. „Die Marth' will nämlisch a emol uf Ihr Art arweide, awwer isch wees halt aa ned rischdisch, wie des geht!", ergänzte Grete mit ernstem Gesicht.

Benedict war mittlerweile aufgestanden und deutete eine kleine Verbeugung an.

„Awwer eigendlisch", ergänzte Marthe und hakte sich bei Benedict unter, „wollde mer Sie mit on die Theek nämme."

Benedict fühlte sich überrumpelt. Und obwohl er eigentlich nicht die geringste Lust verspürte, sich zu den anderen zu gesellen, rührte ihn doch auch etwas an Gretes und Marthes selbstverständlicher Art. Und als er sah, dass sich Martin Dick und die anderen ebenfalls in Richtung Theke aufmachten, gab er sich einen Ruck und murmelte so etwas wie „sehr gerne" und „habt vielen Dank" und ließ sich von den beiden Frauen zur Theke führen. Dort wurde er weitaus herzlicher empfangen, als er dies erwartet hatte. Sepp, der relativ weit vorne stand, nickte ihm zu und hob seinen Arm in Richtung Wirt. Innerhalb kürzester Zeit drückte er Benedict einen Bierkrug in die Hand und prostete ihm zu. Dankbar nahm Benedict den Krug entgegen. Nicht, dass er so durstig gewesen wäre. Aber jetzt hatte zumindest die eine Hand etwas zu tun, die andere steckte er in die Hosentasche. Doch es dauerte nicht lange, da stieß jemand in dem dichten Gedränge gegen seinen Arm, mit dem er den Bierkrug hielt, sodass ihm nichts anderes übrig blieb, als die zweite Hand zu Hilfe zu nehmen, um solch unvermittelte Beben auszugleichen. Marthe und Grete waren in dem dichten Gedränge weiter weggeschoben worden und schwatzten mit den anderen. Benedict kam sich ziemlich verloren vor. Um ihn herum wogte es von unverständlichem Kauderwelsch, die anderen fielen sich ins Wort, neckten einander, überhaupt wurde viel gelacht. Langsam zog sich Benedict aus dem dichtesten Gedränge zurück. Es hatte keinen Zweck, er würde jetzt nach Hause gehen.

Als er sich umdrehte, stand Mathes vor ihm. Der Schäfersohn drehte seinen Bierkrug ähnlich verloren in seinen Händen wie er selbst.

„Ihr seid der Sohn des Schäfers, nicht wahr?“, hörte Benedict sich sagen.

Mathes nickte. „Ich habe Euch gesehen, draußen, bei der Brache.“

Benedict lächelte. „Und Ihr könnt wunderschöne Pfeifen schnitzen!“ Als er Mathes verdutztes Gesicht sah, grinste er: „Der kleine Valentin ist mein Freund.“

Nun lächelte auch Mathes. „Deshalb also lässt er sich bei mir nicht mehr blicken.“ Dann sagte er: „Ihr wollt also die Weideflächen einschränken, auf denen die Schafe grasen.“

Benedict nickte und schwieg, schaute den jungen Schäfersohn aber aufmerksam an.

Mathes’ Blick wanderte in die Ferne. Als er weitersprach, sah er Benedict direkt in die Augen. „Ich muss Euch warnen. Mein Vater wird es niemals zulassen, dass die kurfürstliche Schäferei angetastet wird, und der Landschreiber auch nicht.“

„Und Ihr?“, fragte Benedict. „Seid Ihr auch dagegen?“

„Ich?“ Mathes schaute ihn überrascht an. „Ob ich dagegen bin oder nicht, tut überhaupt nichts zur Sache.“

„Aber der Schultheiß hat Euch immerhin eingeladen!“, widersprach Benedict.

Mathes zuckte die Schultern. „Er weiß es eben nicht besser."

Bevor Benedict antworten konnte, trat Johann zu ihnen. „Hallo Mathes, schon lange nicht mehr gesehen!", begrüßte er den Schäfersohn.

Martin Dick trat ebenfalls hinzu und prostete ihnen zu. „Da seid Ihr ja! Auf unsere Zukunft! Auf unseren jungen Schweizer!"

Schon bald war die kleine Gruppe umringt. Benedict bemerkte Sepp und einige der anderen Männer, die hinter Johann gesessen hatten. Johanns Vater und die anderen, die den neuen Ideen eher ablehnend begegnet waren, waren verschwunden. Irgendjemand drückte ihm einen neuen Bierkrug in die Hand. Und auch wenn er immer noch nur Bruchteile dessen verstand, wovon die anderen sprachen, so meinte er doch zu spüren, dass sie es gut mit ihm meinten. Wohlig überließ er sich der neuen Vertrautheit, die ihn wärmte, und prostete den anderen zu. Zwei Stunden später, als er sich auf der Pritsche in seinem Schäferkarren zusammenrollte, war er mit seinen Altersgenossen und den Jüngeren per Du und er stellte verwundert fest, dass der derbe Kurpfälzer Dialekt durchaus auch etwas Herzliches hatte.

***

Am übernächsten Tag machte sich Benedict zusammen mit Martin Dick schon früh auf den Weg nach Mannheim. Benedict hatte dem Schultheißen angeboten, den kleinen Einspänner zu lenken, und so saßen die beiden nebeneinander auf dem engen Kutschbock, Benedict hatte die Zügel in der Hand und Martin Dick paffte genüsslich an seiner obligatorischen Pfeife. Benedict genoss die Kühle des Morgens und freute sich. Heute würde er Susanna wiedersehen.

Kaum hatten sie die Dorfgrenzen hinter sich gelassen, da unterbrach Martin Dick das gleichmäßige Geklapper der Pferdehufen und fragte: „Sag mal, Benedict, was schätzt du, wie viel Mist wir brauchen werden?“

Benedict legte seinen Kopf zur Seite und erwiderte: „Das kommt auf die Art des Bodens an. In der Schweiz brauchten wir für eine Juchart schon sechs Fuder!“

Martin Dick schaute ihn irritiert an. „Was für eine Jauchenart meinst du denn? Und von welchem Futter sprichst du?“

Benedict fühlte sich verunsichert. Mal ganz davon abgesehen, dass er sowieso lieber Französisch als Deutsch sprach, hatte sein Deutsch einen starken schweizerischen Akzent. Er fand, dass er sich die größte Mühe gab und dennoch hatte er schon oft erlebt, dass ihn die anderen einfach nicht verstanden.

„Ich meine eine Juchart“, antwortete er vorsichtig.

„Juchart?“

„Ja, Juchart! Ihr wisst schon, ich meine die Jucharten, von denen 15 eine Zelge ergeben!“

„Juchart! Zelge! Mein Gott, Benedict, was soll das denn sein?“

Benedict wunderte sich. Konnte es tatsächlich sein, dass der Schultheiß nicht wusste, was eine Juchart war? „Ja, wie sagt Ihr denn dazu, wenn Ihr die Größe eines Ackers beschreiben wollt?“, fragte er zurück.

„Morgen!“

„Morgen?“ Nun war es an Benedict, den Schultheißen fragend anzusehen. „Was soll das denn heißen? Ihr meint ‚Morgen‘ wie ‚Heute‘?“

Nun fing der Schultheiß an zu lachen. „Das wird ja immer schöner! Ich meine ‚Morgen‘ wie ein ‚Morgen‘ eben, ein Vormittag!“ Und als er Benedicts fragende Miene sah, erklärte er: „So viel, wie ein Ochsengespann an einem Vormittag pflügen kann!“

Benedict schaute ihn unsicher an. „Ihr nehmt mich auf den Arm, oder?"

„Jetzt sag bloß, du weiß nicht, was ein Morgen ist!"

Benedict schüttelte den Kopf. „Ihr macht Euch doch über mich lustig! Und wenn ein Pferd den Pflug zieht, was ist dann mit Eurem Morgen?"

„Dann ist das ein Rossmorgen!", antwortete der Schultheiß ungerührt.

Nun musste Benedict lachen, immerhin hatte er den Schultheißen jetzt aber verstanden.

Eine Weile zuckelten sie mit dem Einspänner die Chaussee entlang, ohne ein Wort zu sagen. Dann meinte Benedict unvermittelt: „So viel wie ein Ochsengespann an einem Vormittag pflügt?"

Der Schultheiß nickte. Aber er hatte sehr wohl den Sinn hinter Benedicts Frage erfasst, seine Gedanken waren in die gleiche Richtung gewandert wie Bendicts. „Unsere Böden sind sandig", begann er.

Benedict war ganz bei ihm. „Die Böden in der Schweiz sind schwerer", nickte er. Dann zog er am Zügel, das Pferd blieb stehen. „Seht Ihr den Baum dort? Also gut, nun sagt mir, was ist ein Morgen?"

Martin Dick nahm seine Pfeife aus dem Mund und malte Zacken in die Luft. „Vom Baum dort hinüber zur Hecke, dann quer ab und zurück zu uns – das ungefähr ist ein Morgen."

Benedict kniff die Augen zusammen und überlegte kurz. „Das kommt hin", lautete schließlich sein Urteil, „Euer Morgen mag mehr oder weniger einer Juchart gleichkommen."

„Na, wer sagt's denn!" Martin Dick rieb sich die Hände vor Freude. „Und was sagtest du, wie viel Mist du für deine Juchart brauchst?"

„Sechs Fuder!" Und bevor Martin Dick nachfragen konnte, präzisierte Benedict: „Das sind 50-60 Eimer, mindestens!“ Aber dann ergänzte er dennoch vorsichtshalber: „Das gilt, wie gesagt, für Schweizer Böden. Ich glaube kaum, dass das für Eure mageren Sandböden genug ist!“

„Mit anderen Worten“, erwiderte Martin Dick, während er sich vergnügt die Pfeife in den Mundwinkel schob, „wir brauchen einfach viel Mist!“

Sie hatten schon fast die Neckarschanze erreicht, als Martin Dick noch etwas ganz anderes einfiel: „Benedict, was war das noch einmal für eine Geschichte, deretwegen du Mannheim verlassen musstest?“

Also erzählte Benedict dem Schultheißen von seiner Zeit als Händler, von den fehlenden Papieren und vom Viertelmeister, der ihn hatte verhaften lassen. Der Schultheiß schaute ihn danach ungläubig an: „Das war alles?“

„Wenn man davon absieht, dass der Viertelmeister ein Auge auf die Tochter des Postmeisters geworfen hatte, ja“, erwiderte Benedict trocken.

Martin Dick schaute Benedict undurchdringlich an, sagte aber nichts. Sie hatten jetzt die beiden Zacken der Neckarschanze erreicht, entrichteten das Brückengeld und zuckelten dann mit dem kleinen Einspänner über die schwimmende Holzbrücke. Es sind wohl an die zwanzig Nachen, die diese Brücke tragen, dachte Benedict, während sie über die Planken holperten. Rechterhand machte Benedict die große Kaimauer aus, wo der Kran gerade eines der Neckarschiffe entlud. Dann kamen sie zum äußeren Teil der Befestigungsanlage der Stadt. Von hier führte der Weg in einem leichten Bogen zunächst zu einer kleinen Insel, die zwischen den beiden Wehren Sankt Mathias im Osten und St. Paulus im Norden lag. Dann war es nur noch ein kurzes Stück über den letzten Teil des Wallgrabens bis zum nördlichen Tor der Stadt, dem der hier vorbeifließende Fluss einst seinen Namen gab: dem Neckartor. Der Wallgraben zeigte sich jetzt im ausgehenden Sommer von seiner allerschlechtesten Seite: kaum mehr mit Wasser gefüllt, glich der Graben eher einer stinkenden Kloake als dass ein kühles Nass auch nur im entferntesten Linderung von der Hitze versprochen hätte.

Hier, inmitten der Wehrmauern überfiel Benedict wie immer, wenn er sich der Stadt näherte, eine tiefe Beklemmung. Bisher waren seine Ausflüge nach Mannheim unentdeckt geblieben. Was, wenn der Viertelmeister ihn dieses Mal bemerkte? Er war sich nicht sicher, ob der Bann eine zeitliche Begrenzung hatte. Doch Martin Dick beruhigte ihn. „Du stehst unter meinem Schutz, mein Junge", sagte er. „Da wollen wir doch mal sehen, ob das Wort des Schultheißen von Käfertal nicht mehr wiegt als das Gehabe eines kleinen Viertelmeisters!"

Benedict war sich da nicht ganz sicher. Aber andererseits – was hatte er schon zu verlieren? Sie passierten das Neckartor und einmal mehr wunderte sich Benedict, wie großzügig und breit die Straßen Mannheims waren. Die Straße, die sie entlangfuhren, führte vom Neckartor direkt zum Schloss und nahm mindestens den doppelten Platz einer üblichen Straßenbreite ein. Rechts und links senkten sich die Kopfsteinpflaster zu kleinen Rinnsalen, die den Raum für Fuhrwerke und Reiter auf natürliche Weise von den schmalen Streifen an den Häusern trennten. So breit die Straße auch war, hier in der Unterstadt duckten sich die Häuser eng aneinander. Kaum eines hatte ein zweites Geschoss, die Dächer schlossen sich unmittelbar an das Erdgeschoss an. Hier und da ließen kleine Gauben, die in die Dächer eingelassen waren, erkennen, dass der Raum unter dem Dach von seinen Bewohnern zum Wohnen genutzt wurde. Benedict wusste, dass hier am Neckartor die ärmeren Menschen der Stadt wohnten. Einfache Handwerker und Kaufleute, aber auch Schiffer und kleine Wirtsleute. Je näher sie zum Schloss kommen würden, desto höher und prächtiger würden die Häuser sein.

Benedict war selten weiter gekommen als bis zum großen Stadthaus am Paradeplatz. Die Stadtoberen hatten wohl auch durch die Vergabe der Straßennamen die Trennung zwischen Ober- und Unterstadt hervorheben wollen. Vielleicht war es aber auch zu schwierig gewesen, wem das Privileg zustehen sollte, den Namen der Straße zu tragen, die das Schloss mit dem Neckartor verband. So hieß der obere Teil der Achse zwischen Schloss und Paradeplatz nach dem letzten Kurfürsten Carl-Philipp, während der untere Teil, den Benedict und Martin Dick jetzt einschlugen und der vom Neckartor zum Paradeplatz führte, nach dem Stadtgründer „Friedrichsgasse" hieß. Das Gasthaus des Postwirtes lag in unmittelbarer Nähe des großen Marktplatzes. Also lenkte Martin Dick sein Pferd am dritten Quadrat nach dem Neckartor nach rechts und brachte es kurze Zeit später im F 2-Quadrat an der Speyergasse zwischen Judengasse und Ludwigsgasse direkt vor der Poststation zum Stehen.

Einer der Knechte Philipp Frölichs nahm das Pferd entgegen. Erstaunt sah er Benedict an. Sie hatten einige Wochen zur Zeit des Maimarktes zusammen im Stall gearbeitet und natürlich musste der Knecht, wie alle anderen auch, von Benedicts Verhaftung und Verbannung aus der Stadt erfahren haben. Benedict wiederum wusste, dass Philipp Frölichs Knechte diesem treu ergeben waren, hier würde ihn niemand verraten. Also überlegte er nur fieberhaft, wie der Name des Knechtes hieß, aber es wollte ihm partout nicht einfallen. Schließlich nickte er ihm nur kurz zu und folgte Martin Dick in die Wirtsstube.

Das Wirtshaus war jetzt am Vormittag kaum besucht. Die einzigen Gäste waren der Postwirt sowie – Benedict stockte der Atem – der Viertelmeister. Hilfe suchend wandte sich Benedict an Martin Dick. Doch dieser ließ sich nichts anmerken, begrüßte lachend und Schulter klopfend den alten Philipp Frölich und gab dem Viertelmeister, eine kleine Verbeugung andeutend, die Hand. „Meinen jungen Kollegen brauche ich Euch ja nicht vorzustellen", sprang der Schultheiß mitten hinein in die betroffene Miene des Postwirtes, der Benedict erst jetzt wahrnahm. Der Viertelmeister lief hochrot an. Doch bevor dieser etwas sagen konnte, fuhr der Schultheiß fort: „Viertelmeister, was vergangen ist, ist vergangen! Dieser junge Mann lebt jetzt in Käfertal und ich kann Euch versichern, mit seinen Papieren ist alles in Ordnung!"

Benedict bewunderte einmal mehr die Gewandtheit und das sichere Auftreten des Schultheißen, das auch dieses Mal seine Wirkung nicht verfehlte. Der Postwirt löste sich als Erstes aus seiner Erstarrung und gab Benedict die Hand. „Na, Junge, dann bist du ja nicht weit gekommen, wenn du in Käfertal hängen geblieben bist!", dröhnte der alte Frölich und schrieb mit seiner Pfeife einen Bogen in die Luft zum Zeichen dafür, dass sich die beiden zu ihnen setzen sollten. Da fiel sein Blick auf die hochrote Miene des Viertelmeisters und er hielt abrupt in seiner Bewegung inne. Benedict musste trotz seiner Nervosität grinsen. Offensichtlich war dem alten Frölich erst jetzt aufgefallen, wen er da eigentlich an seinem Tisch zusammensetzen wollte. Aber der Viertelmeister hatte sich bereits von der Holzbank erhoben. „Nur keine Umstände", näselte er, „ich wollte sowieso gerade gehen." Dann nickte er dem alten Frölich mit strengem Blick zu und stolzierte würdigen Schrittes durch den Wirtsraum. „Meine Empfehlung an das Fräulein Tochter", sagte er an der Tür mit einer kleinen Verbeugung, dann war er verschwunden.

„Nun denn, was darf ich den Herren zu trinken anbieten?", fragte Philipp Frölich dieses Mal mit leiserer Stimme als zuvor, der durchaus ein wenig Erleichterung anhaftete.

Martin Dick rieb sich die Hände. „Euren Mist, mein lieber Postwirt, Euren Mist! Aber zuvor hätten wir gerne einen starken Kaffee mit Zimt und Schokolade!"

Wie vermutet, war der Postwirt nicht abgeneigt, den Käfertalern noch mehr seines Pferdemistes zur Verfügung zu stellen, unter der Bedingung, dass er regelmäßig abgeholt wurde. Das Geschäft klang für ihn noch verlockender, als Martin Dick ihm versprach, mit der wachsenden Ernte im Gegenzug wiederum Stroh nach Mannheim zu bringen.

Benedict rutschte währenddessen ungeduldig auf der Bank hin und her. Enttäuscht hatte er festgestellt, dass die alte Anna es war, die den Kaffee brachte, und nicht Susanna. Wenigstens aber hatte sich die alte Anna gefreut, ihn zu sehen, da war er sich sicher. Aber auch danach war Susanna nicht gekommen. Als Martin Dick und der alte Frölich dazu übergingen den jüngsten Tratsch auszutauschen, hielt es Benedict nicht mehr aus. Unter dem Vorwand, sich im Hof erleichtern zu wollen, verließ er den Schankraum und ging zur Küche.

Die alte Anna stand allein am Herd. „Sie ist nicht da", sagte sie, ohne dass er sie dazu aufgefordert hätte. Benedict nickte und genoss einen Moment das Gefühl der Wärme, das ihn durchströmte, als die alte Magd so selbstverständlich und vertraut mit ihm sprach. „Wo ist sie denn?", fragte er flüsternd.

„Auf dem Friedhof", entgegnete sie. Er nickte ihr dankend zu und hob die Hand zum Gruß.

Vor dem Gastraum hielt er kurz inne. Er war unschlüssig. Am liebsten wäre er ohne ein weiteres Wort vom Wirtshaus weggegangen. Martin Dick und der alte Frölich würden wahrscheinlich noch eine ganze Weile beieinander sitzen und sein Fortbleiben gar nicht bemerken. Obwohl, bei Martin Dick wusste man das nie richtig. Es konnte sein, dass er schon sehr bald genug haben würde von dem alten Frölich und aufbrechen wollte. Benedict seufzte innerlich. Er wollte den Schultheißen, der es so gut mit ihm meinte, nicht vor den Kopf stoßen. Entschlossen drückte er die Klinke nach unten und betrat den Schankraum.

„Da bist du ja!" Mit Widerwillen stellte Benedict fest, dass die beiden Männer mitnichten in ein tiefes Gespräch verwickelt waren. Martin Dick schien sogar bereits auf ihn gewartet zu haben. Panik machte sich in Benedict breit. Auf keinen Fall würde er die Stadt verlassen, ohne vorher mit Susanna gesprochen zu haben. „Was schaust du denn so mürrisch?", fragte Martin Dick und fuhr fort, ohne auf die Antwort zu warten. „Also, der liebe Frölich wird den Mist für uns sammeln. Mindestens zwei Mal die Woche werden wir ihn abholen. Was sagst du dazu!" Benedict schwieg. Normalerweise hätte er sich gefreut. Er fürchtete jedoch, dass er heute keine Gelegenheit mehr haben würde, Susanna zu sehen. Aber wie sich herausstellte, hatte der Schultheiß in der Stadt noch einiges zu erledigen und wollte erst danach zusammen mit Benedict nach Käfertal zurückgehen. Der Plan war, dass Benedict zusammen mit Johann einen Tag später mit einem größeren Wagen zurückkehren und die erste Fuhre abholen sollte.

Kurze Zeit später machte sich Benedict auf den Weg zum protestantischen Friedhof, der, wie er wusste, nur wenige Quadrate weiter in der Nähe des Rheintors lag. Er hatte Glück. Susanna wollte sich gerade auf den Heimweg machen, als er den Friedhof erreichte, wo Susannas Mutter begraben lag. Susannas Freude war größer noch als ihre Überraschung. Ihre Augen leuchteten und Benedicts Ängste schmolzen dahin wie Schneereste in der warmen Aprilsonne.

Er erzählte ihr von Käfertal und davon, dass man dort seine neuen Methoden ausprobieren wolle. Er erzählte von seinen Ängsten und wie schwer es ihm manchmal fiel, ein

Fremder zu sein, der nirgendwo dazugehörte. Er erzählte vom kleinen Valentin und von den friedlichen Wochen während des Sommers in dem alten Schäferkarren am Waldrand. Dann kam er zu den kargen Feldern und dazu, dass es nicht einmal genug Äpfel gab, um den ganzen Winter zu überstehen. Benedict erzählte und erzählte und Susanna hörte ihm zu, stellte Fragen. Und jedes Mal, wenn Benedict dachte, es gäbe nichts mehr zu sagen, fiel Susanna noch ein anderer Aspekt ein und Benedict griff diesen auf, spann seine Gedanken daran weiter. „Ich wusste gar nicht, dass es so viel zu erzählen gibt", sagte er schließlich und griff nach ihrer Hand.

„Susanna", begann Benedict zögernd, als sich die Gesprächspause zwischen ihnen auszuweiten begann.

Susanna saß zusammengesunken vor ihm, den Blick auf seine Hände gerichtet. Nun schüttelte sie den Kopf. „Ach, Benedict, wärst du doch nie aus der Stadt weggegangen!" Dann erzählte sie von den Avancen des Viertelmeisters und von den jüngsten Erlebnissen mit ihrem Vater. „Nachdem mein Vater geholfen hatte, dich aus dem Gefängnis zu befreien, hat sich der alte Schlendrian wieder breit gemacht. Als habe er gespürt, dass ich milder gestimmt war wegen seiner Hilfe. Aber jetzt", Susanna schaute bitter auf, „jetzt scheint es schlimmer als je zuvor. Er wechselt seine Liebschaften häufiger als seine Hemdkragen und denkt im Traum nicht daran, sich wieder zu verheiraten. Mit dem Viertelmeister heckt er auch irgendetwas aus. Dauernd stecken sie die Köpfe zusammen. Ich hoffe, er macht keine Dummheiten!"

„Traust du ihm das denn zu?", fragte Benedict. „Ich meine, er mag ein kleiner Hallodri sein, aber er ist nicht dumm! Er würde dir doch nicht ernsthaft böse wollen!"

Susanna legte den Kopf auf die Seite, dann flüsterte sie: „Aber der Viertelmeister, der ist verschlagen und feige. Glaube mir, wenn der nicht darauf drängt, dass Vater heiratet, dann hat das seine Gründe!" Susanna blickte auf und sah ihn traurig an.

Benedict sah sie bestürzt an. „Was meinst du damit?", fragte er erschrocken.

„Er hofiert mich", begann Susanna und stockte. Dann holte sie tief Luft und sagte mit abgewandtem Blick: „Es würde mich nicht wundern, wenn er um meine Hand anhielte."

„O Gott, Susanna!" Benedict nahm ihren Kopf zwischen seine Hände, dann zog er sie vorsichtig an sich. Mit erstickter Stimme flüsterte er in ihr Haar: „Magst du nicht doch mit mir nach Brandenburg kommen? In Käfertal bin ich doch nur geduldet, hier in Mannheim dürfte ich eigentlich gar nicht sein – in Brandenburg wären wir willkommen und ich könnte uns von meinem Geld sogar eigenes Land kaufen!" Benedict griff mit beiden Händen nach Susannas Schultern und meinte eindringlich: „Komm mit mir mit! Selbst wenn sich an meinem hiesigen Duldungsstatus einmal etwas ändern sollte, so heißt das noch lange nicht, dass ich dann auch Land erwerben darf!"

„Vielleicht ja doch", entgegnete Susanna ausweichend. „Wenn man erst einmal einen Schritt weiter ist, dann ergeben sich vielleicht neue Möglichkeiten, die man jetzt noch gar nicht sieht!"

„Ach, Susanna, wem sollte ich es denn abkaufen? Kein Fürst gibt freiwillig Land her. Und die anderen haben so wenig, dass ihnen das selbst kaum reicht!"

Susanna erwiderte nichts. Schweigend machten sie sich schließlich auf den Weg zurück zur Poststation. Bleischwer lastete das Gespräch auf Benedict. Susanna hatte wieder nicht zugesagt, mit ihm nach Brandenburg zu kommen.

Zwei Stunden später war der Schultheiß zurück und drängte zum Aufbruch. Sie würden sich beeilen müssen, wenn sie noch vor Schließung der Tore die Stadt verlassen wollten. Langsam humpelte der Einspänner aus der Stadt. Martin Dick war ausgesprochen fröhlich. Er pfiff vor sich hin und riss einen Witz nach dem anderen. Benedict saß neben ihm und sagte kein Wort. Nach einer Weile seufzte der Schultheiß und fragte: „Freust du dich denn kein bisschen, dass wir so erfolgreich waren?“

„Verzeiht, Schultheiß, mir ist nicht danach“, murmelte Benedict.

„Na, dann wollen wir mal sehen, ob dich der alte Dick nicht aufzumuntern vermag! Weißt du, bei wem ich die letzten zwei Stunden war?“

Mit einer Miene, die eine Überraschung parat hält, lachte ihn der Schultheiß an. Aber Benedict fühlte sich viel zu bedrückt, um auf die gute Laune des Schultheißen einzugehen. Irgendwann würde Susanna einen anderen heiraten, weil er ihr nichts zu bieten hatte.

„Also, dann will ich mal nicht so sein“, sagte Martin Dick, der es nun offensichtlich selbst nicht mehr aushielt vor Spannung. „Der alte Dick war nämlich bei Johann von Stengel höchstpersönlich und zwar für dich, mein Junge!“

Nun horchte Benedict wider Willen doch auf. „Für mich? Wer ist das?“

„Nun, Johann von Stengel ist die rechte Hand des jungen Kurfürsten“, schmunzelte der Schultheiß. „Und das Beste an dieser Hand ist, dass sie weiter reicht als die eines Viertelmeisters!“

„Was meint Ihr damit?“, fragte Benedict.

„Das will ich dir sagen, mein Junge! Der Schultheiß von Käfertal hat dir heute eine Aufenthaltsgenehmigung für die ganze Kurpfalz verschafft! Na, was sagst du dazu?“

Eine Aufenthaltsgenehmigung! Benedicts Herz machte einen Sprung. Aber sogleich sackte er wieder in sich zusammen. Noch heute Morgen wäre er außer sich vor Freude gewesen, wenn er ein offizielles Papier in Händen gehalten hätte, das seinen Aufenthalt erlaubte. Aber wie die Dinge heute Abend lagen, so reichte das allein nicht aus, um Susanna die Grundlage für eine gemeinsame Zukunft bieten zu können. Da saß nun der Schultheiß neben ihm und wartete darauf, dass er sich freute! „Habt vielen Dank“, murmelte er mit gepresster Stimme.

Der Schultheiß schaute ihn von der Seite an. „Ja, freust du dich denn gar nicht?!“

Benedict gab sich einen Ruck. Der Schultheiß hatte ihm einen Gefallen tun wollen, einen großen Gefallen sogar, er konnte nichts dafür, dass der Viertelmeister ihm offensichtlich gerade seine Liebste wegschnappte. Und da er den Schultheißen nicht vergräzen wollte, erzählte er mit bedrückter Stimme, dass er Susanna liebe, diese aber wahrscheinlich den Viertelmeister heiraten würde.

Martin Dick pfiff durch die Zähne, sagte aber nichts. Langsam zuckelte der Einspänner in Richtung Käfertal. Als sie die ersten Katen erreichten, dämmerte es bereits. Groß und rund stand der Mond über den Hügeln des Odenwalds und verströmte wie eh und je sein friedliches Licht.

8. Kapitel

Einige Wochen waren vergangen, und obwohl sich der Herbst bereits zu Ende neigte, herrschte in Käfertal immer noch reges Treiben. Anstatt dass die Bauern zu Hause blieben, um das restliche Getreide zu schlegeln oder Reparaturen an Haus und Hof vorzunehmen, sah man sie noch immer draußen auf den Feldern. Mindestens zweimal in der Woche brachen Johann und Benedict mit ihrem Ochsengespann nach Mannheim auf, um Mist zu holen. Abends luden sie die Mixtur aus Pferdekot und Stroh direkt draußen an den Feldern ab und fielen dann todmüde in ihre Betten. Am nächsten Morgen brachen sie erneut auf, um für weiteren Nachschub zu sorgen, während die Daheimgebliebenen den Mist auf den Feldern verteilten. Als das erste Feld bedeckt war, blieb Benedict am nächsten Tag zu Hause, um das Unterpflügen des Mistes zu beaufsichtigen. Wie sich zeigte, hatten die Bauern sehr schnell verstanden, worauf es Benedict ankam. Am darauffolgenden Tag schon konnte Benedict wieder mit nach Mannheim fahren. Benedict fühlte sich in diesen Wochen wie auf einer Woge der Glückseligkeit. Susanna hatte ihrem Vater in ihrer energischen Art ein weiteres Ultimatum gesetzt und ihm erklärt, er brauche sich gar nicht erst zu bemühen, die Mistlieferungen an Käfertal als Erpressungsmittel zu benutzen. Dies würde ihre Entschlossenheit, dass der Vater wieder heiraten müsse, in keinster Weise ändern und außerdem gäbe es noch mehr große Ställe in der Stadt, die nur allzu gerne ihren Mist an einen kostenlosen Transport nach Käfertal abgeben würden. Man wäre also nicht von der Großzügigkeit – hier hatte sie ihren Vater verächtlich angeschaut – des Postwirtes abhängig. Der alte Frölich hatte schließlich klein beigegeben und auf seine Weise wiederum versucht, den Viertelmeister milde zu stimmen. Irgendwie musste ihm das dann auch gelungen sein. Der Viertelmeister jedenfalls kam etwas seltener als sonst in die Poststation, wie Susanna erleichtert feststellte. Der alte Frölich selbst schmiss sich immer häufiger in Schale, wenn er unterwegs war, was Susanna so interpretierte, dass ihr Vater endlich mit einem gewissen Ernst auf Brautschau ging.

Benedicts Niedergeschlagenheit nach seinem Gespräch mit Susanna wich schon bald einer neuen Zuversicht, die sich einerseits aus den kleinen Erfolgen in Käfertal speiste, zum Großteil aber aus der Erkenntnis resultierte, dass Susanna, auch wenn sie nicht mit nach Brandenburg kommen wollte, so doch wenigstens in Mannheim unerschütterlich zu ihm hielt. Dies wiederum gab Benedict neuen Auftrieb im Miteinander mit der Käfertaler Bevölkerung. Schon bald war nicht mehr die Rede von dem sturen, schweigsamen Fremden, dem die eigenen Haare als Versteck dienten und der eine verschlossene Miene zur Schau trug. Johann war es, der Benedict auf einer ihrer Fahrten in die Stadt darauf aufmerksam machte. Er hatte nur gelacht, als Benedict ihm erzählte, er fühle sich schon gar nicht mehr so fremd, die anderen würden ihn jetzt viel mehr akzeptieren als im Spätsommer, als er noch draußen im Schäferkarren hauste. „Die anderen akzeptieren dich, weil du dich nicht mehr ausschließt!", lautete Johanns Antwort. Benedict hatte ihn erstaunt angesehen. „Du bist es, der zugänglicher ist als damals", hatte Johann ihm erklärt und dann grinsend hinzugefügt: „Ich kannte dich ja noch von Mannheim her und wusste, wie du sonst noch sein konntest." Johann sah Benedicts betroffene Miene und meinte einlenkend: „Naja, es war ja bestimmt auch nicht leicht für dich. Und manchmal können wir Kurpfälzer auch ganz schön stur sein!" Dann hatten sie von etwas anderem gesprochen. Aber Johanns Worte gehörten zu jener Sorte, die einem im Gedächtnis bleiben und auch noch Tage später im Inneren weiterwirken. Benedict nahm in der folgenden Zeit sein eigenes Verhalten bewusster wahr und musste Johann im Stillen recht geben. Jedenfalls fühlte er sich den Sympathien seiner neuen Dorfgenossen nicht mehr hilflos ausgeliefert, sondern fand immer häufiger den richtigen Ton, um ihnen in ihrer Kurpfälzer Direktheit humorvoll zu begegnen.

Ein Ärgernis aus Benedicts Alltag aber war und blieb das Entrichten des Brückengeldes beim Überqueren des Neckars. Seinem hitzigen Gemüt war das Kurpfälzer Steuersystem ohnehin ein Dorn im Auge und er verstand einfach nicht, wie klaglos die anderen die Vielzahl von

Abgaben hinnahmen, die die kurpfälzische Verwaltung abverlangte. Den großen und den kleinen Zehnt, die Michaelisteuer und den Treiberschutz, die Erntebede, dazu die vielen Zollstationen, und nicht zu vergessen die zahllosen Frondienste – Quartier und Futterleistungen für Soldaten, das Holzschlagen im Wald, Baumaterial fahren, Wiesen mähen, oder die Jagdfronen und die vielen gemeindlichen Fronen wie Unterstützung bei Wege- und Brückenbau, Gebäudebau – kein Bereich des täglichen Lebens schien ausgespart, wenn es den Herrschaftlichen einfiel, etwas nicht selbst machen zu wollen, dachte Benedict erbittert. Und falls es keine Abgabe für den Kurfürsten gab, dann konnte man darauf wetten, dass die Stadt es war, die Gebühren verlangte.

Aber mehr noch als an der Abgabe selbst, erregte sich Benedict am Gehabe der Zoll- und Abgabebeamten. „Sitzen den ganzen Tag nur in ihrem Häuschen und ziehen uns das Geld aus der Tasche", knurrte er manchmal, wenn sie endlich den Brückenkopf passieren konnten. Es war ein undurchsichtiges System und die Höhe der Gelder schwankte je nachdem, welcher Wachsoldat gerade Dienst hatte. Letztlich war es aber weniger das Geld, dem Benedict nachtrauerte, denn in der Regel gab ihnen Martin Dick ausreichend Brückengeld für den Transport der Mistladungen mit. Es war die Willkür, die ihn erboste. Dass er oft Ewigkeiten warten musste, bis er die Brücke passieren durfte, besonders zu Zeiten, wenn er alleine unterwegs war. Dann halfen ihm auch Johanns Worte über seine eigene Ausstrahlung nicht weiter. Es gab kein Rezept, den Intrigen und Boshaftigkeiten der Brückenleute zu begegnen.

Als das erste Feld gerichtet war, brachten die Käfertaler Bauern den Winterweizen aus. Johanns Vater Georg gehörte zu denen, die die neuen Arbeiten mit großer Skepsis begleiteten und so unkte er den ganzen Morgen am Feldrand, während Johann und Sepp die Weizenkörner ausbrachten. Auch ihnen war nicht wohl bei ihrer Arbeit. Hier und da schauten noch Strohstoppeln aus dem Boden, es sah anders aus als sonst, was sie eher verunsicherte als mit Zuversicht erfüllte. Aber Benedict begleitete die Arbeiten mit zufriedener Miene. Im Übrigen hatte sich unter den meisten Käfertalern eine Art Aufbruchstimmung breitgemacht, die eine außerordentliche Hilfsbereitschaft untereinander freisetzte. Das führte dazu, dass solche Nörgeleien und Ausbrüche, wie sie von Johanns Vater zu hören waren, die Ausnahme blieben. Mit der Zeit bemerkte der alte Georg, dass seine Reden nicht die gewünschte Wirkung zeigten, und zeterte etwas seltener. An seinem grundsätzlichen Groll gegen Benedict und die neuen Methoden änderte dies indessen wenig.

Dann kam der Tag, an dem die ersten Hälmchen dem Boden entsprossen. Valentin war es, der es als Erster verkündete. Er war fast täglich draußen auf den Feldern und verfolgte den Verlauf der Dinge mit großer Spannung. An jenem Nachmittag zogen Johann und Sepp und andere, die bei der Bearbeitung der Felder mitgeholfen hatten, nach draußen, um den Erfolg zu begutachten. Der Aufbruchstimmung gemäß freuten auch sie sich und man traf sich am Abend auf eine Runde Bier im *Grünen Wald*. Der alte Georg machte nur eine verächtliche Kopfbewegung. „Ich wüsste nicht, was es da zu feiern gibt", murrte er, „als ob wir das erste Mal Winterweizen anbauten!" Manch einem saß die viele Arbeit in den Knochen, hier und da machte sich bereits Enttäuschung breit.

Eines Abends fragte sogar Johann angesichts der wenigen Hälmchen: „Denkst du, wir haben alles richtig gemacht?"

Benedict hatte sich das selbst schon gefragt. Er war in diesen Tagen äußerst empfänglich für die Stimmungsschwankungen der anderen und spürte eine Last auf seinen Schultern, die nicht nur mit der harten körperlichen Arbeit zu tun haben konnte. Waren die jungen Hälmchen auf Klyoggs Feldern enger gestanden? Er hatte den Phasen des Wachstums damals keine große Bedeutung beigemessen. Man düngte und pflügte, säte und erntete, und dazwischen wuchs das Korn mal schneller, mal langsamer, mal dicht, mal weniger dicht. Die Witterung spielte eine Rolle, die Häufigkeit und auch der Zeitpunkt des Regens. Benedict konnte beim besten Willen nicht sagen, ob man bereits einen kleinen Erfolg verzeichnen konnte oder ob man bereits jetzt von Misserfolg sprechen musste. Immerhin sprossen die Hälmchen, sodass das Saatgut nicht komplett verloren schien.

Schließlich waren es die Käfertaler selbst, die Benedict versicherten, dass sie auf dem richtigen Weg waren. Nach vierzehn Tagen war nicht mehr zu übersehen, dass die jungen Weizenhalme dicht an dicht aus dem Boden wuchsen. Einhellig versicherte man sich gegenseitig, dass es noch nie einen Winterweizen solcher Dichte in Käfertal gegeben habe. Und da selbst vom alten Georg keine Klagen mehr kamen, atmete Benedict schließlich erleichtert auf. Er wusste nur zu gut, dass noch viel passieren konnte auf dem Weg zu einer erfolgreichen Ernte. Aber immerhin, der Anfang war gemacht und er sah Erfolg versprechend aus.

Bald machte der erste Bodenfrost dem Düngen ein Ende. Dennoch wurden die Misttransporte erst einmal fortgesetzt. Man wollte im Frühjahr, wo jede Hand gebraucht wurde, einen gewissen Vorrat haben und nicht so häufig nach Mannheim fahren müssen. Obwohl Benedict und Johann nur zweimal wöchentlich nach Mannheim fuhren und in Käfertal tagsüber kein Mist mehr zu verteilen war, wurde die Arbeit nicht weniger. Benedict drängte darauf, dass man den Bau größerer Stallungen in Angriff nahm.

Viele Familien hielten ihr Vieh aus Not in ihren Häusern. Nicht zuletzt trug die Wärme der Tiere im Winter dazu bei, dass der Frost in besonders harten Zeiten erträglich war. Völlig undenkbar, dass diese Lösung auch im Sommer gelten konnte, wenn die Sonne sengend über den Häusern stand. Wie sollte man dort leben, wenn der Mist des Viehs direkt neben der Schlafkammer gor? Nein, wenn sie es mit der ganzjährigen Viehhaltung in den Ställen ernst meinten, mussten neue Stallungen errichtet werden, die das Vieh von den Wohnräumen getrennt hielt.

9. Kapitel

Es war bereits Ende Januar, als die ersten Zimmermannsleute in Käfertal eintrafen. Käfertal gehörte zu den Dörfern, die sich keine Schreiner und schon gar keine Zimmermannsleute als dauerhaft ansässige Handwerker leisten konnten. Einzig ein Schmied hatte sich bei ihnen niedergelassen, dessen Werkstatt unmittelbar neben der kleinen Poststation lag und der sich dennoch auch landwirtschaftlich betätigte, von der Schmiede allein hätte auch er nicht leben können. Alle Holz- und Schreinerarbeiten verrichteten die Käfertaler entweder selbst oder sie suchten einen entsprechenden Handwerker in Mannheim auf. Die meisten von ihnen waren jedoch so arm, dass sich Tische und Schränke von einer Generation zur nächsten vererbten. Neue Möbel gab es, wenn überhaupt, dann zur Hochzeit oder zur Taufe.

Das Fehlen von Schreinern sowie die Tatsache, dass Sepps Vater Ullrich nicht mehr der kräftigste war, mochten die Ursache dafür gewesen sein, dass Mathes, der Sohn des Schäfers, im Dorf immer mehr an Ansehen gewann. Es zeigte sich schnell, dass Mathes den Zimmermannsleuten nicht nur tatkräftig, sondern auch äußerst geschickt zur Seite stand. Ob dies nun dem Umstand zu verdanken war, dass Mathes am wenigsten in die dörflichen Arbeiten eingebunden war und aus diesem Grund mehr Zeit hatte als alle anderen, mag dahingestellt bleiben. Tatsache war, dass das, was der junge Schäfersohn an Holzarbeiten im weiteren Sinne in die Hand nahm, von äußerst fruchtbaren Ergebnissen begleitet war. Benedict beobachtete mit großer Freude, dass der junge Schäfersohn in dem Maße, wie die Bauarbeiten voranschritten, zusehends an Selbstbewusstsein gewann. Es war, als ob die Zimmerleute und Mathes die gleiche Sprache sprächen. Tagelang sah man Mathes von früh morgens bis spät abends mit ihnen hantieren. Er ließ sich den Umgang mit den Winkelmaßen zeigen und lernte den Abstand der Holzbalken richtig einzuschätzen. Ein Zimmermannsgeselle aus dem hohen Norden hatte es ihm besonders angetan. In ihrer freien Zeit saßen sie zusammen und Mathes lernte einen Seilbalken zu schnitzen, ein Stück Holz, das sich wie ein steifes Seil in den Raum erhob.

Für die anderen Dorfbewohner wie auch für Benedict war dies eine schwierige Phase. Die zusätzliche Arbeitsbelastung war hoch und zudem zeigte sich der Winter von seiner harten Seite. Die Menschen saßen zusammengepfercht in ihren engen Häusern. War die ungewohnte Fessel an die engen Räumlichkeiten schon schwer genug, so begannen bald die Lebensmittelvorräte zur Neige zu gehen. Bald war die Stimmung im Dorf äußerst gereizt. Auch Benedict blieb davon nicht ausgenommen. Er sehnte sich nach Bewegung und verließ das kleine Häuschen des Schultheißen, bei dem er seit Wintereinbruch wohnte, so oft er konnte. Schließlich ging er sogar mit den Männern, die den Palisadenvorrat des Kurfürsten auffrischen sollten, hinaus in den Käfertaler Wald. Doch war dies alles kein adäquater Ersatz dafür, dass sie während des strengsten Frostes die Mistfuhren eingestellt hatten und er aus diesem Grund Susanna kaum mehr zu Gesicht bekam.

Eines Tages saß Benedict missmutig über seinem Getreidemus, das ihm wie jeden Morgen Martin Dicks Magd hingestellt hatte. Sein Kopf schmerzte und er sehnte sich nach einem Apfel. Vor drei Wochen schon waren die Apfelvorräte zur Neige gegangen. Das wäre Klyogg nie passiert. Als Benedict Martin Dick danach fragte, warum es nicht mehr Apfelbäume gäbe, hatte jener erst zu einer Erklärung ansetzen wollen. Aber dann hatte Martin Dick eingelenkt und Benedict gebeten, sich zu überlegen, wie viele Bäume sie bräuchten. Also hatte Benedict sich Gedanken gemacht. Er hatte sogar eine Lösung für den Standort der Bäume gefunden. Aber dann hatte sich herausgestellt, dass es noch nicht einmal Apfelkerne gab, um Jungtriebe nachzuziehen. Benedict leerte seine Schüssel und stand auf. Sie arbeiteten nun schon seit so vielen Wochen. Doch je weiter sie vordrangen, so erschien es ihm, desto größer wurden die Probleme. Ein Fass ohne Boden.

Er trat vor die Tür. Das Hämmern der Zimmerleute begleitete sie seit Tagen. Benedict konnte es nicht mehr hören. Schon früh am Morgen hatten die Zimmerleute ihre Hämmer und Winkel ausgepackt und waren in den hinteren Hof gegangen, um am Dach der Scheune weiterzuarbeiten. Eigentlich mochte Benedict die schwarzgekleideten Männer mit ihren weit geschnittenen Hosen. Ein bisschen beneidete er sie, wenn er sie von ihren Reisen erzählen hörte. Sie waren frei, niemandem Rechenschaft schuldig als nur ihrem jeweiligen Auftraggeber. Benedict atmete tief durch. Susanna hätte jetzt eine ihrer energischen Kommentare zum Besten gegeben.

Susanna. Seit ihrer letzten Begegnung in Mannheim lastete die Sorge auf ihm, ob es ihnen gelingen konnte, den widrigen Umständen auf Dauer die Stirn zu bieten. Denn wie es schien, hatte der Viertelmeister die Hoffnung auf Susanna doch noch nicht aufgegeben. Fast täglich erschien er im *Goldenen Pflug*. Susannas Sorge galt dem zunehmend sichereren Auftreten des Viertelmeisters, das sie sich nicht erklären konnte. Zwar vermutete sie ihren Vater und dessen Versprechungen dahinter, konnte sich aber wiederum nicht denken, was ihr Vater gegen sie in der Hand hielt. Sehnsüchtig wartete sie darauf, dass ihr der Vater seine neue Frau präsentierte. Dann gäbe es eine neue Postwirtin im *Goldenen Pflug* und sie, Susanna, wäre frei nach Käfertal zu gehen. So aber brachte sie es trotz aller Streitereien nicht übers Herz, ihren Vater im Stich zu lassen, wo es sowieso nur eine Frage von wenigen Wochen sein konnte, dass der alte Frölich sich wieder verheiraten musste. Susanna hatte sich in diese Idee verbissen, wie ein junger Fisch in einen Angelhaken. Genug Witwen in der Stadt gab es und normalerweise waren die Stadträte mit dem Heiratsgebot nicht so zimperlich. Die Schreinerwitwe drei Häuser weiter hatten sie gerade mal die Anstandstrauerpflicht beenden lassen. Danach hatte man ihr mehr als nahegelegt, sich mit dem Schreinergesellen zu vermählen. Witwen waren eben weitaus teurer für die Gemeinde als verheiratete Frauen. Und wie war das mit den Männern? Susanna wusste es nicht so genau und Benedict schon gar nicht. Aber vielleicht gewährte man dem alten Frölich als Postwirt mehr Freiheiten als anderen Bürgern der Stadt?

Benedict war sich dessen bewusst, welch unsichere Zukunft er Susanna zu bieten hatte. Er besaß kein Land und würde es als Calvinist in der katholisch dominierten Kurpfalz auch nicht so schnell bekommen. Da nützte all sein

Geld nichts, das er bei den Mays hinterlegt hatte. Er konnte es drehen und wenden wie er wollte, seine Chancen standen schlecht.

Da trat Mathes auf den Hof. Benedict versuchte, seine Kopfschmerzen zu ignorieren und nickte dem Schäfersohn zu. Wenigstens einer, der sich vorbehaltlos über den Besuch der Zimmermannsleute freute. Mathes Wangen waren gerötet, seine Augen leuchteten. Sie wollten zusammen im Wald nach den Holzstämmen schauen, den Zimmermannsleuten würde schon bald das Material ausgehen. Benedict seufzte innerlich. Er hatte so gar keine Lust. Aber wenn man es genau nahm, hatte er hierzu ebenso wenig Lust wie zu allem anderen. Also konnte er auch zusammen mit Mathes in den Wald gehen, dort würde er wenigstens dem Gehämmere der Zimmermannsleute entkommen. Es war noch sehr früh am Tag, ihr Atem bildete kleine weiße Wolken. Der Himmel wölbte sich grau und eintönig über ihnen. Wieder ein Tag ohne Sonne.

Die beiden jungen Männer liefen schweigend nebeneinander her. Benedict merkte, dass Mathes irgendetwas beschäftigte, aber heute Morgen fühlte er sich nicht in der Stimmung, danach zu fragen. Wie sich herausstellte, war das auch gar nicht nötig. Sie hatten kaum die letzte Kate hinter sich gelassen, da meinte Mathes: „Ihr habt wohl schon viel von der Welt gesehen!"

Benedict erwiderte nichts. Seine Gedanken wanderten zu Klyogg, der in Wermatswil in unendlicher Geduld seine Böden bearbeitete. Der sich dem mit ganzer Kraft widmete, was er am meisten liebte. Der einfach in seinen Vorratsraum ging zu den Samen und Kernen, die er über all die Jahre gesammelt hatte und sie einpflanzen konnte, wo er es für richtig hielt. Der …

„Habt Ihr?", insistierte Mathes.

„Nein, habe ich nicht", erwiderte Benedict kurz angebunden. „Da fragst du am besten die Zimmerleute. Die sind weit herumgekommen."

„Hab ich schon", kam die Antwort zurück.

Das wunderte Benedict. Dass Mathes überhaupt jemanden ansprach, war schon etwas Besonderes. Dass er es wagte, Fremde anzusprechen, grenzte an Ungeheuerlichkeit. Aber dann fiel Benedict ein, dass Mathes so viel mit den Zimmermannsleuten zusammen war, dass sie ihm mittlerweile wohl kaum mehr fremd sein konnten.

„Ich war gestern in der Stadt", begann Mathes aufs Neue.

„Du warst in der Stadt?" Langsam wurde Benedict neugierig. „Was hast du denn in der Stadt gemacht?"

„Ich meine, ich war nicht richtig in der Stadt. Aber ganz nah. Am Neckar. An der Lauer, dort, wo die Schiffe anlegen."

Benedict nickte. Er kannte den Schiffsanleger am Neckar, dort, wo die Treidelschiffe ihre Steine aus dem Odenwald löschten. Der Platz lag direkt neben der Neckarbrücke. Er hatte den Schiffen oft beim Entladen zugesehen, wenn er während seiner Mistfahrten mal wieder wegen des Brückengeldes warten musste.

„Ich weiß, wo das ist", entgegnete er deshalb. „Dort legen die Schiffe aus dem Odenwald an."

„Ja, und die aus Amsterdam!", flüsterte Mathes.

„Aus Amsterdam?", fragte Benedict belustigt.

Mathes nickte ernst. „Kennt Ihr Amsterdam?"

„Nein", Benedict schüttelte den Kopf. „Weißt du, Mathes, ich bin aus der Schweiz direkt hierhergekommen. Ich habe gar nicht so viel von der Welt gesehen, wie du vielleicht denkst."

Mathes schwieg. Und weil es noch ein ganzes Stück bis zum Wald war und Benedict es ganz abwechslungsreich fand, mal etwas anderes zu hören als Probleme und Hämmer klopfen, hakte er nach: „Am Hafen hast du jemanden von Amsterdam erzählen hören?"

Mathes nickte. Seine Augen leuchteten. „Und von Amerika!"

Benedict schwieg überrascht.

Aber nun, da es einmal ausgesprochen war, sprudelte es aus Mathes nur so heraus: „In Amerika ist alles so viel besser und schöner! Jeder kriegt so viel Land wie er braucht! Und es gibt keine hohen Herren, denen man dienen muss. Jeder darf tun, was er möchte. Es ist ..." Mathes machte eine ausladende Handbewegung und seufzte.

„Und es ist ganz weit weg", ergänzte Benedict.

Mathes nickte betrübt.

Benedict musste an Brandenburg denken. Es fiel ihm nicht schwer, sich in Mathes Lage zu versetzen. Zwar konnte der Schäfersohn ganz geschickt mit Holz umgehen, aber eigentlich kannte er nichts außer der Schäferei. Eine vielversprechende Zukunft lag ganz gewiss nicht vor ihm. Die Zünfte in der Stadt würden ihn wieder wegschicken und ihm niemals erlauben, Fuß zu fassen. Mathes konnte eigentlich nur hoffen, als Tagelöhner oder Knecht unterzukommen – oder in die Fußstapfen seines Vaters zu treten.

„Ihr sagt ja selbst, dass es hier zu viele Schafe gibt", bemerkte Mathes nun zu Benedicts Überraschung. Und ergänzte dann in aller Ehrlichkeit: „Außerdem kann ich Schafe nicht ausstehen."

Benedict spürte an Mathes eine Entschlossenheit, die er bisher nicht wahrgenommen hatte.

Mathes schaute Benedict unsicher an. „Ihr versteht das, oder? Ihr seid doch auch zu Hause aufgebrochen, um Euch eine Zukunft aufzubauen!"

Benedict wiegte seinen Kopf hin und her. „Ja, das stimmt. Aber ich hatte keine Familie mehr, ich war alleine. Und ich kann mit Pflanzen umgehen, aber in der Schweiz gab es kein freies Land mehr. Ich gehörte nicht dazu, verstehst du?"

Mathes nickte bitter. „Das verstehe ich sogar sehr gut! Als ob ich hier dazu gehörte!"

Benedict schwieg. Sie kamen auf ein Terrain, auf dem er sich unwohl fühlte. Das mit dem Dazugehören war so ein Problem und erinnerte ihn an die Frage, ob sich für ihn selbst in dieser Richtung irgendetwas geändert hatte.

„Dürft Ihr denn hier in der Kurpfalz einfach ausreisen?", fragte er, um von dem heiklen Thema abzulenken. Benedict erinnerte sich dunkel, dass er in der *Alten Post* jemanden so etwas hatte sagen hören. Der Kurfürst erkaufte sich die Ausreise so teuer, dass für den Neubeginn in dem umworbenen Land kaum mehr etwas übrig blieb.

Mathes machte ein altkluges Gesicht. „Man darf vieles nicht."

Sie erreichten den Wald und stießen zu den anderen, die mit dem Ochsenkarren bereits vorgefahren waren. Das Gespräch der anderen verstummte, als Benedict und Mathes sie erreichten. Benedict wurde das Herz schwer. Warum konnten sie nicht kurz grüßen? Oder wenigstens ungezwungen weiterreden? Auch Mathes war verstummt. Schweigend machten sie sich an die Arbeit und halfen, die gekennzeichneten Stämme auf den Ochsenkarren zu laden.

Benedict hörte den Hufschlag trotz seiner Kopfschmerzen als Erster. Dann hoben auch die anderen die Köpfe und schauten einander an. An ihren Mienen las Benedict, dass sie mindestens ebenso überrascht waren wie er – und dass der Hufschlag nichts Gutes zu bedeuten hatte. Schweigend schauten sie dem Reiter entgegen, der schon bald zwischen den Bäumen auftauchte. Er trug die Kleidung der kurfürstlichen Boten und preschte auf die kleine Gruppe zu. Sein Pferd zog wiehernd den Kopf nach hinten, als er abrupt neben ihnen zum Stehen kam. Benedict nahm mit einem Augenwinkel wahr, dass sich die Männer besorgte Blicke zuwarfen, was ihn sofort reizte. Konnten sie nicht einmal nicht so tun, als ob die Obrigkeit die Weisheit mit Löffeln gefressen hätte? Oder war irgendetwas mit dem, was sie hier taten, etwa nicht in Ordnung?

Da zog der Bote eine Papierrolle aus seiner Satteltasche und entrollte sie vor seinen Augen. „Seine Durchlaucht Kurfürst Carl Theodor gebietet das Schlagen von 200 Palisadenstämmen. Zu entrichten durch die Bevölkerung von Käfertal sowie das Errichten derselben nördlich des derzeitigen Jagdgebietes."

Keiner der Männer erwiderte etwas. Der Bote musterte die kleine Gruppe, sein Blick fiel auf den Ochsenkarren und hielt sich daran fest. „Was ist das?", fragte der Bote.

Einer der Männer trat nach vorne und erwiderte: „Holzstämme!"

Benedict konnte sich ein Lächeln nicht verkneifen. Doch der Bote runzelte die Stirn und fragte: „Holzstämme? Wofür?"

Da trat ein anderer hervor und deutete eine leichte Verbeugung an. „Mit Verlaub, Herr kurfürstlicher Bote, die Holzstämme sind eigens für den Zweck, den Eure Durchlaucht der Kurfürst zu bestimmen gedenkt!"

Gute Antwort, dachte Benedict. Damit wird sich diese Witzfigur ja wohl zufrieden geben!

Doch der Bote hakte nach. „Die da wäre?"

Benedict dachte in seiner Unschuld tatsächlich, man würde den wahren Bestimmungsgrund der Holzstämme nennen, um dem Boten zu zeigen: Siehst du, der Kurfürst hat es so gewollt!

Als er nun die einzig mögliche Antwort hörte, fuhr er herum. „Diese Holzstämme sollen für den Bau der Palisaden sein?"

Doch die Käfertaler ignorierten ihn einfach und stellten sich demonstrativ vor ihn. „Für den Bau der Palisaden, jawohl!", sagte der Mann, der vorhin schon gesprochen hatte. „Eurer Durchlaucht des Kurfürsten Wünsche sind uns Befehl!"

Der Bote nickte langsam. Dann machte er kehrt und preschte davon.

Benedict drängte die Männer zur Seite, er kochte vor Wut. „Wie bitte darf ich das nun wieder verstehen? ‚Ja Herr Kurfürst! Aber gerne doch Herr Kurfürst!' Seid Ihr alle des Wahnsinns?"

„Der hat ja keine Ahnung!", hörte Benedict jemanden hinter seinem Rücken sagen. „Kommt aus der Schweiz hierher und bringt alles durcheinander!"

„Otto, sei doch still!", der Mann, der mit dem Kurpfälzer Boten gesprochen hatte, hob beschwichtigend den Arm.

Aber Otto ließ sich nicht beschwichtigen. „Ist doch wahr. Keine Ahnung hat der! Das Vieh im Stall halten, im Winter wie im Sommer! Ja, sollen wir dem Rindvieh das Fressen auf dem silbernen Tablett servieren? Womöglich mit Messer und Gabel?"

Benedicts Kopfschmerzen verdichteten sich hinter seiner Stirn. Die Frustration der vergangenen Wochen saß ihm zu tief in den Knochen. Das hatte er nun davon. Er schuftete und rackerte sich ab – und wofür? Die Käfertaler Bauern wollten ihn nicht, Susanna wollte ihn nicht, was in aller Welt suchte er hier überhaupt? Es war ein Fehler gewesen, hierzubleiben, ein großer Irrtum. Ohne ein weiteres Wort ließ er die Männer stehen und lief zurück. Nicht einmal Mathes vermochte ihn aufzuhalten.

Schon bald lag der Wald hinter ihm und er betrat das freie Feld. Dünner Raureif bedeckte die Ackerkrume, fahl schien die Sonne durch hauchdünne Wolken. Benedict schritt kräftig aus. Der kalte Wind trieb ihm Tränen in die Augen und schnitt ihm ins Gesicht. Wut umnebelte seine Gedanken, sein Kopf fühlte sich aufgedunsen und verquollen an, ein hartnäckiger Schmerz pochte unaufhaltsam hinter seiner Stirn. Kurz vor dem Dorf lenkte er seine Schritte nach rechts. In einem großen Bogen ließ er das Dorf links liegen. Um nichts in der Welt hätte er jetzt Martin Dick in die Arme laufen mögen. Unaufhaltsam schritt er voran, stieß auf die westliche Straße und wandte sich in Richtung Stadt. Bald passierte er die Neckargärten, die den wohlhabenden Bürgern im Sommer der Erholung dienten, wenn die schwülheiße, stickige Mannheimer Luft niemanden mehr in der Stadt hielt. Jetzt im Winter traf man hier keine Menschenseele. Benedict schaute sich um, sein Magen knurrte. Mittag mochte weit vorangeschritten sein, er hatte den ganzen Morgen über Holzstämme gewuchtet und seit dem Frühstück nichts mehr gegessen. Kein Wunder, dass er hungrig war. Er fasste sich in die rechte Hosentasche und fischte einige Kreuzer zutage, die er offensichtlich von der letzten Brückengeldaktion noch bei sich trug. Seine Lebensgeister erwachten. Er würde jetzt zum Neckartor gehen und in der Unterstadt ein warmes Bier trinken. Einen Moment dachte er daran, dass er die Gelegenheit ebenso gut nutzen und zu Susanna gehen konnte. Aber der Gedanke an Susanna bedrückte ihn und hielt ihm seine eigene Zerrissenheit vor Augen. Wenn er nur wüsste, was er tun sollte. Verbissen streckte er sein Kinn nach vorne und machte sich auf den Weg.

Der lange Fußmarsch tat ihm gut. Unbehelligt passierte er Brücke und Tor und betrat die erstbeste Fischerkneipe linkerhand in den T-Quadraten. Müde bestellte er sich ein warmes Bier und genoss die wohlige Wärme in dem vollbesetzten Raum. Laute Stimmen schwirrten durcheinander, die Luft war wie immer zum Schneiden dick, menschliche Ausdünstungen vermischten sich mit dem Tabakrauch vergangener Stunden. Heute störte sich Benedict nicht daran, sondern kroch regelrecht hinein in die Anonymität dieses Schankraumes, wo Fremde offensichtlich an der Tagesordnung waren und sich niemand an ihm störte. Er bestellte ein zweites Bier und danach ein drittes und spätestens jetzt gehörte er zu diesem Tisch wie dessen Beine. Sein Sitznachbar hatte den Arm um seine Schulter gelegt und prostete ihm zu. War das wirklich er, Benedict Lemaistre, der hier mit wildfremden Menschen saß und warmes Bier trank? Mein Gott, tat ihm die Wärme gut! Benedicts Augen wurden schwer, er lehnte seinen Kopf an die Schulter seines Nachbarn, was diesen nicht wirklich zu stören schien. Benedicts Gedanken kreisten und bildeten Palisadenpfähle, die um seinen Kopf tanzten. Diese sturen Käfertaler! Unterwürfig ohne Ende. Jeder Maulwurf war ein Tagesgänger im Vergleich dazu wie tief sie sich vor den Autoritäten verkrochen.

Benedicts Kopf lehnte noch immer an der Schulter des Sitznachbarn. „Der Kurfürst", murmelte er, „alles für den Kurfürsten." Und an seinen Nachbarn gewandt: „Was hältst du denn vom Kurfürsten?"

„Wen? De Kurferscht?" Sein Nachbar lachte. „Heert emol her, was der do wisse will: Ob unsern Kurferscht en gude Ferscht is!" Lachend schlug er mit der flachen Hand auf den Tisch, die anderen johlten mit, nüchtern war hier keiner mehr.

„Jetzert will isch Dir awwer emol ebbes sage", setzte sein Nachbar an. „Unser Kurferscht, der is de Beschd!"

„Ich glaub's einfach nicht", murmelte Benedict. Wie konnten die alle nur so verbohrt sein?

Aber die anderen am Tisch waren sich sofort einig: Benedict habe ihn einfach noch nicht erlebt. Oder etwa doch? Nein? Siehste! Kein Wunder!

Jeder hatte eine Geschichte zu erzählen und jeder lobte die Güte des jungen Landesfürsten, seine Großzügigkeit und sein besonderes Verständnis für das Leid der einfachen Leute. Mit den Herren der Verwaltung jedoch sei das etwas ganz anderes, mit denen sei manchmal nicht zu spaßen. Oh, oh! Nein, vor den Viertelmeistern und Landschreibern und vor allem vor dem allmächtigen Stadtdirektor müsse man sich in Acht nehmen, aber nicht vor dem Kurfürsten!

Als die Sperrstunde kam, setzte sie der Wirt kurzerhand vor die Tür. Draußen herrschte klirrende Kälte. Die anderen zogen lärmend und lachend nach Hause, nur sein Sitznachbar legte noch einmal den Arm um seine Schulter. An der nächsten Ecke wandte er sich nach links, drehte sich aber noch einmal um und fragte: „Brauchsch ebbes zum Schlofe?"

Benedict schüttelte den Kopf. Die derbe Vertrautheit war ihm immer noch unheimlich, daran änderte auch das viele Bier nichts, das er heute getrunken hatte. Er hob den Arm noch einmal zum kurzen Gruß und wandte sich in Richtung Neckartor. Natürlich war dieses, wie hätte es auch anders sein sollen, um diese Nachtzeit schon längst verschlossen. Benedict wusste, dass die Soldaten gegen ein Entgelt das Seitentor auch in der Nacht öffneten, aber der Weg zu seinem Strohsack in Käfertal war weit. Also lief er weiter und wählte den Weg über die schützenden Schatten der I-Quadrate, immer mit einem Auge nach dem Nachtwächter Ausschau haltend. Das hätte noch gefehlt, dass er morgen früh dem Viertelmeister vorgeführt würde! Schon bald erreichte er die Pferdeställe des alten Frölich und öffnete die kleine Tür an der hinteren Mauer, deren Schloss schon längst hätte ausgetauscht werden sollen. Dieses Türschloss würde der alte Frölich in zehn Jahren noch nicht repariert haben, dachte Benedict bierselig und ein bisschen wehmütig. Dann schlich er zu dem Fleckchen im Stall, das ihm schon einmal als Schlafstelle gedient hatte und verkroch sich im Stroh. Was für ein schrecklicher Tag, dachte er noch, bevor er in einen unruhigen Schlaf versank.

Susanna war nicht wenig überrascht, als sie Benedict am nächsten Morgen in die Küche treten sah. Sein Haar war zerzaust, seine Augen wirkten übernächtigt und auf seinem Rücken zeugten kleine Strohhalme davon, wo er die Nacht verbracht hatte. Später saßen sie auf der kleinen Bank am Ofen in der Küche, jeder eine Tasse heißen Kaffees in Händen, und Benedict erzählte stockend, was ihn am Vortag dazu gebracht hatte, in die Stadt zu kommen. Am warmen Ofen und in Susannas Nähe fiel es ihm schwer, die richtigen Worte dafür zu finden, was genau eigentlich so schlimm gewesen war. Er schämte sich seines Verhaltens und kam immer wieder ins Stocken.

Susanna blickte nachdenklich vor sich hin. „Es ist die Warterei", sagte sie schließlich, „dieses ewige Zuwarten und nicht wissen, wann es ein Ende hat."

War es das? Benedict lehnte sich an die warmen Kacheln und schloss die Augen. Es war das Gefühl, nicht voranzukommen. Nichts bewegen zu können, nichts beschleunigen zu können. Jeden Tag derselbe Trott, ohne dass sich etwas änderte. Ohne dass sich die Ansichten der Menschen um ihn herum änderten. Nichts als Starre und Stillstand.

Als er sich eine Stunde später auf den Rückweg nach Käfertal machte, war von dem trüben Dunst des Vortages nichts mehr zu sehen. Eisblau wölbte sich der Himmel über der Ebene. Doch auch wenn die Sonne ihr Licht verschwenderisch ausbreitete, so vermochte sie nicht wirklich zu wärmen. Eiseskälte krallte sich in Benedicts Gesicht, sodass er schon bald den Schal, den ihm Susanna mit auf den Weg gegeben hatte, noch fester um seinen Kopf hüllte. Susannas Duft liebkoste seine Nase und er stellte beglückt fest, dass von dem Schal etwas ausging, das ihn von innen her wärmte.

10. Kapitel

Ein halbes Jahr später kehrte Benedict von den Käfertaler Feldern zurück, wo die Sommergerste prachtvoll gedieh. Die Wärme der vergangenen Wochen gepaart mit viel Regen hatte das Korn schneller reifen lassen. Der heutige Tag jedoch hatte eine schwere Schwüle im Gepäck, Benedict wischte sich den Schweiß von der Stirn. Er war nur kurz draußen gewesen, doch selbst das wenige, das er heute trug, klebte ihm am Körper. Valentin indessen schien die schwüle Hitze nicht zu stören. Der Junge hüpfte von einem Bein aufs andere und plapperte unentwegt. Er sprudelte nur so von einer glanzvollen Zukunft, in der es genug zu essen gab für alle Menschen in Käfertal. Vielleicht sogar auch für die in Mannheim, da war sich Valentin nicht ganz sicher. Er hatte Johann nach der Ernte des Winterweizens auf den Mannheimer Markt begleiten dürfen und mit großen Augen zugesehen, wie jener den übrigen Weizen an eine der Hockerinnen verkauft und dafür Geldmünzen erhalten hatte.

Im Dorf wartete Johann bereits mit dem Ochsenkarren, sie wollten noch heute nach Mannheim fahren. Denn obwohl ein Großteil der Rinder nun erstmals auch in den Sommermonaten in den Ställen blieb und man eigenen Mist produzierte, reichte der Mist insgesamt noch nicht aus. Benedict war dies nur recht. So würde er Susanna wiedersehen und eine Fahrt auf dem Ochsenkarren erschien ihm bei der Hitze allemal angenehmer als irgendetwas anderes.

Fröhlich schwang er sich zu Johann auf den Wagen, wurde aber durch Martin Dick unterbrochen, der sie fragte, ob sie Mathes gesehen hätten. Benedict hatte den Schäfersohn bereits seit mehreren Tagen nicht mehr gesehen, er schüttelte den Kopf, winkte dem Schultheißen noch einmal kurz zu, dann zuckelten sie los. Nur wenige Tage noch, dann würde auch die Sommergerste geerntet werden können. Der Schmied hatte schon scherzhaft gemeint, man solle nur ja alle Sicheln rechtzeitig zum Schärfen vorbeibringen, wo sie in diesem Sommer so viel zu schneiden hätten! Keine Frage, die Stimmung im Dorf war gut. Benedict dachte nur noch selten an jenen frostigen Wintertag, an dem er am liebsten auf der Stelle abgereist wäre. Dann lächelte er über sich selbst und konnte fast nicht mehr verstehen, warum er sich damals so zerrissen gefühlt hatte. Zwar gab es immer noch Stimmen im Dorf, die sich gegen die neuen Methoden wandten. Aber die meisten fühlten sich vom Erfolg der Winterweizenernte beflügelt. Das abgeerntete Feld war bereits wieder gepflügt, Wintergemüse und Kohlpflänzlinge ausgebracht. Benedict rieb sich vergnügt die Hände, als sie den Ortsrand von Käfertal passierten, er freute sich auf Susanna.

Doch wie sich zeigte, stand in Mannheim mitnichten alles zum Besten. Benedict fand Susanna weder im Schankraum noch in der Küche und auch nicht bei ihrem Kräutergarten im hinteren Hof. Die alte Anna wischte sich den Schweiß von der Stirn und beteuerte, Susanna sei ganz sicher nicht ausgegangen. Da stieg Benedict die engen Stiegen zu Susannas Kammer hoch, wo er sie schließlich auch fand, die Augen rot verweint. Benedict riss das Fenster auf, in der Kammer unter dem Dach war es nicht zum Aushalten. Susanna schien von der drückenden Hitze nichts zu spüren. Als sie Benedict erblickte, schluchzte sie von Neuem los. Es dauerte eine ganze Weile, bis Benedict das Ausmaß dessen begriff, was passiert war. Der Viertelmeister hatte des alten Frölichs Schlamperei zu seinem Vorteil genutzt und ihn unter Druck gesetzt. Der alte Frölich hatte sich schließlich nicht mehr zu helfen gewusst und einen

Vertrag zwischen ihm und dem Viertelmeister unterzeichnet, in dem er ihm die Hochzeit mit seiner Tochter für den nächsten Sommer versprach.

Das war freilich schlimm. Benedict stockte das Herz. Er kannte Susanna gut genug, um das Schlimmste zu fürchten. Dennoch fragte er vorsichtig: „Und wenn du es einfach nicht tust …?"

Susanna schüttelte erwartungsgemäß den Kopf. „Das geht doch nicht", antwortete sie kraftlos. „Wie stellst du dir das vor, diese Schande …" Susanna schüttelte sich vor Schluchzen, Benedict hatte sie noch nie in einem solchen Zustand erlebt. Was für Schwierigkeiten das waren, in denen der alte Frölich steckte, wusste Susanna auch nicht so genau. Der Vater hatte sich nur in Andeutungen erlassen und hatte es dann vorgezogen, sich den Augen seiner Tochter zu entziehen.

Benedict lotste Susanna aus der hitzigen Kammer hinunter in den Schatten des Hofes und sprach ihr Mut zu so gut er konnte. Immerhin schienen sie noch Zeit bis zum nächsten Sommer zu haben. Seltsamerweise spürte er so etwas wie Erleichterung. Die Zeit des Zuwartens und Hinhaltens würde jedenfalls ein Ende haben. Er sah es überhaupt nicht als gegeben, dass Susanna den Viertelmeister würde heiraten müssen. Im Geiste überschlug Benedict bereits die Möglichkeiten, die ihnen blieben. Als Erstes würde er sich mit Johann und Martin Dick besprechen. Er kannte die Gepflogenheiten in der Kurpfalz einfach zu wenig, da hatte Susanna schon recht. Aber er hatte das Gefühl, dass ihm dies zum Vorteil gereichen konnte. Hatte er nicht auch mit seinen Ideen beim Ackerbau recht behalten? Manchmal kam jemand Fremdes eben auf andere Ideen als die, die jahrein jahraus nach denselben Normen und Traditionen lebten. Er nahm Susanna ein letztes Mal in die Arme und bat sie, nicht den Mut zu verlieren. Sie würden eine Lösung finden, egal wie. „Sonst brennen wir einfach durch wie die Königskinder“, sagte er in bemüht scherzhaftem Ton. Immerhin brachte Susanna ein kleines Lächeln zustande, als er dies sagte und ihr schniefendes „Du alter Kindskopf!“ verriet ihm, dass die Worte bei ihr richtig angekommen waren.

Johann wartete unten schon ungeduldig und mahnte zum Aufbruch. Dunkle, schwere Gewitterwolken hatten sich über der Stadt zusammengebraut, es roch nach Regen. Von fern hörte man dumpfes Donnergrollen. Als Benedict aus dem Hoftor trat, klatschten auch schon die ersten Regentropfen auf die staubige Straße. Einen kurzen Moment überlegte Benedict, ob es nicht klüger wäre, das Unwetter abzuwarten. Aber der Abend war schon weit vorangeschritten, sie hatten sich durch den Schachzug des alten Frölich erheblich verspätet, die Stadttore würden schon bald schließen. Also sprang Benedict zu Johann auf den schmalen Holzsitz und sie zogen los. Die Straßen waren voll von Menschen, die eilig ihr nächstes Ziel aufsuchten. Doch am Tor strömten mehr Menschen hinein als hinaus, sodass sie nicht weiter aufgehalten wurden und schon bald die Neckarbrücke erreichten. Erste Blitze zuckten über den Himmel, es regnete jetzt gleichmäßiger, aber noch nicht so stark, dass Benedict hätte umkehren wollen. Ungeduldig kramte er das Brückengeld aus seiner Hosentasche, doch Johann sprang schon auf die Straße. „Lass mich mal lieber machen“, sagte er mit besorgtem Blick nach oben und verschwand in dem Moment im Brückenhäuschen, als ein schwerer Donnerschlag Benedict kurz zusammenzucken ließ. Nach kurzer Zeit kam Johann bereits zurück, er mied Benedicts Blick. Da wusste Benedict, dass Johann die Brückenwärter bestochen hatte und es stimmte ihn missmutig, dass der Freund ihm dies vorenthielt. Andererseits konnte er ihm das nicht verübeln. Johann hatte schon immer die Zahlungsgepflogenheiten, wie er das nannte, der Kurpfälzer Brückenwärter akzeptiert und nutzte sie so, wie es ihm gerade passte. Wenn man es eilig hatte, war es teurer, das war nun einmal so. Johann wäre nie auf die Idee gekommen, dies in Frage zu stellen. Benedict schon. Er kochte vor Wut, wenn die Brückenwärter betont langsam ihren Dienst verrichteten, um damit Extrazahlungen zu provozieren. Benedict würde nie verstehen, dass sich die Kurpfälzer solchen Ungerechtigkeiten fügten. Nun denn, heute sollte es ihm recht sein. „War wohl eine teure Überquerung heute", konnte er sich dennoch nicht verkneifen zu sagen und schwang die Peitsche zum Aufbruch.

Der Ochsenkarren holperte mit seiner schweren Ladung über die breiten Holzplanken, kaum jemand war jetzt noch unterwegs. Sie erreichten das andere Ufer, passierten die Neckarschanze und schlugen den mittleren Weg ein, der direkt nach Käfertal führte. Der Himmel verdunkelte sich immer mehr. Blitz und Donner kamen in deutlich schnellerer Reihenfolge. Sie waren erst wenig vorangekommen, rechterhand erkannte Benedict den Rabenstein und war mit einem Mal froh, dass hier nur die Köpfungen vorgenommen wurden. Der Galgen stand zum Glück etwas weiter östlich in Richtung Feudenheim, ein schwankender Körper im Gewittersturm zwischen Blitz und Donner hätte ihm gerade noch gefehlt. Da öffnete der Himmel auch schon seine Schleusen. Die schweren Säcke, die Johann zum Schutz gegen den Regen vorsorglich über den Pferdemist gelegt hatte, waren schnell durchtränkt und ließen den Regen ungehindert durch. Benedict fluchte. Gerade hatte er noch erwogen, sich mit Johann unter den Wagen zu legen, da verwarf er den Gedanken auch schon wieder. Die Gülle troff bereits durch die Planken des alten Ochsenkarrens und verwandelte die Chaussee unterhalb des Karrens innerhalb kürzester Zeit in sandigbraunen Matsch. Bald hatten sie keine einzige trockene Stelle mehr am Leib, der Regen lief Benedict in Rinnsalen übers Gesicht. Blitze zuckten in kurzer Abfolge, der Rabenstein wurde immer wieder taghell in gleißendes Licht gesetzt, das Donnergrollen und die schweren Donnerschläge wollten kein Ende nehmen. Noch nie hatte Benedict ein solches Unwetter erlebt. Beide Männer kauerten vorne neben den Ochsen auf der Erde, die Arme schützend über dem Kopf zusammengeschlagen, die Zügel in den Händen haltend.

Da ließ der Regen etwas nach, das schwere Wetterleuchten kam zur Ruhe. Benedict drehte den Kopf in Richtung Johann, der ebenfalls am Boden kauerte, eine Hand beruhigend am Hals des linken Ochsen. Doch schien das gar nicht nötig zu sein. Beide Tiere verhielten sich ruhig und ließen das Unwetter über sich ergehen, als erlebten sie so etwas alle Tage. Schon wollte Benedict erleichtert aufseufzen, als er ein Trommeln hörte. Entsetzt schaute er auf. Schwere dicke Hagelkörner gingen auf die Erde nieder und schlugen Benedict ins Gesicht. Instinktiv rückte er näher an den Ochsen heran und presste beide Arme zum Schutz über seinen eigenen Kopf. Das Ganze währte nur wenige Minuten, Benedict kam es vor wie eine halbe Ewigkeit. Als er aufschaute, waren Straße und Felder mehrere Fingerbreit mit Hagelkörnern übersät. Entsetzt schaute Johann ihn an. In seinen Augen las Benedict seine eigenen Gedanken: die Ernte!

Beide sprangen auf. Die nassen Kleider zogen und zerrten schwer auf Benedicts Haut. Er war völlig steif, seine Zähne klapperten. So schnell er konnte stakste er zu dem schmalen Holzsitz und schwang die Peitsche, soweit es seine steifen Arme erlaubten. Johann war indessen vorne stehen geblieben. Benedict sah, dass er zitterte. Schnell wurde deutlich, dass die beiden Ochsen die schwere Last nicht zu ziehen vermochten. Johann zog den einen Ochsen mit aller Kraft an seinem Mauleisen, aber der Wagen rührte sich nicht. Der mit Wasser durchtränkte Mist, der um ein Vielfaches schwerer war als normal, dazu die Schicht aus Hagelkörnern, die sich den Rädern in den Weg stellte – der Wagen saß fest.

Benedict stützte den Kopf in seine Hände und fluchte. Heute wurde ihnen aber auch wirklich nichts geschenkt. „Wir könnten versuchen, die Hagelkörner zur Seite zu schieben", hörte er Johann gerade sagen. Er blickte von seiner gebeugten Haltung auf, sein Blick fiel in die Ferne und ein krächzendes Geräusch entwich seiner Kehle. Noch ehe Johann richtig reagieren konnte, waren in Benedict schon alle Lebensgeister erwacht. „Feuer!", brüllte er entsetzt. „Johann, da brennt was!"

Johann drehte sich um und jetzt sah auch er die riesige schwarze Rauchwolke, die sich dort erhob, wo Käfertal liegen mochte. Er eilte Benedict hinterher, der einfach vom Bock gesprungen war und den Ochsenkarren mitsamt dem Mist stehen ließ. Sie kamen nicht wirklich schnell voran. Benedict stürzte einmal auf der schwer einzuschätzenden Eismasse und riss sich die Hände blutig. Doch nach und nach wurde es besser. Es hörte sogar auf zu regnen und kurz vor Käfertal kam es Benedict so vor, als ob die Eisschicht dünner geworden wäre. Vielleicht hatte er sich aber auch nur daran gewöhnt, sodass es ihm leichter erschien als zu Beginn.

In Käfertal bot sich ihnen ein chaotisches Bild. Alle schrien durcheinander, lautes Gebrüll der Rinder schallte durch den Ort. Dort, wo unmittelbar neben der neuen Scheune die dicke Eiche gestanden hatte, sah man nur noch verkohlte Überreste. Die Scheune daneben stand in Flammen, auf dem Hof jagten noch einige verwirrte Rinder von einem Eck zum anderen. Es gab zu wenige Menschen, um vom Brunnen eine ununterbrochene Kette zur brennenden Scheune bilden zu können. Benedict sah mit einem verzweifelten Blick, dass die Scheune nicht mehr zu retten war. Johann ergriff eine Leine und versuchte eines der Rinder einzufangen, was die Tiere aber nur noch wilder machte. Schließlich nahm Benedict den Besen, von dem er wusste, dass er in einer Nische an der rückwärtigen Hauswand lehnte, und scheuchte das Vieh vom Hof. Sollten sich die Kühe draußen austoben, weit würden sie sowieso nicht kommen.

Als das Feuer schließlich gelöscht war, war von der neuen Scheune nichts übrig geblieben. Die schwarz verkohlten Hölzer dampften in dem leichten Nieselregen, der zwischenzeitlich eingesetzt hatte.

Benedict setzte sich mit müden Bewegungen auf die nassen Stufen vor Martin Dicks Haus und hielt die Hände vor sein Gesicht. Er spürte nur ein einziges schweres Gefühl: Schuld. Die anderen beachteten ihn nicht, jeder schien mit sich selbst beschäftigt bzw. mit denen, die ihm nahestanden. Es begann bereits dunkel zu werden. Valentins Großmutter kam und rief den Jungen mit ihrer leisen, aber festen Stimme. Valentin, übermüdet und mit schwarzen Rußflecken im Gesicht, folgte seiner Großmutter ausnahmsweise ohne zu murren. Johann eilte zu Lisabeth, die immer noch einen der ledernen Löscheimer in Händen hielt und fassungslos zu den Überresten der Scheune starrte, Tränen in den Augen. Martin Dick war es schließlich, der alle nach Hause schickte und eine Dorfbesprechung für den nächsten Morgen im *Grünen Wald* anberaumte. Dann nahm er Benedict am Arm und sagte: „Komm, Benedict, genug für heute. Lass uns schlafen gehen!"

Der alte Georg war indessen nähergetreten. Mit verschränkten Armen stand er jetzt breitbeinig inmitten des Hofes und sagte laut: „Ich wüsste nicht, was es morgen zu besprechen gibt, was man nicht ebenso gut heute Abend schon sagen kann!“ Die anderen hielten inne oder kamen wieder langsam zurück, fragende Gesichter allenthalben. Johanns Vater fuhr mit lauter Stimme fort: „Dies alles wäre nicht passiert, wenn wir nicht auf das Geschwätz von bestimmten Schlaumeiern gehört hätten!“

Benedict wurde bleich. Martin Dick, der sich gerade noch zu ihm hinuntergebeugt hatte, um Benedict mit ins Haus zu nehmen, richtete sich auf, ärgerlich die Stirn runzelnd. „Georg, hüte deine Zunge!“

Aber einige der Älteren, die schon damals bei der Versammlung im *Grünen Wald* wie ein Bollwerk neben dem alten Georg gestanden hatten, gesellten sich nun zu ihm. Mit müder Abwehr sah Benedict, dass auch einige der Jüngeren dem alten Georg zu Hilfe eilten. Zwei von ihnen gehörten zu der Gruppe, die im Winter mit ihm zum Verladen der Holzstämme im Wald gewesen war.

„Ist doch wahr“, sagte der eine, „Georg hat recht. Jetzt muss endgültig Schluss sein mit diesen Spielereien! Sollen wir alle noch zugrunde gehen?“

„Das war ein Zeichen Gottes!“, sagte ein anderer. „Das weiß doch jeder, dass von denen nur Teufelszeug kommt!“ Der sprach, war Mitglied der kleinen katholischen Gemeinde Käfertals. Dass er mit „denen“ die Calvinisten meinte, war Benedict klar, ohne groß darüber nachzudenken. Auch wenn er sich nicht selbst als Calvinist bezeichnete – und wenn er an seinen strengen Oheim dachte, schon gar nicht – so gehörte er offiziell doch dieser Glaubensrichtung an. Aber war es nicht einerlei, ob jener recht hatte oder nicht? Vielleicht personifizierte er ja tatsächlich das Böse? Benedict starrte auf die rußige Staubschicht zu seinen Füßen, unfähig sich zu rühren. Seine Gedanken nahmen nicht mehr auf, was die Käfertaler in ihrem Zorn sagten. Sein strenger calvinistischer Oheim stand vor ihm, den Rohrstock in der Hand. Die

Wucht der Ereignisse schien über Benedict zusammenzubrechen. Er war wieder der kleine Junge, der nur Unglück brachte. Seinem Oheim hatte er Schande gebracht, weil er seine Gedanken nicht beim Unterricht lassen konnte, sondern sie immer und immer wieder in Richtung Genf wanderten zu dem kleinen Garten beim Wirtshaus seines Vaters, zu seinem Vater, seiner Mutter. Mutter! Benedict würgte an dem dicken Kloß, der ihm plötzlich im Hals steckte. Und hier? Susanna konnte er keine Zukunft bieten. Die Ernte war vernichtet, das Vieh verbrannt. Wie konnte er nur zulassen, dass man neben einer alten Eiche eine Scheune baute? Er hätte es wissen müssen. Er allein hatte Schuld.

Eine kleine Stimme in ihm rebellierte, schließlich hätte auch einer der anderen die Gefahr sehen können. Aber er ließ diese Stimme nicht zu. Er hatte die Käfertaler hier mit hineingezogen. Er allein hatte alle Aspekte des neuen Vorhabens überblickt. Die anderen hatten ihm vertraut. Er hatte ihr Vertrauen missbraucht. Daran gab es nichts zu rütteln. Er hatte es schon immer gewusst: Er war es nicht wert, irgendwo dazuzugehören.

***

Als Benedict aufgebrochen war, hielt Susanna es zu Hause nicht mehr aus. Sie hatte das Bedürfnis allein zu sein und in Ruhe nachzudenken. Ihre Beine führten sie wie von alleine in Richtung protestantischer Friedhof. Susanna war zu sehr in Gedanken, um zu bemerken, dass sich auf halber Strecke eine ältere Frau nach ihr umdrehte, kurz innehielt und dann Susanna zum Friedhof folgte.

Es dauerte nicht lange und die ersten schweren Regentropfen klatschten auf die sandigen Wege des Friedhofes nieder. Die Ältere, die Susanna bis hierher gefolgt war, sich aber nicht bis zum Grab von Susannas Mutter vorgewagt hatte, schickte einen besorgten Blick zum Himmel. Die Tochter des Philipp Frölichs würde wohl bald umkehren. Sollte sie es wagen?

Da kam Susanna bereits den Weg entlang, eiligen Schrittes, aber doch nicht so schnell, als dass sich ihre Verfolgerin nicht ein Herz gefasst und sie angesprochen hätte.

„Gott zum Gruße, Jungfer Susanna, auf ein Wort?"

Susanna schaute die Fremde verdutzt an. Das Gesicht war ihr nicht gänzlich unvertraut, möglich, dass sie sie einmal getroffen hatte. Es kamen ja so viele Menschen in die Poststation! „Verzeihung", erwiderte sie, weil sie nicht gänzlich unhöflich sein wollte, warf aber gleichzeitig einen schnellen Blick zum Himmel, wo sich dicke schwarze Wolken zusammenbrauten.

Die andere erriet ihre Gedanken und antwortete schnell: „Ihr braucht Euch nicht zu entschuldigen, wir wurden einander noch nicht vorgestellt. Aber wenn Ihr erlaubt – ich hätte etwas Wichtiges mit Euch zu besprechen!" Und da ihr Susannas Blick zum Himmel nicht entgangen war und aus den schweren Tropfen bereits gleichmäßiger Regen zu werden drohte, ergänzte sie rasch: „Ihr würdet mir eine große Freude bereiten, mich ins Kaffeehaus zu begleiten!" Damit machte sie eine Handbewegung zur Straßenseite gegenüber, wo seit Kurzem eines der Kaffeehäuser geöffnet hatte, die seit einiger Zeit überall aus dem Boden sprossen.

Die Fremde schien nicht unsympathisch, hatte sogar etwas Vertrauen erweckendes an sich. Außerdem würde sie sowieso gleich pitschnass werden. Also nickte Susanna kurz und eilte mit ihrer Begleiterin über die Straße. Kaum hatten sie die Tür erreicht, da prasselte der Regen los. Die beiden Frauen lächelten sich an und Susanna freute sich: „Das haben wir ja gerade noch geschafft!"

Das Kaffeehaus war jetzt am frühen Abend kaum besetzt. Susanna ließ der Älteren den Vortritt und diese steuerte ein kleines Tischchen an, das am weitesten entfernt von den wenigen Gästen und auch von der Schanktheke liegen mochte. Sie setzten sich, und während die Ältere für sie beide das braune Getränk bestellte, das in den letzten Jahren so in Mode gekommen war, betrachtete Susanna sie verstohlen. Kleine graue Strähnen fanden sich in ihrem ansonsten dunkelbraunen, üppigen Haar, das sie der Mode entsprechend hochgesteckt trug. Ihr Kopfschmuck deutete auf den Witwenstand hin. Ihre Kleidung war nicht eben kostbar, aber gepflegt und adrett. Jetzt wandte sich die Fremde mit warmem Blick an Susanna und sagte: „Mein Name ist Ludovica Wohlbrecht. Ich muss Euch um Verzeihung bitten, dass ich Euch so überfallen habe und ich danke Euch schon jetzt, dass Ihr mich anhören wollt!"

Susanna musterte Ludovica nun mit unverhohlener Neugier. Was gab es so Wichtiges, was die Fremde mit ihr zu besprechen hatte?

11. Kapitel

Ein dumpfer Schmerz pochte in Benedicts Kopf, als er am nächsten Morgen in seinem Bett in Martin Dicks Haus erwachte. Seine Glieder schmerzten und er hatte das unbestimmte Gefühl einer drückenden Last. Davon, dass irgendetwas nicht so war, wie es sein sollte. Mühsam setzte er sich auf. Draußen kündete die Dämmerung von dem nahenden Tag. Er lehnte sich zurück und schloss die Augen. Da fiel es ihm wieder ein: das Feuer, die Scheune! Unerbittlich kehrten die Bilder der vergangenen Nacht zurück, die brennende Scheune, das Brüllen der verendenden Tiere, die Panik und das Entsetzen in den Augen der anderen. Benedict schlug die Hände vor sein Gesicht und drückte die Augen zusammen, aber die Bilder waren da, hell, grell und unerbittlich. Aus seinem tiefsten Inneren war am Abend das Gefühl von Schuld hervorgequollen, es war immer noch da, es gehörte zu ihm wie seine Hände und Füße. So war es schon immer gewesen, wie hatte er das in den letzten Monaten nur vergessen können.

Mühsam erhob er sich und lief nach draußen zum Brunnen. Hinter dem Haus fand er den Ochsenkarren mit der Fuhre Mist, die Johann und er am Vortag einfach auf der Chaussee hatten stehen lassen. Die Ochsen waren abgeschirrt, unter dem Wagen hatte sich eine große braune Pfütze gebildet. Offensichtlich hatte sich noch irgendjemand in der vergangenen Nacht die Mühe gemacht und das Gespann auf den Hof geholt. Benedict wusch sich am Brunnen die Schwärze aus dem Gesicht und trank einige Schlucke Wasser. Jetzt fühlte er sich einigermaßen bereit, auf den Hof hinauszutreten und nach dem zu schauen, was gestern noch eine Scheune gewesen war.

Der beißende Geruch, der in der Luft hing, verstärkte sich, je näher er den verkohlten Trümmern kam. Dort, wo einst die Scheune gestanden hatte, lag ein Wirrwarr aus versengtem Holz, bedeckt von einem zähen Brei aus Wasser und Asche. Benedict würgte. Im Hof hing derselbe strenge Geruch, der ihm noch an den Haaren haftete und der trotz Wurzelbürste und Seife immer noch an seinen Händen klebte. Der Geruch von Schuld. Die Bilder seines Oheims kehrten zurück, Benedict schluckte und schluckte, bis ihm das Würgen in seinem Hals die Luft abschnitt. Da begann er zu laufen, und er lief, bis er aus dem Dorf heraus war und ihm der freie Blick auf die Felder und Weiden endlich einen Teil des Drucks nahm, der auf seiner Brust lastete.

Seine Schritte lenkten ihn von allein hinaus zur Allmende. Doch in dem Maße, wie er sich beruhigte, konnte er sich endlich dem zuwenden, was da jenseits seines Schuldgefühls noch in ihm war und das bisher keinen Platz in seiner Wahrnehmung gefunden hatte: Das Bedürfnis, es wieder gut zu machen. Er wusste nur zu gut, dass der Brand manch einen in existenzielle Not getrieben hatte. Vor allem die, die kein Geld für den Bau einer eigenen Scheune übrig hatten und aus diesem Grund ihr weniges Vieh zu Martin Dick in die Scheune gebracht hatten, waren hiervon betroffen. Lisabeth gehörte zu denjenigen, die alles gaben, weil sie ihren Teil zu dem Neuen, dem Guten hatten beitragen wollen, das ihnen Benedict versprochen hatte. Benedict straffte seine Schultern. Er würde ihnen seine Hilfe anbieten und beim Aufräumen helfen, das war das Mindeste, was er ihnen anbieten konnte. Wenn sie das denn überhaupt noch wollten, dachte er, während sich sein Magen verkrampfte.

Er war schon fast draußen bei der Allmende angekommen, da hörte er hinter sich ein Geräusch und wandte sich um. Valentin sprang ihm direkt in die Arme. Sein kleiner Körper bebte vor Schluchzen. Überrascht strich ihm Benedict über das zerzauste Haar und kniete sich nieder. Es zerschnitt ihm das Herz, den Jungen so aufgewühlt zu sehen. Benedict fühlte sich hilflos. Ihm fielen nur die Sätze ein, die man sonst üblicherweise sagte, wenn ein Junge weinte – dass er das lassen solle, schließlich sei er ein großer Junge und Jungens weinten nicht. Da Benedict selbst dies nie als sehr hilfreich empfunden hatte, ihm aber auch nichts anderes einfiel, was er stattdessen Tröstliches hätte sagen können, schwieg er einfach und fragte, als Valentin sich offensichtlich beruhigt hatte: „Ist es jetzt besser?"

Der Junge nickte. Dicke Tränen hingen ihm in den Wimpern, der Rotz lief ihm aus der Nase. Benedict musste trotz allem lächeln. Er nahm ein Tuch aus seiner Hosentasche und wischte dem Jungen die Nase ab. Valentin fuhr sich mit den Handrücken über die Augen, jetzt waren sie nur noch rot verweint, aber nicht mehr nass.

„Seid Ihr nicht böse?", fragte er.

Benedict drückte ihn noch einmal fest an sich. „Weshalb sollte ausgerechnet ich denn böse sein?" Kopfschüttelnd blickte er den Jungen an.

„Aber es ist alles kaputt", flüsterte Valentin.

„Weißt du was? Du bist ein tapferer kleiner Junge und ich bin froh, dass ich jetzt nicht allein zu den Feldern gehen muss." Benedict stellte einmal mehr fest, dass das, was Valentin gegenüber als Trost gemeint war, einen Funken Wahrheit in sich trug. „Komm", sagte er und erhob sich aus seiner Hocke. „Wir wollen mal sehen, was uns der Hagel übrig gelassen hat."

Valentins Gesicht drückte so etwas wie Erleichterung aus. Aber dann nahm er Benedicts Hand, schmiegte sich noch einmal kurz an seine Seite und sie machten sich auf den Weg.

Es dauerte nicht lange und sie entdeckten die ersten Rinder. Benedict traute zuerst seinen Augen nicht, doch dann atmete er erleichtert auf. Friedlich grasten die Tiere auf der Schafweide, so als wäre nichts gewesen. Valentin hüpfte an seiner Hand auf und ab und machte sich dann auf die Suche nach einem Stock, damit sie die Rinder zurücktreiben konnten. Benedict hielt ihn zurück. Wohin hätten sie die Rinder denn bringen sollen? Der Stall war abgebrannt, einen anderen gab es nicht. Man hätte sie höchstens auf dem Hof Martin Dicks irgendwo an die Leine nehmen können. Hier draußen hatten die Tiere etwas zu fressen, und wenn sie satt waren, würden sie nicht weglaufen, sondern sich an Ort und Stelle zum Wiederkäuen niederlegen. Außerdem drängte es Benedict, den Schaden beim Sommergetreide in Augenschein zu nehmen. „Lass uns das später machen“, sagte er deshalb zu Valentin. „Vielleicht müssen wir die Kühe in der nächsten Zeit sowieso hier draußen lassen oder rüber auf die alte Kuhweide treiben.“

Valentin machte ein enttäuschtes Gesicht, er hätte zu gerne vor den Augen aller anderen die Rinder zurück ins Dorf getrieben. Benedict erriet die Gedanken seines jungen Gefährten und sagte deshalb mit ernstem Gesicht: „Wir müssen doch schauen, was uns der Hagel von der Ernte übrig gelassen hat!“ Die neue Aufgabe zeigte denn auch sofort die beabsichtigte Wirkung. Valentin vergaß die Rinder, nahm Benedict an der Hand und fragte aufgeregt: „Was meint Ihr, ob wohl alles kaputt ist?“

„Bestimmt ist auch noch etwas übrig geblieben“, versicherte ihm Benedict sofort, der dem Jungen auf keinen Fall noch mehr Sorgen bereiten wollte als er ohnehin in den letzten beiden Tage zu verkraften hatte. Aber Valentin schien sich nicht weiter zu bekümmern, sondern plapperte munter drauf los. Benedict beantwortete hier und da die Fragen, die der Junge an ihn richtete, und war im Übrigen froh, dass Valentin ihn von seinen eigenen trüben Gedanken ablenkte.

Der Schaden auf dem Gerstenfeld war verheerend. Valentin fiel denn auch sofort die Redewendung ein, die er vom Vorsteher der protestantischen Gemeinde schon so oft gehört hatte: „Der Hagel hat aber wirklich gewütet wie Melac!“, kam es altklug über seine Lippen. Benedict hatte Martin Dick einmal nach dem tieferen Sinn dieser Redewendung gefragt und so wusste er, dass der französische General Melac Ende des vergangenen Jahrhunderts im Laufe des pfälzischen Erbfolgekrieges in der Kurpfalz nichts als verbrannte Erde zurückgelassen hatte. Der uralte Jakob, ein Nachbar Marthes, hatte das Ende jenes schrecklichen Krieges noch miterlebt. Das geflügelte Wort „der wütet wie Melac" machte in der Kurpfalz noch immer die Runde und Benedict dachte manchmal, irgendjemand müsse ja wohl doch überlebt haben, wer sonst hätte die Erinnerung an den französischen Heerführer aufrecht erhalten sollen? Daran musste er jetzt wieder denken, als er die Sommergerste vor sich sah: So weit das Auge reichte, waren die Halme auf den Boden geknickt. Die Wucht der Hagelbrocken war zu groß gewesen. Aber auch hier galt, dass nicht alles komplett zerstört war. Mit ein bisschen Glück würden sie immerhin die Gerstenkörner für die Aussaat im nächsten Sommer erhalten – mehr aber auch nicht.

Etwas besser sah es auf den anderen Feldern aus. Die Gemüsepflanzen waren zwar stark in Mitleidenschaft gezogen und vielleicht würden die Kohlköpfe in diesem Jahr nicht kugelrund ausfallen, aber ernsthaften Schaden hatte der Hagel hier keinen angerichtet. Am besten sah es noch auf den Kleefeldern aus, wie Benedict erleichtert feststellte. Auch die Kleepflanzen sahen sehr mitgenommen aus, aber Benedict wusste noch aus seiner Zeit bei Klyogg, dass diese sich sehr schnell erholen würden. Hier hatten sie nichts zu befürchten. Eine Scheune war schnell errichtet, sinnierte er weiter. Da fiel ihm Mathes ein.

„Sag mal, Valentin, hast du in letzter Zeit Mathes gesehen?"

„Nein", Valentin schüttelte betrübt den Kopf, „hab ich nicht."

„Mhm." Benedicts Gedanken waren schon wieder bei der Scheune, die man relativ schnell wieder aufbauen könnte. Man würde also mit der Stallfütterung beginnen können, vielleicht war ja doch noch nicht alles verloren. Da fiel ihm ein, dass dies alles nicht mehr seine Angelegenheit war. Er würde abreisen müssen und dies alles nicht mehr miterleben. Bedrückt machte er sich zusammen mit Valentin auf den Heimweg.

***

Als Benedict ins Dorf kam, war der Vormittag bereits weit vorangeschritten. Dennoch erblickten sie auf der Straße keine Menschenseele. Benedict erinnerte sich dunkel daran, dass Martin Dick am Abend zu einer Versammlung aufgerufen hatte. Es versetzte ihm einen Stich, wenn er sich vorstellte, dass sie wahrscheinlich gerade das Urteil über ihn fällten. Nun, er hatte sich sowieso entschlossen zu gehen, sollten sie doch denken, was sie wollten. Mit den widersprüchlichsten Gefühlen schickte er Valentin nach Hause. Dann ging er in seine Schlafkammer, holte etwas Geld aus seinem Reisesack und machte sich zu Fuß auf den Weg nach Mannheim. Susanna war bei ihrem letzten Treffen so verzweifelt gewesen. Er würde nicht abreisen, ohne noch einmal mit ihr gesprochen zu haben.

Die Sonne stand jetzt hoch am Himmel. Nur die Wiesen und Felder zeugten vom Unwetter des Vortages, selbst die Chaussee war weitgehend getrocknet. Lediglich ein paar kleinere Pfützen deuteten darauf hin, dass sich hier am Abend zuvor noch mehrere Fingerbreit Hagelkörner getürmt hatten. Mittlerweile konnte Benedict, der den ganzen Tag noch nichts gegessen hatte, seinen Hunger nicht mehr ignorieren und schritt kräftig aus. Am frühen Nachmittag erreichte er die Stadt.

Ziellos irrte er durch die staubbedeckten Straßen der Unterstadt. Die Menschen waren ärmlich gekleidet. Benedict sah, dass viele von ihnen barfuß liefen und konnte doch nur daran denken, wie vertraut selbst die Pflastersteine sein müssen, wenn es immer dieselben Pflastersteine sind, die man unter seinen Füßen spürt.

Er selbst war nirgendwo zu Hause. Nachdem seine Eltern gestorben waren, war er immer nur geduldet gewesen. Sein Oheim, der den Rohrstock nur selten aus der Hand legte, war froh ihn endlich los zu sein. Benedict konnte tun, was er wollte, nie war etwas recht. Erst bei Klyogg war es anders gewesen. Benedict überquerte die Planken zwischen dem Heidelberger Tor und dem Rheintor auf der Höhe des Strohmarktes und setzte sich auf eine Bank. Die Sonne brannte immer noch vom Himmel, obwohl es bereits später Nachmittag sein musste. Benedict schloss die Augen. Seine Gedanken wanderten zurück in die Schweiz, er hörte die Grillen zirpen, die Luft duftete nach süßem Gras. Auch Klyogg war eine Art Außenseiter gewesen. Kein Bauer der Umgebung bestellte damals seine Felder wie er. Mit Klyogg war der Tag nicht voller Arbeit und Pflicht gewesen, sondern voll Entdeckerfreude. Immer gab es etwas zu erkunden. Jeder Tag brachte neue Einsichten und Erkenntnisse. Aber Klyogg hatte sein eigenes Land, von dem niemand ihn vertreiben würde.

Unentschlossen lief Benedict weiter und erreichte bald das Kaufhaus am Paradeplatz, unter dessen Arkaden Marios Onkel seinen kleinen Kaufladen betrieb. Marios Onkel war in Turin geboren, fiel es Benedict jetzt ein. Vor vielen Jahren war er wegen der Steuervergünstigungen des damaligen Kurfürsten Carl Philipp von Italien in die Kurpfalz gekommen. Benedict musterte die Menschen um ihn herum. In den Straßen begegneten ihm Menschen aller Regionen und Glaubensrichtungen. Er wandte sich wieder Richtung Neckartor und stand plötzlich vor der walisischen Kirche, die sich die beiden protestantischen Gruppen der Stadt teilten. Weiter hinten gab es eine kleine lutherische

Kirche, es gab Juden und sogar eine kleine Gruppe Mennoniten, das hatte ihm Susanna einmal erzählt.

Benedict musste sich eingestehen, dass es sehr unwahrscheinlich war, dass dieses bunte Sammelsurium an Menschen in der Kurpfalz geboren wurde. Und wenn doch, dann waren einst die Eltern oder Großeltern als Fremde in die Stadt gekommen. Nachdenklich strich Benedict durch die Straßen und je aufmerksamer er die Menschen betrachtete, desto schwerer fiel es ihm zu erraten, wer hier wohl geboren war und wer nicht. Und alle gingen sie hier ihren Geschäften nach, lachten und stritten miteinander. Keiner war weitergezogen oder hatte geglaubt, weiterziehen zu müssen. Sollte es wirklich so einfach sein? Lag es tatsächlich nur an ihm, dass er sich so fremd und nicht willkommen fühlte?

Lautes Geschrei riss ihn aus seinen Gedanken. Ein schmächtiger, schwarzhaariger Junge kam aus einem der niedrigen Häuser gestürzt, seine Arme schützend über dem Kopf gekreuzt, dicht gefolgt von einem mittelgroßen Mann mit einem mächtigen Bart, der einen Rohrstock in Händen hielt und auf den Jungen einschlug. Der Junge weinte und zerrte an seinem Arm, aber der andere hielt ihn fest und drosch immer weiter auf ihn ein. Benedict erstarrte. Er sah sich selbst in diesem Jungen, wie der Oheim auf ihn einschlug. „Du nichts-nu-tzi-ger Ben-gel", schimpfte der Mann und drosch mit jeder Silbe auf den Kopf, die Schulter, den Rücken des Jungen ein, er war wie von Sinnen, es schien ihm völlig egal zu sein, wo der Stock gerade niedersauste. „Dir werde ich es ein für alle Mal zeigen!" Die Bilder in Benedicts Kopf tauchten in einer Schärfe und Klarheit auf, wie sie kein Spiegel wiederzugeben vermag. Immer hatte er Schuld, immer war er der Bösewicht. Er war schuld, wenn die Sonne den Boden austrocknete, wenn die Saat im Dauerregen des Frühjahrs ertrank oder vom späten Frost vernichtet wurde. So sicher wie ein Apfel unweigerlich zur Erde fiel, wenn er reif war, so machte ihn sein Oheim stets für jedes Unglück verantwortlich, das sie ereilte. Fühlte er sich deshalb überall fremd, weil am Ende des Weges, als er von zu Hause weggehen musste, dieser schreckliche Oheim auf ihn wartete? Benedict begriff mit einem Mal, dass man sich nicht heimisch fühlen konnte, wenn man tagtäglich mit Schlägen zu rechnen hatte. Immer war man fluchtbereit, um den Schlägen zu entgehen.

Ehe Benedict sich versah, hatte er dem Mann den Rohrstock aus der Hand gerissen und den Stock über seinem rechten Oberschenkel zerbrochen. Er stellte sich schützend vor den Jungen, der sich zunächst zitternd hinter ihm versteckte, sich dann aber doch umdrehte und davonrannte, so schnell ihn seine dünnen Beine zu tragen vermochten. Die Episode dauerte nur einen kurzen Augenblick. Kaum hatte der Mann von seinem Opfer abgelassen und gesehen, dass er in Benedict einen ernst zu nehmenden Gegner haben würde, eilte er laut fluchend ins Haus zurück und schlug die Tür hinter sich zu. Benedict schaute ihm bleich hinterher, die Knöchel seiner Hände waren ganz weiß, so fest umklammerten seine Finger die zerbrochenen Rohrstockhälften. Dann ließ er die beiden Stockhälften fallen und wischte seine Hände an seiner Hose ab, so, als ob er sich beschmutzt hätte. Wenn es denn so war, dass er sich nur schuldig fühlte, weil ihm der Oheim das eingeredet und – wo das nicht half: eingeschlagen hatte – dann konnte das möglicherweise bedeuten, dass nur er sich schuldig fühlte, die anderen dies aber nicht notgedrungen ebenfalls so sahen? Dass sie ihn vielleicht gar nicht wegschicken wollten? Konnte es wirklich sein, dass er die Wahl hatte und nicht von ihrem Urteil abhängig war?

Benedict schaute hoch. In seinem ziellosen Umherstreifen hatte er völlig die Orientierung verloren. Doch war er inzwischen mit der Logik in der Anordnung der Quadrate vertraut und erkannte schnell, er war gar nicht so weit vom *Goldenen Pflug* entfernt. Und mit einem Mal wusste er, was er zu tun hatte. Zielsicher machte er sich auf den Weg.

***

Susanna hatte in der Nacht kein Auge zugetan und quälte sich durch ihren Tag. Was ihr sonst mühelos von den Händen ging, schien heute wie nasser Lehm an ihr zu kleben. Alles, was sie begann, fiel ihr schwer. Gleich am frühen Morgen war sie über die Milchkanne gestolpert, die neben der Küchentür stand. Stirnrunzelnd sah sie der weißlichen Masse hinterher, die da plötzlich über den Boden schwappte.

Da eilte die treue Anna in die Küche. Zu den Gästen, die im *Goldenen Pflug* übernachtet hatten, waren frühe Gäste in den Schankraum gekommen und verlangten nach Frühstück. Anna erfasste den Raum mit einem Blick: den Milchsee, die verstörte Susanna, nichts war gerichtet, weder das Frühstück für die Gäste noch das Gemüse für den heutigen Eintopf. Susanna rutschte derweil auf dem Boden herum und versuchte halbherzig, der verschütteten Milch beizukommen. Die treue Anna schickte Susanna kurzerhand aus der Küche, was sich diese – zu Annas grenzenlosem Erstaunen – widerspruchslos gefallen ließ. Anna kannte die Pflugtochter gut genug, um sofort zu wissen, dass hier etwas durchaus nicht stimmte, doch hatte sie jetzt keine Zeit, sich über Susanna Gedanken zu machen, heute musste sie für zwei arbeiten.

Susanna fand sich schließlich im Garten wieder, wo sie sich auf eine Bank setzte. Benedicts tröstende Worte vom Vortag waren schon lange vergessen, im Zweifel verkannte er die Lage, wusste es eben nicht besser. Was war aber auch nicht alles geschehen in der Zwischenzeit! Ihre Gedanken wanderten zurück zu der Fremden, zu Ludovica. Ob tatsächlich stimmte, was Ludovica ihr im Kaffeehaus erzählte? Nach ihren Worten kannten der alte Frölich und Ludovica einander schon länger. „Er pflegt mich regelmäßig aufzusuchen", hatte Ludovica mit leichtem Erröten gesagt, und Susanna kamen die vielen Male der letzten Wochen in den Sinn, als ihr Vater im Sonntagsanzug und bester Laune losgezogen war. Hatte sie nicht damals schon das Gefühl gehabt, er sei auf Brautschau aus?

Ludovica hatte dann schnell ergänzt, sie wolle ihr, Susanna nichts wegnehmen. Aber es sei ihr ein so großes Anliegen, dass sie es doch wenigstens aus ihrem, Susannas, Mund hören wolle, dass sie gegen die Verbindung mit ihrem Vater sei. Susanna hatte ihren Ohren nicht getraut. Aber Ludovica hatte Susanna so offen angeschaut und einfach weitergeredet, bis sie ihren Monolog mit einem „Ich bin ein altes Tratschweib, was falle ich auch gleich mit der Tür ins Haus. Ich muss Euch ja völlig verschreckt haben!", beendete und noch zwei Tassen Kaffee bestellte.

Nein, verschreckt hatte Ludovica sie nicht, dachte Susanna jetzt. Es war eher eine Mischung von Auf-der-Hut-sein und einem fieberhaften Überlegen, ob sein konnte, was sie da zu hören bekam. Auch wenn sie sich an seine adretten Ausflüge erinnerte, so blieben ihr doch Zweifel. Hatte ihr Vater sie einmal mehr ausgetrickst? Dies wäre nichts Neues und würde zu ihm passen. Diese Erkenntnis, ihre Neugier und nicht zuletzt das Unwetter, das sich gerade über den Dächern von Mannheim austobte, waren der Grund gewesen, dass sie überhaupt bei der fremden Frau sitzen geblieben war und ungläubig gefragt hatte: „Ihr wollt meinen Vater heiraten?"

Im selben Moment war Susanna ganz heiß geworden, wie konnte sie nur so verwegen sein, diese Frage zu stellen!

Aber Ludovica hatte sie erleichtert angeschaut, so, als wäre ihr alles recht, solange Susanna sich dem Gespräch nicht verweigerte. Ludovica hatte nur kurz überlegt und dann geantwortet: „Ich will ganz ehrlich zu Euch sein. Ich weiß, dass Ihr die treibende Kraft im *Goldenen Pflug* seid und dass Ihr Euren Vater und Eure Arbeit liebt, denn sonst würdet Ihr nicht so wundervolle Arbeit leisten wie Ihr das tut."

Susanna war bei diesen Worten errötet, es kam nicht häufig vor, dass man ihre Arbeit lobte. Gleichzeitig hatte sie zum ersten Mal der Fremden gegenüber so etwas wie Misstrauen gespürt – wollte ihr Ludovica etwa nur schmeicheln, um sie für die Heirat zu gewinnen?

„Ein Grund ist, dass ich Euren Vater sehr schätze. Schaut mich nicht so verwundert an. Ich weiß, dass er ein kleiner Hallodri sein kann. Aber hinter alledem steht doch ein aufrichtiges Herz, das es immer gut meint."

Susanna mochte kaum glauben, was sie da hörte. Tatsächlich deckte sich das in weiten Teilen mit ihren eigenen Empfindungen, doch war sie weit davon entfernt, dies so zu formulieren, zu sehr litt sie unter der Unzuverlässigkeit ihres Vaters, die ihren Alltag unnötig erschwerte, wie sie fand.

„Es gibt aber noch einen anderen Grund", hatte Ludovica zu einer weiteren Erklärung ausgeholt. „Und ich möchte, dass du diesen Grund kennst." Die Ältere war unvermittelt zum „du" übergegangen, auch dies hatte Susanna registriert. Es war, als ob das Misstrauen ihre Sinne geschärft hätte. Jetzt noch erinnerte sich Susanna an jedes Detail, wie der Regen voller Wucht gegen die Fensterscheiben peitschte, wie sich Ludovica jedoch von dem Unwetter nicht aus der Ruhe bringen ließ und einfach fortfuhr: „Mein Mann, der selige Wohlbrecht, starb vor etwa zwei Jahren. Die Stadtväter liegen mir schon lang in den Ohren, mich wieder zu verheiraten. Aber mein seliger Gatte war nicht unvermögend.

Ich kann auch jetzt noch sehr gut von dem leben, was mir blieb, sodass man nur wenig gegen mich in der Hand hat. Aber mein Traum", hier war Ludovicas Stimme zum Flüstern geworden und Susanna hatte sich weiter vorgebeugt, um sie besser zu verstehen, „mein Traum war schon immer, eine Wirtsfrau zu sein." Dann hatte Ludovica tief Luft geholt und gesagt: „Und als mir Philipp, ich meine, dein Vater, neulich sagte, dass du schon bald den Viertelmeister heiraten würdest, da dachte ich, vielleicht macht es dir jetzt weniger aus, dass ich deinen Vater heirate."

Dann hatte Ludovica geschwiegen. Susanna hatte zu den Fensterscheiben hinübergesehen, hinter denen ein Unwetter tobte, wie es die Quadratestadt nur selten zu sehen bekam. Schweigend hatten die beiden Frauen beieinander gesessen. Susanna kämpfte mit den unterschiedlichsten Gefühlen, aber Ludovica hatte alles gesagt, was es von ihrer Seite aus zu sagen gab und ließ der Jüngeren Zeit. Schließlich hatte sich Susanna ein Herz gefasst. Was hatte sie schon zu verlieren? Und dann hatte sie dieser Fremden mit den verständnisvollen Augen alles erzählt, was ihr auf dem Herzen lag und weswegen sie den Friedhof aufgesucht hatte.

Die beiden Frauen waren sehr lange auf ihren Stühlen sitzen geblieben. Viel länger jedenfalls, als es wegen des Unwetters nötig gewesen wäre. Der Wirt musste eine weitere Runde Kaffee bringen und schließlich sogar ein Glas Wein. Als sie sich zu später Stunde vor dem Kaffeehaus voneinander verabschiedeten, hatte der Himmel bereits aufgeklart, Susanna hatte Ludovica umarmt und war frohen Herzens nach Hause gegangen.

So weit so gut, dachte Susanna bitter. Wenn sie dann nur nicht ihren Vater noch getroffen hätte! Im Überschwang ihrer Gefühle und im vollen Bewusstsein, dass nun alles gut werden würde, hatte sie der alte Frölich ob ihrer guten Laune zunächst entgeistert angestarrt und sie plötzlich streng gemustert. Es sei alles nur zu ihrem Besten. Vertrag sei Vertrag, und immerhin sei der Viertelmeister eine gute Partie. Ob Susanna im *Goldenen Pflug* alt werden wolle, hatte er sie noch gefragt. Aber noch bevor sie etwas hatte erwidern oder von ihrem Treffen mit Ludovica hatte erzählen können, hatte sich der alte Frölich umgedreht und sie einfach stehen lassen. Das war ihr noch nie passiert. Keine Ausreden, keine Hinhaltetaktik. Es waren die fehlenden Ausflüchte des Vaters, die sie erneut zweifeln ließen. Nicht dass Susanna den Worten Ludovicas keinen Glauben schenkte, aber vielleicht wusste ja auch Ludovica nicht alles. Ohne die näheren Gründe zu kennen, hatte ihr die Reaktion des Vaters einmal mehr vor Augen geführt, wie ernst der Stand der Dinge war.

Womöglich hatte sich ihr Vater auch noch verschuldet, dachte Susanna plötzlich und hielt sich erschrocken die Hand vor den Mund. Zuzutrauen wäre es ihm! Konnte es sein, dass der Viertelmeister sie alle in der Hand hatte, ihrer aller Existenz auf dem Spiel stand? War dies der Grund für den plötzlichen Ehevertrag? Für die unerbittlichen Worte des Vaters? Susanna schossen Tränen in die Augen, Tränen der Verzweiflung und der Wut. Wie sie es auch drehte und wendete, sie fand einfach keine Lösung. Sie würde den Viertelmeister heiraten müssen oder der Vater würde sein Bürgerrecht verwirken, womöglich die Poststation abgeben müssen. Wenn sie vor einem Jahr mit Benedict weggegangen wäre, dann hätte der Vater noch eine Chance gehabt, aufzuwachen, dachte sie niedergeschlagen. Aber jetzt war es zu spät. Sie wusste, sie würde es nicht übers Herz bringen, ihren Vater in echte wirtschaftliche Not zu stürzen, von der Schande einmal ganz abgesehen, die ein Vertragsbruch unweigerlich mit sich bringen würde.

Als Benedict in den Garten kam, saß Susanna zusammengesunken auf Philipp Frölichs Bank und glich eher einem Häufchen Elend, als der willensstarken Frau, die er kannte. Behutsam nahm er neben ihr Platz und ergriff ihre Hände. Und als ob die Berührung ihr neue Kraft verliehen hätte, sprang Susanna auf und schritt heftig auf und ab. All der Schmerz, der sich in den vergangenen Stunden angesammelt hatte, brach aus ihr heraus und entlud sich über Benedict. Erschrocken sah er auf. Warum war sie so böse? Hatte er Schuld? Die eben gewonnenen Erkenntnisse über die mögliche Ursache seiner ewigen Schuldgefühle waren schon wieder vergessen. Ohne nachzudenken wurde er wieder zu dem kleinen Jungen, der an allem schuld war, den man für alles verantwortlich machte und der sich nicht wehren konnte. Ihm wurde ganz heiß. Susanna schimpfte in einem fort, doch dann blieb sie stehen und fragte mit ihrer normalen Stimme: „Benedict, ist das nicht schrecklich?" Da erst kam er wieder zu sich, stammelte irgendetwas, doch Susanna waren da schon weitere Aspekte ihres Zornes eingefallen und sie nahm ihren Schritt wieder auf und redete weiter ohne Unterlass, bis Benedict schließlich bemerkte: Sie sprach nicht von ihm, es ging um ihren Vater und um den Vertrag, den dieser mit dem Viertelmeister abgeschlossen hatte. Er fühlte sich so erleichtert, dass er aufstand und sich ihr in den Weg stellte und sie in die Arme nahm. Als er merkte, dass ihr Zorn langsam verflog und es ihm gelungen war, ihre Aufmerksamkeit zu fesseln, beugte er sich zu ihr hinunter und sagte frei heraus: „Dein Problem ist, dass du dich immer noch für deinen Vater verantwortlich fühlst!"

Susannas Zorn war nun schon einer leichten Resignation gewichen. Sie antwortete seufzend: „Ach, Benedict, du hast gut reden! Soll ich schuld sein, wenn er sein Bürgerrecht verliert?"

„Susanna!“ Benedicts Stimme klang eindringlich. „Du dachtest schon einmal, dass du ihn nicht alleine lassen kannst. Aber es hat nichts genutzt, nicht wahr? Er hat nichts unternommen, um seine Lage zu verbessern. Siehst du denn nicht, dass dies ein neuer Scheideweg ist? Wenn du den Viertelmeister erst einmal geheiratet hast, wird wieder etwas sein und du wirst denken: Hätte ich damals nur ‚Nein‘ gesagt, als es noch ging!“

In Susannas Augen erklomm ein Funken Hoffnung. Dennoch erwiderte sie: „Sein Bürgerrecht zu verlieren ist kein Pappenstiel!“

„Nein, das ist es nicht“, stimmte Benedict ihr zu. „Aber es gibt Schlimmeres als das. Und außerdem“, jetzt grinste er, „glaubst du allen Ernstes, dass dein Vater nicht Mittel und Wege finden wird, sich gegen den Viertelmeister zu wehren?“

Nun lächelte auch Susanna. Warum war ihr nicht selbst dieser Gedanke gekommen? Natürlich würde ihr Vater es nicht zulassen, dass er sein Bürgerrecht verlor. Eher würde er sogar seine Liebschaft bei Konkordien oder die alte Bertl heiraten. Was auch nicht weiter schlimm wäre, wie sich Susanna eingestehen musste. Der alte Frölich würde auch in einer Ehe noch genügend Schlupfwinkel finden, sich das Leben so einzurichten, wie es ihm behagte.

„Komm“, sagte Benedict, als er aus Susannas Mienenspiel las, dass seine Worte auf fruchtbaren Boden gefallen waren, „ich habe dir so viel zu erzählen.“

Er zog sie auf die Bank und dann erzählte er ihr von seinem Spaziergang durch die Stadt, von dem dunkelhaarigen Jungen, der von irgendeinem Mann mit dem Rohrstock geschlagen worden war und von den Erinnerungen, die dies in ihm ausgelöst hatte. „Und deshalb bin ich hier“, schloss Benedict. „Ich habe erkannt, dass ich vielem nur deshalb ausgewichen bin, weil ich dachte, es stünde mir nicht zu und es wäre anmaßend danach zu fragen. Und wenn ich einmal den Mut fand zu fragen, dann dachte ich, der andere müsse mir sofort zustimmen. Es war kein Platz für Kompromisse oder für neue Lösungswege."

Benedict schwieg und wartete, bis Susanna ihre Gedanken geordnet hatte.

Schließlich fragte sie: „Wie meinst du das?"

„Ich meine", begann Benedict und stockte dann. „Ich meine, dass ich dich fragen möchte, ob du … ob wir …"

Da sprang Benedict auf. Das Herz klopfte ihm bis zum Hals. Aber dann fuhr er sich durch seine dunklen Haare und sagte: „Vielleicht kannst du dir ja doch vorstellen, dem Viertelmeister einen Korb zu geben und stattdessen … Ich meine …, mein Gott, Susanna, weißt du, dass gestern ein Hagelunwetter die ganze Ernte vernichtet hat? Und ich bin einfach weggelaufen. Und deshalb kann ich dich jetzt gar nicht fragen, was ich am allerliebsten fragen möchte, sondern muss dringend zurück."

Dann küsste er Susanna mitten auf den Mund und war verschwunden.

Susanna sah ihm entgeistert nach. Entgegen ihrer sonstigen Gewohnheit blieb sie an diesem Nachmittag sehr lange auf der Bank am Rande ihrer Gemüsebeete sitzen. Doch als sie endlich aufstand, war sie zu einem Entschluss gekommen.

12. Kapitel

Noch nie hatte Benedict die Stadt so schnell verlassen wie heute. Er überquerte die Neckarbrücke und schenkte den Brückenwärtern kaum Beachtung. Mittlerweile musste die Entscheidung der Käfertaler gefallen sein. Wer weiß, kam es ihm in den Sinn, vielleicht hatte es für seine Freunde auch gar nichts zu entscheiden gegeben und er hatte sich das alles nur eingebildet. Er würde sich jedenfalls anhören, was sie ihm zu sagen hatten, und dann würde man weitersehen. Die Abendsonne schickte ihr mildes Licht über den Neckar und am anderen Ufer sah selbst der Rabenstein freundlich aus und hatte alles Gespenstische verloren. Viel schneller als sonst legte Benedict die Strecke von Mannheim nach Käfertal zurück und begab sich schnurstracks zum Arbeitszimmer Martin Dicks.

Der Schultheiß saß an seinem Sekretär und hielt die Schreibfeder in der Hand. Vor ihm lag eine Schriftrolle, das Tintenfass stand geöffnet daneben. Martin Dick blickte auf und war so erleichtert, als Benedict eintrat, dass dieser sofort ein schlechtes Gewissen bekam. Es war offensichtlich, dass sich der Schultheiß große Sorgen um ihn gemacht hatte und Benedict wurde erst jetzt bewusst, dass er einen ganzen Tag und auch die Nacht über weggeblieben war, ohne vorher Bescheid zu sagen. Es wurde ihm warm ums Herz, als er sah, dass der Schultheiß die Feder zur Seite legte und sich erhob, um ihn zu begrüßen.

„Benedict!" Martin Dick umarmte Benedict, als hätten sie sich viele Jahre nicht gesehen. Jetzt wurde Benedict erst recht verlegen. Diese Kurpfälzer! War deren Reaktion auch nur einmal vorhersehbar? „Es tut mir leid, dass Ihr Euch meinetwegen Sorgen gemacht habt", murmelte Benedict. „Ich – als ich gestern mit Valentin ins Dorf kam und keinen sah, vermutete ich, dass Ihr Euch alle im *Grünen Wald* versammelt hattet."

Martin Dick nickte. Er trat einen Schritt zurück, hielt jedoch mit seiner linken Hand immer noch Benedicts rechten Arm umfasst. „Wir haben auf dich gewartet! Lisabeth erzählte, sie habe dich früh mit Valentin zu den Feldern rausgehen sehen. Wir vermuteten, du wolltest die Hagelschäden in Augenschein nehmen!"

Nun nickte auch Benedict und trat verlegen von einem Fuß auf den anderen. „Ich habe mich so schlecht gefühlt, ich war ja schuld an alledem …"

„Du warst schuld?!" Martin Dick starrte ihn entgeistert an. Dann ließ er Benedicts Arm los, schlug sich auf die Oberschenkel und fing an zu lachen. Er lachte, bis ihm die Tränen kamen. Benedict sah ihn erstaunt an, dann erinnerte er sich an seine Gedanken vom Vortag, als ihm klar geworden war, dass sein Oheim offenbar ein großer Verursacher seiner ewigen Schuldgefühle war, und ein verlegenes Lächeln stahl sich um seine Mundwinkel. Doch bevor er etwas erwidern konnte, japste der Schultheiß: „Benedict Lemaistre, du bist schon ein komischer Kauz! Bescherst uns eine Ernte an Winterweizen, wie wir sie noch nie erlebt haben! Und fühlst dich dann schuldig, nur weil ein Hagelunwetter die Sommergerste flach legt, eine Sommergerste, die bis dato so üppig und prall wuchs wie nie zuvor! Womöglich warst du auch noch an dem Blitzeinschlag schuld!", mutmaßte Martin Dick. Und als Benedict daraufhin nickte, musste der Schultheiß schon wieder lachen. Vorsichtig wagte sich Benedict daraufhin noch ein Stückchen weiter vor, sein Lächeln war nun deutlich als ein solches auszumachen, wenn es auch noch ein Lächeln blieb, das gleichzeitig um Verständnis warb.

„Mein lieber Benedict", sagte der Schultheiß. „Dann will ich mal lieber nicht fragen, was du dachtest, wie wir reagieren würden!"

Nun grinste Benedict. „Ja, vielleicht lasst Ihr das besser bleiben." Dann verließ er dieses für ihn immer noch unsichere Terrain und erzählte dem Schultheißen von seinen Einschätzungen zum diesjährigen Ernteertrag.

Martin Dick hörte ihm aufmerksam zu und erwiderte dann: „Das deckt sich auch mit unserer Ansicht. Wir denken auch, wir können es wagen, die Stallfütterung trotz allem anzugehen. Wir werden nur eine neue Scheune brauchen."

„Ja, die Scheune", nickte Benedict bekümmert. „Wie viele Rinder sind eigentlich verendet?"

„Gar nicht so viele wie wir zunächst dachten", erwiderte der Schultheiß. „Die meisten konnten sich losreißen, als die Stricke Feuer fingen. Bis auf einige wenige haben wir gestern alle wieder eingesammelt. Sie sind jetzt draußen auf der Schafweide."

„Auf der Schafweide", wiederholte Benedict und sah den Schultheiß fragend an.

„Auf der Schafweide", bestätigte dieser und zuckte mit den Schultern. „Es gab keinen anderen Platz mehr. Zum Glück ist der alte Schäfer mit der Herde in den Rheinauen bei Lampertheim unterwegs, sonst hätten wir ein echtes Problem."

Benedict nickte. „Haben wir denn genug Holz für den Bau einer neuen Scheune?"

Martin Dick wiegte seinen Kopf hin und her. „Wenn wir nicht noch einmal so eine Katastrophe erleben wollen wie vorgestern, dann sollten wir den neuen Stall aus Backsteinen bauen. Was wir für die Konstruktion dann dennoch an Holz benötigen werden, nehmen wir aus dem Wald."

Benedicts Herz schlug schneller. „Aus dem Wald", wiederholte er.

Der Schultheiß schaute ihm in die Augen ohne eine Miene zu verziehen. „Wir müssen uns beim Schlagen der Hölzer für die Palisaden des Kurfürsten verrechnet haben. Ich glaube, da sind welche übrig, die wir für den Stall verwenden können."

„Apropos Kurfürst", fuhr der Schultheiß fort, nachdem seine Bemerkungen über die Holzvorräte im Wald unkommentiert blieben, „ich bin gerade dabei, ein neues Anschreiben aufzusetzen. Unser letztes Bittgesuch um Unterstützung blieb leider unbeantwortet und ich fürchte, es ist in den Tiefen der kurfürstlichen Verwaltung auf Abwege gekommen. Ich bin mit dem neuen Bittgesuch so gut wie fertig. Dieses Mal werden wir es nicht über die Verwaltung einreichen."

„Wollt Ihr es dem Kurfürsten etwa persönlich in die Hand drücken?", fragte Benedict überrascht.

„Naja, fast", schmunzelte der Schultheiß. „Ich kann hier nicht weg. Aber deine Susanna ist mit der Köchin der Familie von Stengel befreundet. Wenn das Anschreiben erst einmal bei den von Stengels gelandet ist, dann ist es in sicheren Händen."

„Warum seid Ihr Euch da so sicher?", zweifelte Benedict, der Susanna und auch nicht der Köchin misstraute, sondern einem allgemeinen Unbehagen nachgab, was mit der kurfürstlichen Verwaltung im weitesten Sinne zu tun hatte.

„Weil Johann Georg von Stengel nur drei Jahre älter ist als der Kurfürst und die beiden schon zu Jugendzeiten dicke Freunde waren, deshalb!" Martin Dick rieb sich die Hände. „Und nun will ich es rasch fertig schreiben, du wirst es morgen früh zu Susanna in die Stadt bringen."

Nun rieb sich auch Benedict die Hände, auch wenn er dabei etwas rot wurde.

***

Der Viertelmeister ging fröhlich pfeifend durch die Straßen. Zu diesem ungeheuerlichen Benehmen an einem Sonntagvormittag schwang er in seiner rechten Hand einen Spazierstock, den er im Rhythmus seiner Schritte auf das Pflaster stieß, was in einem merkwürdigen Gegensatz zu seinen langsamen, getragenen Schritten stand. Susanna sah ihn schon von Weitem kommen und schüttelte den Kopf. Und mit dieser Witzfigur wollte ihr Vater sie verheiraten!

Als der Viertelmeister Susanna erblickte, spielte ein verschlagenes Lächeln um sein schmales, spitzes Gesicht und erinnerte Susanna mehr denn je an eine der Ratten, die am Neckarufer hausten und immer wieder die Stadt heimsuchten. Furchtlos sah sie ihm entgegen.

Der Viertelmeister hatte sehr wohl bemerkt, dass Susanna am Hoftor des *Goldenen Pfluges* stehen blieb und rechnete insgeheim damit, dass sie wieder zickig und sperrig sein würde. Umso mehr wunderte er sich, dass sie am Tor ausharrte, als warte sie auf ihn. Sein Herz machte einen Sprung. Sollte sie bereits jetzt einsichtig geworden sein? Er warf sich in die Brust in vollem Bewusstsein über seinen Sonntagsanzug, in dem seine schmucken Waden, wie er fand, besonders gut zur Geltung kamen. Mit wohlwollender Miene, wie ihm schien, ging er auf Susanna zu und verbeugte sich. „Gott zum Gruße, werte Susanna, Gott zum Gruße!“

Susanna musterte ihn kühl. „Ich habe mit Euch zu sprechen, es wird nicht lange dauern. Doch tretet ein, es muss ja nicht unbedingt auf der Straße sein.“

„Was Ihr mir zu sagen habt, werte Susanna, darf die ganze Stadt hören“, schmeichelte ihr der Viertelmeister, gab dann aber einer inneren Eingebung nach und folgte ihr in den Hof des *Goldenen Pfluges*.

Als sie unter dem Bogen standen, den der Durchgang zwischen Straße und innerem Hof formte, drehte Susanna sich zu ihm um. „Lasst es mich kurz machen, Viertelmeister. Was ich Euch zu sagen habe, ist schnell gesagt: Ich kann nicht Eure Frau werden!“

Der Viertelmeister lächelte noch immer, doch hatte sein Lächeln alles Wohlwollende verloren. Er neigte seinen Kopf ein wenig zur Seite, als er sagte: „Ihr meint, Ihr könnt jetzt nicht meine Frau werden. Nun, bis zum Sommer ist es ja auch noch etwas Zeit, fürwahr, noch etwas Zeit.“ Fast hätte er aus alter Gewohnheit eine Verbeugung gemacht, hielt aber gerade noch rechtzeitig inne und fixierte Susanna mit lauerndem Blick.

„Nein, Viertelmeister", erwiderte Susanna ruhig, „Ihr habt mich schon richtig verstanden. Ich werde Euch nicht heiraten, weder jetzt noch im Sommer noch sonst irgendwann."

Nun stieß der Viertelmeisters mit seinem Stock ärgerlich auf das Kopfsteinpflaster des Eingangsbereiches. „Mir scheint, Ihr handelt allzu eigenmächtig", sagte er mit belehrendem Unterton. „Sicherlich habt Ihr Eurem Vater diese Entscheidung bisher verschwiegen, was, wie ich anfügen möchte, ziemlich töricht war. Ich schlage vor, Ihr sprecht zunächst mit Eurem Herrn Vater. Ich meinerseits werde mir dann überlegen, ob ich gewillt bin, Euch diese Haltung zu verzeihen!"

Susanna schaute ihn verächtlich an. „Ist das alles, was Ihr zu sagen habt? Wie erbärmlich Ihr seid! Mir könnt Ihr nicht drohen, Viertelmeister, ich fürchte Euch nicht!"

„Dumme Gans", zischte der Viertelmeister. „Du wirst noch an mich denken! Glaube aber ja nicht, dass ich dich aufnehmen werde, wenn du dann angekrochen kommst, weil dein Vater seine Bürgerrechte verloren hat!"

***

Susanna passte den Moment ab, da ihr Vater zum Abtritt in den Hof ging. Wie zufällig lief sie ihm über den Weg, als er in die Schankstube zurückkehren wollte.

„Vater, ich muss Euch sprechen", begann sie mit forscher Stimme. Doch dann sah sie den prüfenden Blick des alten Frölich, der seine Tochter anschaute, wie man dies nur tun kann, wenn man sich seit vielen Jahren kennt und selbst kleinste Nuancen in der Stimme des anderen mehr zu sagen vermögen als alles andere. Susanna wurde binnen Sekunden wieder zum Kind, das sich danach sehnt, sich an der Schulter eines starken Erwachsenen auszuweinen.

Sie spürte, dass es ihrem Vater leid tat, dass er am Abend vorher so kurz angebunden gewesen war. Philipp Frölich nahm die rechte Hand seiner Tochter in die Hände, wie er dies getan hatte, als sie klein war und er sie tätschelnd zu beruhigen versuchte. Seltsamerweise war es diese vertraute Geste, die Susanna wieder zur Besinnung brachte. Sie wischte die sentimentale Stimmung zur Seite und nahm nun ihrerseits den Vater an der Hand und führte ihn zur Bank in der Nähe ihres Gemüsebeetes.

Sie setzte sich zu ihm und ohne eine weitere Einleitung sagte sie: „Ich werde den Viertelmeister nicht heiraten.“ Zum zweiten Mal kam dieser Satz an diesem Tag aus ihrem Mund und Susanna empfand nichts anderes als das Bedürfnis, dieses Kapitel so schnell wie möglich abzuschließen.

Der Postwirt sah seine Tochter traurig an. „Susanna, du kannst nicht ewig hierbleiben. Auch wenn du mir eine große Hilfe bist, so musst du doch auch an deine Zukunft denken.“

Susanna schaute den Vater verwirrt an. Sollte Ludovica tatsächlich recht haben? Ging es dem Vater gar nicht um den Erhalt seiner Bürgerrechte, sondern einzig darum, seine Tochter unter die Haube zu bringen? „Vater, was erzählt Ihr denn da?“, fragte sie unsicher.

„Mein großes Mädchen“, murmelte der alte Frölich und tätschelte ihr nun doch die Hand. „Ich sehe, wie du dich hier bei deinem alten Vater aufreibst. Du bist Herrin in der Küche und in den Ställen, du liebst deinen Gemüse- und Kräutergarten – in ganz Mannheim gibt es wohl keinen schöneren! Aber eine junge Frau wie du sollte ihre Kraft nicht an ihren alten Vater verschwenden!“ Traurig schaute er sie an. „Magst du den Viertelmeister denn gar kein kleines bisschen? Er ist nicht die schlechteste Partie, das Ansehen im Viertel jedenfalls wäre dir gewiss!“

„Ach, Vater!“ Susanna ergriff nun ihrerseits seine Hände und schaute ihn an. „Vater, und ich dachte, Euch ging es nur um den Erhalt Eurer Bürgerrechte!“

„Die Bürgerrechte“, wiederholte der Postwirt und schaute seine Tochter erstaunt an. „Was weißt du denn davon?“

„Nun, es ist ja kein Geheimnis, dass die Stadtväter wollen, dass Witwer und Witwen wieder heiraten!“, antwortete Susanna. „Ihr selbst habt mir vom Schafwirt erzählt, der sogar binnen einer Vierwochenfrist heiraten musste!“

Der alte Frölich nickte, ja, das mochte wohl stimmen. Dann schaute er verlegen zur Seite. „Die Bürgerrechte haben wohl auch eine Rolle gespielt, zumindest am Anfang. Aber dann ...dann ...“

Susanna wurde selbst etwas verlegen, als sie bemerkte, wie schwer sich ihr Vater tat, seiner Tochter zu erklären, was seinen Sinneswandel herbeigeführt hatte. Aus diesem Grund sah sie ihn nicht direkt an, sondern blickte ebenfalls zur Seite, als sie seinen Satz für ihn zu Ende sprach: „ ... aber dann habt Ihr Ludovica kennengelernt und die Bürgerrechte waren nicht mehr so ausschlaggebend, denn plötzlich wusstet Ihr, dass da endlich eine war, die man auch heiraten konnte.“

Der Postwirt erstarrte. „Du weißt ... du weißt ...“, flüsterte er.

„Vater, Ludovica ist eine wundervolle Frau!“ Dann lächelte sie verschmitzt. „Wir mögen uns sehr!“

Da begann Philipp Frölich zu lachen. Er lachte und lachte, bis ihm die Tränen kamen und er sich seinen Bierbauch halten musste. Susanna lachte mit ihm, sie hatte sich schon lange nicht mehr so befreit gefühlt wie in diesem Augenblick.

Schließlich beruhigte sich der Postwirt. „Du wirst diese Ratte von Viertelmeister also nicht heiraten“, stellte er fest.

„Dann werde ich mich wohl auf zwei Frauen in der Küche einstellen müssen. Mir soll es recht sein. Du magst Ludovica also!"

„Ja und nein", erwiderte Susanna und lächelte ihren Vater an, der sich gerade erheben wollte, sich nun aber doch noch einmal auf die Bank setzte. „Ja und nein?", fragte er.

„Ja, ich mag Ludovica sehr", antwortete Susanna, „und: nein, Ihr werdet keine zwei Frauen in der Küche haben!"

„Aber sagtest du nicht …"

„Ach, Vater", seufzte Susanna. „Ihr habt ein so großes Herz, merkt Ihr denn nicht, dass ich das meine schon längst vergeben habe?"

13. Kapitel

Nur wenige Tage nach dem Scheunenbrand gaben die Käfertaler bei der Feudenheimer Ziegelbrennerei die Backsteine für den neuen Stall in Auftrag. Danach gab es für das neue Vorhaben wenig zu tun, sodass Martin Dick einen Großteil seiner Leute in den Wald schickte, damit die Frondienste an den Palisaden geleistet werden konnten. Einen Teil der Hölzer ließ er, bevor sie zu Palisaden weiterverarbeitet werden konnten, zu sich auf den Hof bringen, wo sie später für die Stallkonstruktion gebraucht werden würden.

Es war bereits kurz vor Michaeli im September, als der Oberforsthofrat persönlich mit einem Trupp Reiter nach Käfertal kam, um den Fortschritt des Palisadenbaus zu begutachten. Die Arbeiten waren jedoch wider Erwarten gut vorangegangen. Der Oberforsthofrat war demzufolge sehr zufrieden mit dem Ergebnis, was man daran ablesen konnte, dass er sich nicht über das übliche Maß hinaus über den Fortgang der Arbeiten beschwerte. Trotzdem waren die Käfertaler froh, als die Forstaufseher wieder weg waren.

Dann kamen die Tage der Parforcejagd. Mittlerweile war ein Großteil der Backsteine gebrannt, Benedict kam gerade freudestrahlend von der Ziegelei zurück. Aber Martin Dick winkte ab. Die Parforcejagd zehrte alljährlich an ihren Kräften. Nicht ein Einziger von ihnen blieb von den Frondiensten verschont. Ein Teil der Bevölkerung musste die Hunde für die Hetzjagd bereithalten. Ein anderer Teil befestigte die Stofffetzen an den vorgegebenen Stellen in der Hoffnung, dass ihnen dieses Jahr so wenig Wild wie möglich durch diese Lappen ging. Die Frauen waren mit der Verköstigung der feinen Leute beschäftigt, die Kinder mussten zu Hause für das Nötigste sorgen.

Am Tag der Ankunft des Kurfürstenpaares mit seinem Hofstaat standen die Käfertaler Spalier, die hohen Herrschaften zogen auf dem Weg zum Jagdschlösschen durch das Dorf. Benedict saß an diesem Vormittag auf der Treppe vor Martin Dicks Haus und ärgerte sich. Wieder einmal pfuschte ihm der Kurfürst dazwischen. Anstatt den Bau des Stalles vorantreiben zu können, mussten sie den hohen Herrn auch noch bei seinen Vergnügungen unterstützen! Benedict mochte lieber nicht daran denken, was man in dieser Zeit alles Sinnvolles hätte tun können und machte doch die ganze Zeit nichts anderes als genau das … Obwohl in den vergangenen Wochen kaum ein Tag vergangen war, an dem die anderen über die Arbeiten an den Palisaden geschimpft hatten, standen sie jetzt an der Straße und jubelten dem Kurfürstenpaar zu.

Mit düsterer Miene saß Benedict auf der Treppe, als sich mit einem Mal ein Reiter von der rückwärtigen Seite des Hofes näherte. Benedict stand auf und sah dem Fremden entgegen. Er hatte eine hohe Stirn und einen hellen, klaren Blick. Der Fremde wirkte energisch, aber nicht unfreundlich, in lässiger Haltung kam er auf den Hof geritten. Seine Reitkleidung war aus vornehmem Tuch und seine Stiefel glänzten im Licht der Sonne, als er sich von seinem Pferd schwang. Er ergriff die Zügel mit der rechten Hand und näherte sich Benedict, der nun seinerseits dem Fremden entgegen ging und sich der Sitte gemäß leicht verbeugte.

Der andere sah ihn forschend an und fragte dann zu Benedicts großer Verblüffung: „Ihr seid nicht zufällig Jean Benedict Lemaistre?"

Es überraschte Benedict nicht, dass ihn der andere als Nicht-Käfertaler einstufte, dafür war sein Äußeres, vor allem seine langen schwarzen Haare und sein dunkler Teint, zu weit von dem entfernt, was in Käfertal typisch sein mochte. Dennoch hob Benedict fragend seine Augenbrauen. Woher kannte der andere seinen Namen? Er gab sich aber als derjenige zu erkennen, worauf der andere sagte:

„Mein Name ist Johann Georg von Stengel, Kabinettsekretär des Kurfürsten. Ich habe mit Euch und mit Martin Dick zu sprechen."

Nun ging Benedict ein Licht auf und er bat den Fremden zu warten, zeigte ihm aber in Ermangelung aller Knechte und Mägde, die dem Kurfürst an der Straße huldigten, den Weg zum Brunnen sowie die Haferstände, damit das Pferd trinken und fressen konnte. Dann erst machte er sich auf den Weg, Martin Dick zu suchen.

Wenig später saßen die drei Männer in der Ratsstube. Martin Dick hatte seine Mägde aufgescheucht, damit man dem werten Herrn von Stengel etwas zu essen und zu trinken bringe, doch hatte dieser abgelehnt und nur um ein Glas Wasser gebeten.

„Mich erreichte Euer Bittgesuch an den Kurfürsten", leitete Stengel das Gespräch ein, „ein recht ungewöhnliches Bittgesuch, wie ich meine." Ein freundliches Lächeln begleitete die Worte des Sekretärs, wie Benedict bemerkte, die darauffolgenden Worte verstärkten diesen Eindruck:

„Und ich muss auch sagen, Ihr habt mein Interesse geweckt. Wenn Ihr mir also mehr davon erzählen wollt!"

Nach einem kurzen Blickwechsel mit Martin Dick begann Benedict zu erzählen. Der Kabinettsekretär hörte zu, nickte hier und da oder forderte Benedict immer wieder mit einem aufmunternden Kopfnicken dazu auf fortzufahren.

Als Benedict endete, saßen die drei Herren einen Moment schweigend zusammen, dann fragte von Stengel: „Warum seid Ihr Euch so sicher, dass es funktioniert?"

Benedict, der wusste was auf dem Spiel stand und der sehr wohl auch das ehrliche Interesse hinter dieser Frage hörte, überlegte einen Moment. Dann antwortete er: „Werter Herr, ich bin kein Wissenschaftler. Aber Teile dessen, was diese Methoden auszeichnet, kennen wir alle. Ihr lasst hier in der Kurpfalz einen Teil des Landes im dritten Jahr brach liegen, damit es sich erholt. Aber man lässt dort in diesem Jahr auch die Schafe weiden, und dies nicht nur, weil die Brache auch als Weide genutzt werden muss oder weil sonst nicht ausreichend Weideland zur Verfügung steht, sondern weil man sieht, dass das Gras dort besser wächst, wo die Schafe, äh, wo die Schafe", Benedict, der es sich mit dem freundlichen von Stengel nicht verscherzen wollte, suchte nach einem höflichen Wort, das man auch in Gegenwart eines feinen Herrn benutzen durfte, „nun ja, wo die Schafe sich erleichtern", schloss er. Der Kabinettsekretär nickte zustimmend. „Wenn Ihr also so wollt", fuhr Benedict fort, „dann ist es nur die konsequente Fortführung dessen, was wir sowieso schon wissen. Ich kann Euch aber keine Sicherheit dafür geben, dass es auf den Kurpfälzer Sandböden genauso gut klappt wie in der Schweiz, wo man mit der Düngung gute Erfahrungen gesammelt hat."

Nun meldete sich Martin Dick zu Wort, der die ganze Zeit schweigend dabeigesessen und das Gespräch aufmerksam verfolgt hatte. „Papperlapapp, Benedict, nur keine falsche Bescheidenheit! Mit Verlaub, werter Herr von Stengel, lasst mich Euch an den Erfahrungen teilhaben, die wir bereits gemacht haben! Und zwar hier, auf Kurpfälzer Böden!“

Der Kabinettsekretär nickte dem Schultheißen aufmunternd zu. Der ließ sich nicht zweimal bitten, sondern erzählte auf seine unkonventionelle Art von den Pferdemistfuhren, die sie jetzt regelmäßig aus der Stadt bezogen, von den unglaublichen Erträgen bei der Ernte des Winterweizens und kam dann zu dem fatalen Unwetter im Juli, bei dem die provisorische Scheune Feuer fing und ein Teil des Viehs verendete. „Von der Gerstenernte blieb so gut wie nichts übrig. Aber mit Verlaub, Herr von Stengel, auch von einer schlechten Gerstenernte wäre nichts übrig geblieben, nach dem Hagel war eben das meiste futsch.“

Johann Georg von Stengel lächelte angesichts der Wortwahl des Schultheißen, doch hörte er sofort wieder ernsthaft zu, als dieser fortfuhr: „Wenn Ihr uns die Ehre geben wollt, Herr Kabinettssekretär, aber der Bau des Palisadenzauns ließ uns bisher keine Zeit, das verhagelte Feld zu pflügen. Seht selbst, wie dicht die Gerste wuchs, die Halme sind alle noch im Boden!“

„Das werde ich gerne tun!“, erwiderte Stengel freundlich. „Doch sagt mir, womit kann Euch der Kurfürst helfen, was Ihr nicht selbst tun könnt?“

Auf diesen Moment hatte Martin Dick gewartet. Er beugte sich vor und faltete die Hände. „Der größte Engpass, werter von Stengel, ist der Klee, den die Rinder in den Ställen zum Fressen brauchen. Als allererstes müsste die Triftgerechtigkeit und das Weiderecht der Kurfürstlichen Schäferei eingeschränkt werden. Als wir versuchten, auf der Brache Klee anzubauen, haben die Schafe des hiesigen Schäfers den Großteil des Klees als willkommene Abwechslung auf ihrem Speiseplan betrachtet und alles weggefressen."

Johann von Stengel nickte. Er wusste genug über das Rechtesystem der Kurpfalz, als dass er weitere Fragen hätte stellen müssen. Seine nächste Frage ging in eine andere Richtung: „Ihr seid nicht zufällig mit jemandem von der physiokratischen Gesellschaft zu Kaiserslautern bekannt? Nein? Nun, wir könnten jemanden wie Euch gebrauchen! Der Kurfürst ist fest davon überzeugt, dass der Wohlstand seines Volkes nur dann erreicht werden kann, wenn es der Landwirtschaft gut geht!"

Benedict errötete. Er freute sich über das ungewohnte Lob. Aber ihm kamen auch sofort die Kämpfe Klyoggs in den Sinn, die dieser mit den Wissenschaftlern in der Schweiz auszutragen gehabt hatte. Klyogg, der stets die richtigen Worte fand, dessen Reden wohlstrukturiert waren! Selbst für ihn war es nicht einfach gewesen! Viele Jahre hatte Klyogg als einfacher Bauer um die Anerkennung vor den gelehrten Wissenschaftlern gekämpft. Benedict war sich sicher – dies war nicht seine Welt.

Er verbeugte sich vor dem Kabinettsekretär und erwiderte: „Gerne stehe ich Euch mit all meinem Wissen zur Verfügung, werter Herr von Stengel. Aber seid gewiss, ich bin kein Mann der Theorie, sondern der Praxis! Ich bin kein Mann der Sprache, sondern einer, der pflügt, sät und erntet. Ich würde Eurer Sache eher schaden als nützen. Lasst mich hier meine Arbeit tun, direkt bei den Pflanzen und in der Erde! Und gerne teile ich Euch jederzeit alles mit, was es an Wissenswertem zu erzählen gibt!"

Stengel erhob sich. Wohlwollend schaute er Benedict an. „Ich schätze ein offenes Wort, Lemaistre. Ihr wisst ja gar nicht, mit wie vielen Bittschriften der Kurfürst tagtäglich überhäuft wird und wie viele davon aus reinem Eigennutz geboren sind!" Und mit einem Blick, der sowohl Benedict als auch den Schultheißen umschloss, sagte er: „Dann lasst uns jetzt einen Blick auf das verhagelte Gerstenfeld werfen!“, und wandte sich zur Tür.

***

Bereits wenige Tage später traf ein Schreiben des Herrn von Stengel ein. Zwar brachte dies nicht die ersehnte Abschaffung der Triftgerechtigkeit, regelte aber klar, dass Kleefelder nicht als Weideland für Schafe anzusehen seien. Damit war eine der ersten Hürden geschafft. So gering dieser Fortschritt war, rieb sich Martin Dick doch vor Freude die Hände und gab den Startschuss für den Bau des Stalls. Tags darauf brachte die Postkutsche eine Papierrolle mit amtlichem Siegel nach Käfertal, adressiert an Benedict Lemaistre.

Benedict nahm die Papierrolle in Empfang, atmete einmal tief durch und machte sich dann schnurstracks auf den Weg zu Martin Dick. Er hatte sich noch nicht einmal die Mühe gemacht, die Rolle zu öffnen. Wenn er eines gelernt hatte in der kurzen Zeit, die er nun in der Kurpfalz weilte, dann war es das, dass es nie verkehrt sein konnte, den gewitzten Martin Dick in alles einzuweihen, was mit der kurfürstlichen Verwaltung im weitesten Sinne zu tun hatte.

Wie sich herausstellte, kam diese Papierrolle jedoch nicht vom Kurfürsten, sondern vom Rat der Stadt Mannheim. Benedict hatte sofort ein mulmiges Gefühl im Bauch und dachte an den Viertelmeister, der inzwischen allen Grund hatte, ihm zu grollen. „Mein Gott“, sagte er, „nimmt das denn nie ein Ende!“ Doch dann verkündete ihm Martin Dick feierlich, dass der Rat der Stadt Mannheim auf Geheiß des Kurfürsten anordnete, dass Benedict Lemaistre ab sofort freien Pass über die Neckarbrücke habe.

Benedict traute seinen Ohren nicht. „Ich habe was?“

„Freien Pass über die Neckarbrücke", wiederholte Martin Dick. „Kein Brückengeld mehr bis an dein Lebensende! Mein Gott, Benedict, du bist wahrscheinlich der erste Mann im Heiligen Römischen Reich Deutscher Nation, der Pferdemist über unsere Neckarbrücke kutschieren darf, ohne dafür bezahlen zu müssen!"

Im Dorf selbst machte sich nach all den guten Nachrichten erneut eine Art Aufbruchsstimmung breit. Offensichtlich war mit dem Abstand der Monate die gute Weizenernte des vorigen Winters wieder mehr ins Bewusstsein der Menschen gerückt. Jedenfalls war man jetzt im Spätherbst, wo die zarten Hälmchen des Winterweizens fast noch dichter heranwuchsen als dies im Vorjahr der Fall gewesen war, eher bereit, die Schäden des Sommergewitters als das einzustufen, was sie tatsächlich waren: die Folgen eines Naturereignisses, wie es alle Bauern seit unzähligen Generationen immer wieder heimsuchte. Einzig der alte Georg unkte hin und wieder, dass alles noch ein schlimmes Ende nehmen würde und die Käfertaler gut daran täten, das Gewitter und die verhagelte Ernte als Zeichen Gottes zu verstehen.

Johann, den man seit dem verheerenden Feuer immer häufiger zusammen mit Lisabeth sah, war im Laufe der Herbstmonate immer fröhlicher und selbstbewusster geworden. Johann sah es denn eher als ein Zeichen Gottes an, dass dem alten Georg in diesem Herbst ein Beinleiden stark zu schaffen machte, sodass er sich gezwungen sah, seine Tage entweder zu Hause oder im Wirtshaus zu verbringen. Da sich der alte Georg immer häufiger für das Wirtshaus entschied, wo er mit seinesgleichen Karten spielte oder die aktuellen Entwicklungen im Dorf debattierte, hatte Johann innerhalb kürzester Zeit die Fäden des kleinen Bauernhofes in der Hand. Er war einer der Ersten, die nun ihrerseits die Initiative ergriffen. Kaum hatten die Zimmerleute das Dach des neuen Stalls bei Martin Dick beendet, da ließ Johann quer zum hinteren Teil seines Hauses ebenfalls einen Stall bauen. Sepp und andere Käfertaler taten es ihm gleich, sodass das Hämmern und Sägen in diesem Winter überhaupt kein Ende nehmen wollte.

Noch immer hatten die Käfertaler zu wenige Rinder für die Mengen an Mist, die ihre Felder benötigten. Benedict und Johann fuhren deshalb wieder regelmäßig nach Mannheim. Immer häufiger trafen sie bei ihren Besuchen nicht nur Susanna, sondern auch Ludovica in der Poststation an.

Kurz vor Ostern dann erreichte Benedict die Nachricht, dass Philipp Frölich und Ludovica noch vor Michaeli heiraten wollten. Benedict wusste, was das bedeutete: Ludovica hatte sich mittlerweile so gut eingearbeitet, dass Susanna sich mehr und mehr von ihrer Arbeit würde zurückziehen können. Benedict hoffte, dass dies bedeutete, dass Susanna endlich zu ihm nach Käfertal kommen würde. Der Sommer schließlich bescherte ihnen eine Gerstenernte, wie sie das Dorf noch nie gesehen hatte. Immer häufiger zogen die Frauen jetzt an den Markttagen nach Mannheim, um überschüssige Vorräte an Weizen und Gerste, aber auch Gemüse aller Art bei den Höckerinnen abzugeben.

Wie sich zeigte, hatte der Kontakt zu Johann von Stengel mehr als nur die Freigabe der Kleefelder bewirkt. Stengel selbst war es, der von seinem Gut in Seckenheim aus die neuen Anbaumethoden der Käfertaler aufgriff und als Erster außerhalb Käfertals in der Kurpfalz umsetzte. Da der Vertraute des Kurfürsten aber erst einige Wachstumsperioden nach den Käfertalern mit seinen Änderungen begonnen hatte und diese sich in der Anfangszeit auf sein eigenes Gut beschränkten, kamen dort die Änderungen bei den einfachen Bauern zunächst noch nicht an. Die kleine Käfertaler Gemeinde hingegen florierte. Es dauerte nicht lange und ein Schreiner ließ sich im Dorf nieder, fast zeitgleich mit ihm kamen Bäcker und Schuhmacher, es folgten Metzger und Leinenweber. Immer mehr Handwerker fanden mit der zunehmenden Größe des Dorfes genug Arbeit, um sich und ihre Familie zu ernähren. Was niemand für möglich gehalten hatte, geschah: Binnen kurzer Zeit waren die Menschen zu einem gewissen Wohlstand gekommen, der für jedermann sichtbar war.

Benedict hingegen standen noch ganz andere Überraschungen bevor. Es kam der Tag, als in Käfertal die Postkutsche wie immer vor der Werkstatt des Schmieds hielt und ein Reisender ausstieg. Er entpuppte sich als Abgesandter des preußischen Staates und wünschte Benedict Lemaistre zu sprechen. Wie ein Lauffeuer verbreitete sich diese Nachricht im Dorf, es dauerte nicht lange und man fand sich im *Grünen Wald* ein, um die Lage zu diskutieren. Benedict und der Fremde waren derweil zu Martin Dick in die *Ratsstube* gegangen und noch nicht wieder herausgekommen. Was in aller Welt gab es dort zu besprechen? Und dazu so lange? Die Spekulationen im *Grünen Wald* wollten kein Ende nehmen. Schließlich verließ Benedict die Ratsstube, aber zur Enttäuschung aller kam er nicht ins Wirtshaus, sondern fuhr mit dem Einspänner Martin Dicks vor, der Fremde stieg zu und sie zogen in Richtung Mannheim davon. Müde und durstig stieß Martin Dick zu ihnen und gab das Geheimnis preis: Der preußische König selbst hatte eine Anfrage an Benedict Lemaistre gerichtet mit der Bitte, zu ihm nach Brandenburg zu kommen und dort seine Anbaumethoden zu verbreiten.

Betroffenes Schweigen breitete sich aus. Es erfüllte sie alle mit Stolz, dass sie einen Fremden in ihrer Mitte hatten, um den sich sogar der preußische König bemühte. Sie empfanden es als persönliche Genugtuung, dass sie es gewagt hatten, sich auf Benedict einzulassen. „Ohne ihn", sinnierte Martin Dick, „würden wir heute noch in Lehmhütten wohnen und im März bangen, ob wir die Zeit bis zur ersten Ernte ohne Not überbrücken können oder nicht."

Wie wahr! Plötzlich schwiegen alle, sie fühlten sich wie bei einer Trauerzeremonie, wenn jemand von ihnen gegangen war. Johann war es, der das Schweigen brach: „Noch ist er ja nicht weg!"

In der Zwischenzeit erreichte Benedict die Neckarschanze und durchquerte die Stadttore Mannheims. Er fuhr mit dem preußischen Gesandten zunächst zu Susanna, um die genaue Adresse der Familie Stengel zu erfragen und dann weiter zu den B-Quadraten. Als er den Beamten der Obhut der von Stengels übergeben hatte, machte Benedict kehrt und lenkte sein Pferd direkt zur Poststation, wo ihn Susanna bereits voller Sorge erwartete.

„Das ist eine große Auszeichnung", begann sie vorsichtig das Gespräch. Benedict nickte, ja, das war es tatsächlich. Er hatte Susanna zwischen Tür und Angel zuvor nur erzählt, dass ihm zu Ehren ein preußischer Abgesandter gekommen sei, den er bei den von Stengels abgeben wollte, die ihn seinem Status entsprechend unterbringen sollten. Das Wichtigste aber hatte er ihr noch gar nicht berichten können.

„Der preußische König hat von unseren Erfolgen gehört und möchte nun in Brandenburg ebenfalls die Landwirtschaft erneuern", sagte er jetzt.

„Nur nicht so bescheiden", erwiderte Susanna. „Es sind deine Erfolge. Ohne dich wären meine Kohlköpfe noch genauso mickrig wie früher, und in Käfertal", fügte sie ernst hinzu, „wären immer noch viele Familien in Not!"

Normalerweise hätte Benedict in seiner Bescheidenheit das Lob zurückgewiesen und erwidert, dass er ja auch nur gelernt habe und das Wissen, das er sich angeeignet hatte, weitergegeben habe. Da er dies nun nicht tat, verstärkte sich in Susanna eine dubiose Sorge, die sie die ganze Zeit über schon beschlichen hatte und über deren Ursache sie sich nicht im Klaren war.

„Susanna, der preußische König bittet mich nicht nur zu ihm zu kommen und bei der Verbreitung der Düngemethoden zu helfen", sagte Benedict plötzlich. „Er bietet mir außerdem Land an, eigenes Land." Benedict schaute Susanna an, die bei seinen Worten bleich geworden war. Natürlich erinnerte sie sich nur noch zu gut an Benedicts ursprüngliches Ziel, das ihn einst nach Mannheim gebracht hatte und das ihm so wichtig gewesen war, dass er trotz seiner Reisekrankheit den weiten Weg nach Brandenburg nicht gescheut hatte.

Susanna schluckte, erwiderte dann aber schnell: „Ich dachte schon einmal, dass du für immer fortgehst, ein zweites Mal möchte ich das nicht durchstehen müssen. Benedict, nimm mich bitte mit!"

Benedict schaute Susanna überrascht an, worauf ihr plötzlich Tränen in die Augen schossen. „Wenn du mich nicht mitnehmen willst, brauchst du es nur zu sagen", brachte sie mit heiserer Stimme hervor.

Doch da war Benedict schon bei ihr und nahm sie in die Arme. „Ach, Liebes, was redest du da! All die Jahre über konntest du dir nicht vorstellen, die Kurpfalz zu verlassen und jetzt wunderst du dich, dass ich überrascht bin, dass ausgerechnet du ohne irgendeinen Einwand von hier weggehen möchtest?"

Aber Susanna war der Schreck so in die Glieder gefahren, dass sie nicht antworten konnte. Je häufiger Ludovica in den letzten Monaten in den *Goldenen Pflug* gekommen war und je häufiger Susanna gesehen hatte, wie schnell und mit welcher Begeisterung Ludovica die neuen Aufgaben in Angriff nahm, desto eher konnte sie sich vorstellen, ihr Elternhaus zu verlassen. Innerlich und von Benedict unbemerkt hatte sich der Wandel vollzogen. Susanna war so fest davon ausgegangen, dass nichts mehr sie davon abhalten konnte Benedicts Frau zu werden, dass sie seine vermeintliche Ablehnung bis ins Mark hinein getroffen hatte.

Zärtlich strich ihr Benedict über ihr widerspenstiges Haar, das sich wie immer nicht hatte zähmen lassen und in wilden Strähnen ihren Kopf umrahmte. „Susanna, ich würde überhaupt nirgendwo hingehen ohne dich", murmelte Benedict und barg Susannas Kopf an seiner Schulter.

Schließlich hatte Susanna sich beruhigt. Sie schniefte noch einmal kurz, dann sagte sie: „Also gehen wir nach Brandenburg!"

Doch da ergriff Benedict das Wort. „Susanna, hör mir noch einen Augenblick zu, ja?"

Sie nickte und schaute ihn fragend an.

„Es ist nämlich so", Benedict rang offensichtlich mit den richtigen Worten, „Susanna, weißt du, eigentlich kann ich es mir gar nicht mehr vorstellen, von hier wegzugehen."

Nun lag es an Susanna ihn ungläubig anzustarren. „Du kannst was nicht mehr?" Und als Benedict nicht sofort reagierte, fügte sie entgeistert hinzu: „Benedict, du hast dir nichts sehnlicher gewünscht als nach Brandenburg zu gehen!"

„Ja, ich weiß und eigentlich weiß ich es nicht!" Benedicts Stimme klang alles andere als glücklich. Verzweifelt suchte er nach Worten, um das wiederzugeben, was er angesichts des großzügigen Angebots des preußischen Königs empfand. „Weißt du, als mir der Abgesandte sagte, dass dort oben Land für mich bereitstünde, stellte ich mir vor, dass ich abreisen würde. Und mir kam nur in den Sinn, was ich alles zurücklassen würde: Johanns Freundschaft, den großartigen Martin Dick, die Herzlichkeit der Menschen, ihr Durchhaltevermögen. Ich dachte an all die vielen Erlebnisse und was wir alles miteinander durchgestanden haben."

Susanna nickte. Dann sagte sie mit einer Stimme, die keinen Widerspruch duldete: „Du hast dich einfach von unsrer Kurpfälzer Herzlichkeit umgarnen lassen, das hätte ich mir gleich denken können!" Und dann lachten sie beide.

Am nächsten Morgen kehrte Benedict nach Käfertal zurück. Er hatte sich schon lange nicht mehr so glücklich gefühlt. Alles schien sich auf wundersame Weise zu fügen. Er brachte den Einspänner zurück zu Martin Dick, doch traf er diesen auf seinem Hof nicht an. Auf dem Weg zu Johann begegnete ihm der kleine Valentin auf der Straße. Er winkte ihm zu, doch Valentin rannte einfach weg. Benedict wunderte sich. Hatte der Bub ihn etwa nicht gesehen? Als er auch Johann nicht antraf, blieb er unschlüssig stehen. Wo waren seine Freunde alle? Er pochte noch einmal laut an die Haustür, aber niemand antwortete ihm. Unschlüssig machte er sich auf den Rückweg. Da sah er weiter hinten Grete in ihrem Garten arbeiten. Da er sonst niemanden ausmachen konnte, überquerte er die Straße und lief zu Grete hinüber. Sie grüßte freundlich und Benedict scherzte: „Wisst Ihr wo Martin Dick ist? Er wird sich ja wohl nicht von dem preußischen Gesandten vertrieben haben lassen!"

Grete richtete sich auf und antwortete höflich: „Gewiss nicht, Herr Benedict. Er hat sich zu einer Besprechung in den *Grünen Wald* zurückgezogen."

Benedict bedankte sich und schlug den Weg zum Wirtshaus ein. Was sollte denn das heißen? Seit wann hielt der Schultheiß seine Besprechungen im *Grünen Wald* ab?

Als er am Schulhaus vorbeikam, schloss Casimir Nebulus gerade die Tür und stieg die Eingangsstufen hinunter. Der junge Lehrer grüßte ehrfürchtig. Nun stutzte Benedict. Mit dem Lehrer hatte er bisher mehr gezankt als friedlich gesprochen, obwohl er in letzter Zeit immer unkomplizierter und freundlicher geworden war. Benedict hatte mit Freude gesehen, wie der junge Lehrer sich veränderte, hier und da einen neuen Ton seinen Schülern gegenüber anschlug, insgesamt verständnisvoller und freundlicher mit den Kindern umging. Doch nie war der Lehrer ihm gegenüber ehrfurchtsvoll gewesen. Nun kam ihm auch Gretes Verhalten in den Sinn und ihm dämmerte, dass diese neue Gemeinsamkeit ihres Verhaltens vielleicht mit dem Besuch des preußischen Delegierten zu tun haben mochte. Und sollte auch Valentin …? Benedict hatte den Gedanken noch nicht richtig zu Ende gedacht, da fragte er den Lehrer schon: „Habt Ihr zufällig Valentin gesehen?"

Der Lehrer zögerte zunächst, doch dann nickte er. „Er ist im Schulgarten. Heute scheint er etwas bockig zu sein!" Benedict seufzte innerlich, als er den Lehrer so von dem Jungen sprechen hörte und dachte nur, dass Valentin bisher immer einen Grund gehabt hatte, wenn er bockig gewesen war. Ob der junge Lehrer seine Schüler jemals begreifen würde?

„Habt vielen Dank", erwiderte Benedict. Er verspürte nicht die geringste Lust, sich schon wieder mit dem jungen Pädagogen auseinanderzusetzen und ging um das Schulhaus herum. Er fand Valentin unter einem der Obstbäume. Der Junge hielt einen kleinen Stock in der rechten Hand und schlug damit auf das Gras ein. Er war so in Gedanken, dass er Benedict erst wahrnahm, als dieser vor ihm stand. Sofort drehte der Junge seinen Kopf zur Seite. Benedict ging in die Hocke und berührte Valentins Arm. Dann sagte er mit leiser Stimme: „He, Valentin, was ist los mit dir? Hat dich jemand geärgert?"

Valentin schluchzte auf. „Werdet Ihr auch weggehen, Herr Benedict?"

„Aber nein! Natürlich nicht!" Da warf sich Valentin in seine Arme und weinte hemmungslos. Was hatte der Junge bloß? „Valentin, wer sagt denn, dass ich weggehen werde?"

„Alle sagen es", schluchzte der Junge.

Jetzt verstand Benedict Gretes Reserviertheit und auch die ungewöhnliche Reaktion des jungen Lehrers. Und plötzlich ahnte er, warum sich Martin Dick im *Grünen Wald* aufhielt. Er hatte eine Dorfversammlung einberufen! Sie fürchteten, dass er nach Preußen gehen würde! Mein Gott, dass er darauf nicht früher gekommen war! Benedict nahm das Gesicht des Jungen in beide Hände und schaute Valentin in die Augen. „Hör zu, mein Junge, es stimmt gar nicht, was die anderen sagen, ich werde nicht nach Preußen gehen."

„Aber wo geht Ihr dann hin?" Valentin hatte ihn noch nicht verstanden. Benedict zwinkerte ihm zu. „Das werde ich dir sagen! Ich gehe jetzt directement zu den anderen in den *Grünen Wald* und dann werde ich denen erzählen, dass sie mich schon fortschicken müssen, wenn sie mich nicht haben wollen!"

Valentins Augen sprachen Bände. Zweifel war in ihnen zu lesen, dann Hoffnung, dass das vielleicht stimmen könnte, was Benedict sagte und dann schien er beschlossen zu haben, seinem großen Freund zu glauben. „Ist das wirklich wahr?", fragte er noch unter zwei Schluchzern. Benedict drückte ihn an sich. „Es ist wirklich wahr! So, und jetzt komm, wir wollen es den anderen sagen!"

Da sprang Valentin auf und nach wenigen Schritten hüpfte er wie immer, wenn er sich ganz besonders über irgendetwas freute, neben Benedict her.

Als Benedict mit Valentin den Versammlungsraum im *Grünen Wald* betrat, verstummten alle. Benedict fühlte sich ertappt, als hätten die anderen gerade über etwas gesprochen, das nicht für seine Ohren bestimmt gewesen war.

„Guten Morgen, alle miteinander", grüßte Benedict in die Runde. „Wie schön, dass Ihr hier alle versammelt seid, ich habe Euch etwas zu sagen!"

Da fiel Martin Dick seinem jungen Freund ins Wort. „Bevor du weiterredest, Benedict, höre mich bitte einen Moment an." Benedict setzte an, den Schultheißen zu unterbrechen, doch dieser hob seine Hand und fuhr fort. „Dies ist keine wohlvorbereitete Rede, Benedict, aber ich darf sagen, dass sie von Herzen kommt und dass ich im Namen aller spreche."

Martin Dick blickte in die Runde, zustimmendes Gemurmel begleitete seine Worte.

Da setzte Valentin an und sagte laut „Wisst Ihr was ..." Doch Benedict hielt ihm die Hand vor den Mund und flüsterte ihm etwas ins Ohr. Daraufhin verstummte der Junge, aber Benedict spürte, wie Valentins kleine Hand nach der seinen suchte. Er nahm sie, drückte sie kurz und hielt sie fest. Daraufhin schien auch Valentin bereit, dem Schultheißen zuzuhören, zumindest jedoch versuchte er nicht mehr, diesen zu unterbrechen.

„Lass es mich kurz fassen", fuhr Martin Dick fort. „Wir alle freuen uns über die hohe Auszeichnung, die dir in diesen Tagen zu Teil wird. Kein anderer, auch kein preußischer König, kann ermessen, welch ein Segen es war, dass dich Gottes Hand ausgerechnet in unsere kleine Gemeinde geführt hat. Es gibt nicht eine Familie hier am Ort, der es heute nicht besser ginge." Der Schultheiß räusperte sich. „Darüber hinaus, mein lieber Benedict, stehen wir alle in deiner Schuld. Du hast nicht nur dafür gesorgt, dass es uns heute allen besser geht. Nein, du hast uns in allen Höhen und Tiefen begleitet und hast auch nicht aufgegeben, als viele von uns schon nicht mehr daran glaubten, dass uns das Vorhaben gelingen könnte." Martin Dick holte tief Luft und schaute Benedict direkt an. „Ich will ganz offen sein, mein lieber Benedict. Wir alle wollen, dass du bei uns bleibst. Betrachte die sechs Morgen Land nördlich von Käfertal, dort, wo du deine ersten Versuche durchgeführt hast, als dein Eigentum und bleibe bei uns. Wenn du dennoch nach Preußen weiterziehen möchtest, so haben wir alle das größte Verständnis dafür und werden dich mit Gottes Segen ziehen lassen. Du hast bereits jetzt schon mehr für uns getan, als wir jemals durch die Schenkung von ein paar Morgen Land wieder gutmachen könnten."

Je länger der Schultheiß sprach, desto unbehaglicher fühlte sich Benedict, ein solch großes Lob, so fand er, habe er nicht verdient. Dann aber überwältigte ihn das großzügige Angebot seiner Mitstreiter. Tränen schossen ihm in die Augen. Zwar hatte er schon lange verstanden, dass sein vermeintliches Nicht-Willkommensein eher mit seinen eigenen Ängsten als mit den Absichten und Wünschen der anderen zu tun hatte. Als sie ihn nun aber so unverhofft mit offenen Armen und großzügig beschenkt aufnehmen wollten, war es um ihn geschehen. Zu lange hatte er sich nach ihrer Gemeinschaft gesehnt, als dass dies nun spurlos an ihm vorbeigezogen wäre.

Dann räusperte er sich. Aller Augen waren voller Erwartung auf ihn gerichtet.

„Meine lieben Freunde", begann Benedict mit belegter Stimme und räusperte sich noch einmal. „Meine lieben Freunde, ich finde keine Worte dafür, wie glücklich mich Euer großzügiges Angebot macht." Die Spannung im Saal wuchs. Es war, als ob alle das „Aber" heraushörten, das in diesen einleitenden Worten bereits mitschwang. Und da kam es denn auch: „Aber es ist mir nicht möglich", fuhr Benedict fort, „Euer großzügiges Geschenk anzunehmen."

Es war nicht so sehr Enttäuschung, die Benedict in den Gesichtern las, sondern Resignation. Eine Resignation, die sich aus der Erfahrung vieler Jahre speiste, dass das Glück immer den anderen zufiel: denen, die Geld und Macht hatten, nie jedoch ihnen selbst. Sie hatten es gewusst. Einige wandten sich bereits ab, da fuhr Benedict fort: „Ich bin heute zu Euch gekommen, nicht um Abschied zu nehmen, sondern um Euch zu bitten, bleiben zu dürfen. Das angebotene Land", jetzt lächelte Benedict, „würde ich Euch gerne abkaufen. Manch einer von Euch weiß bereits, dass ich gerne eine Rhabarberplantage anlegen möchte, um die medizinische Wirkung von Rhabarber zu erproben. Das aber würde ich nie auf geschenktem Land tun können. Es ist ein ungleich größeres Wagnis – viel größer als das, das hinter uns liegt – als dass ich Euch damit belasten könnte."

Die Resignation war aus den Gesichtern verschwunden, Ungläubigkeit schlug ihm entgegen. Valentin war es, der seinen großen Freund plötzlich umarmte und fest an sich drückte. Da kam Bewegung in den Saal. Plötzlich umringten ihn alle, allen vorneweg Martin Dick. Sie klopften ihm auf die Schulter, bedankten sich, lachten und scherzten. Und Benedict kämpfte mit seiner eigenen Rührung und brachte kein Wort mehr heraus.

***

Noch im selben Jahr erließ der Kurfürst eine Verordnung, nach der im ganzen Oberamt Heidelberg die Stallfütterung einzuführen sei. Zur großen Freude aller wurde zudem der Anbau von Klee und Luzerne für mindestens zehn Jahre von der Steuer befreit.

Benedict und Susanna heirateten, und es dauerte nicht lange, da widmete Benedict sich dem Anbau von Rhabarber. Mit Begeisterung experimentierte er an seinem neuen Projekt. Immer häufiger wurde er dabei von Valentin unterstützt, der die Schule beendete und dann vollends zu Benedict übersiedelte. Ein Jahr später kam Benedicts und Susannas Tochter zur Welt, die sie in Anlehnung an Benedicts Mutter, die Renate geheißen hatte, Renée tauften.

Zu Weihnachten erhielt Benedict Post. Verwundert nahm er die vielen Stempel wahr, mit denen der Brief übersät war. Das Schreiben kam aus Philadelphia und war nur kurz. Mathes schrieb in ungelenker Schrift, er sei gut in Amerika angekommen und habe in Philadelphia bei einem Zimmermann Arbeit gefunden. An Heiligabend wanderte Benedict mit dem Schreiben hinaus an den Ortsrand, wo der alte Schäfer seit einigen Wochen in der Nähe der alten Lena wohnte. Bereits im Spätsommer war dem alten Schäfer ein jüngerer zugewiesen worden, der den Alten zunächst entlasten und schon bald vollständig ablösen sollte.

Benedict traf den Schäfer in seiner Kate an, wo er mit der alten Lena vor dem Feuer saß. Er las den Brief vor, verabschiedete sich aber bald, als er sah, dass dem Alten die Tränen in die Augen stiegen. Als sich Benedict in der Tür noch einmal umdrehte, hielten die mageren Finger des Alten das Papier fest umklammert.

Die Triftgerechtigkeit galt noch immer, doch fand der jüngere Schäfer, dass man sie nicht allzu eng auslegen musste und dass er genug Zeit hatte, seine Schafe um die bepflanzten Felder herumzuführen. So kam es, dass das Gesetz zur Ausübung der Triftgerechtigkeit immer weniger und schließlich gar nicht mehr zur Anwendung kam. Es sollten noch einmal etwa hundert Jahre ins Land gehen, bis man es dann entsorgte, wie ein altes Kleid, dem man schon lange entwachsen war.

Nachwort

Jean Benedict Lemaistre wurde am 11. März 1731 in Genf geboren.

Um 1750 kam er nach Mannheim und arbeitete zunächst als Händler.

1762 kaufte er in Käfertal sechs Morgen Land. Aus Gründen, die dem Aufbau des Romans geschuldet sind, fand dieser Kauf im Roman zeitlich erst nach der Befreiung des Brückengeldes von 1769 statt.

Am 22. Mai 1769 erteilte der Mannheimer Stadtrat Lemaistre auf Geheiß des Kurfürsten die Erlaubnis, die Neckarbrücke zwischen Käfertal und Mannheim zu queren, ohne Brückengeld entrichten zu müssen. Im selben Jahr entstand Lemaistres Rhabarberplantage, die aber ohne Erfolg bleiben sollte.

Am 2.11.1770 ordnete das Oberamt Heidelberg an, dass die Viehhaltung von der Weidewirtschaft auf die Stallfütterung umzustellen sei. Die Wiesen sollten gepflügt und mit Rotklee und Luzerne angebaut werden.

1770 heiratete Benedict Lemaistre Susanna, die Tochter des Postwirtes Philipp Frölich.

1771 wurde Benedicts und Susannas Tochter wird geboren, der sie nach Benedicts Mutter Renate und nach ihrer eigenen Mutter den Namen Renée Susanna geben.

Martin Dick war Schultheiß in Käfertal von 1747 bis 1784.

Am 12.10.1796 starb Benedict Lemaistre auf seinem Anwesen in Käfertal.

Benedict Lemaistres hatte einen langjährigen Knecht namens Valentin Fridrich. Er starb 1798.

Entgegen der im Buch praktizierten Schreibweise galt im 18. Jahrhundert für die Quadrate der Mannheimer Innenstadt eine schlichte Nummerierung von meist zweistelligen Zahlen. 1794 wurde dies in eine Kombination aus Buchstaben und Zahlen geändert und erst im 19. Jahrhundert wurde die jetzige Zählweise endgültig festgelegt. Der besseren Orientierung wegen wird im Buch die heutige Literierung verwendet.

Jacob Gujer, genannt Kleinjogg oder Klyogg, lebte von 1716 bis 1785 in der Schweiz und machte Zeit seines Lebens mit seinen ungewöhnlichen und erfolgreichen Bewirtschaftungsmethoden von sich reden. Sein Wirken war so außergewöhnlich, dass ihm Hans Caspar Hirzel 1761 ein Buch widmete: „Die Wirtschaft eines philosophischen Bauern“. Ob Lemaistre Klyogg tatsächlich getroffen hat, ist nicht bekannt.

Ein herzlicher Dank geht an dieser Stelle an die Käfertaler Geschichtswerkstatt sowie deren Vorsitzende Rosemarie Pfanz-Sponagel. Ohne das dichte Netz an Bibliotheken im Großraum Mannheim wäre das Buch nicht das geworden, was es heute ist. Herzlichen Dank auch an das engagierte Team des Stadtarchivs Mannheim. Friedrich Teutsch recherchierte in Genf und veröffentlichte seine jüngsten Erkenntnisse zum Leben Jean Benedict Lemaistres zur rechten Zeit. Hätte es die ermunternden Worte von Dr. Christoph Popp nicht gegeben, läge das Manuskript wohl heute noch in der Schublade. Nora Zorn, Lara und Lisa glaubten an das Buch bereits im Rohmanuskript und gaben wertvolle Tipps mit auf den Weg. Ganz besonderen Dank schließlich an Ulrich Wellhöfer, der sich vorstellen konnte, das Buch zu verlegen. Für alle fachlichen Fehler, die sich eingeschlichen haben mögen, trage allein ich die Verantwortung.

Die Welt der kleinen Leute

von Friedrich Alexan

320 Seiten, Euro 12,80

Friedrich Alexans autobiografischer Roman erzählt aus der Sicht eines Jugendlichen vom Alltag an der „Heimatfront" in Mannheim im Ersten Weltkrieg. Dieser war sowohl von Leid und Entbehrung geprägt, als auch von den kleinen Hoffnungen und Sehnsüchten nach einem glücklicheren Leben.

Im Vordergrund des Romans steht das Persönliche, Menschliche ebenso wie die Suche nach Liebe und Geborgenheit, die in einer aus den Fugen geratenen Welt gerade dort zu finden sind, wo man sie vielleicht am wenigsten vermutet.

Mir fällt der Vers ein, den ich vor kurzem gelesen habe: „Denn Armut ist ein großer Glanz aus Innen". Ein großer Glanz aus Innen? Man muss wohl ein Dichter sein, um Glanz im Elend zu sehen, so, wie nur Heilige Engel zu sehen bekommen. Ich bin kein Dichter. Friedrich Alexan

www.wellhoefer-verlag.de

Zeitgeschichte im Wellhöfer Verlag

Meine Flucht

von Władysław Kostrzeński – 320 Seiten, Euro 17,90

Władysław Kostrzeński hatte ein gutes Gespür für deutsche Mentalitäten, als er am Tag vor Heiligabend 1944 aus dem KZ-Außenlager Mannheim-Sandhofen floh. Die intensive Freiheit der Fluchtzeit endete schon kurz nach Weihnachten. In Bayreuth wieder ins Gefängnis eingeliefert, geriet er ins Gestapo-Straflager Langenzenn, entging dort wegen der herannahenden Front gerade noch der Hinrichtung und kam ins KZ Flossenbürg.
Dort wurde er als Todkranker befreit und überlebte.

Mannheimer Zeitzeugen

von Karl Heinz Mehler – 493 Seiten, Euro 29,80

Mit einer Vielzahl persönlicher Geschichten erzählen 72 Menschen, die alle in Mannheim aufgewachsen sind, von den Ereignissen und von ihren persönlichen Erlebnissen ab Mitte der zwanziger Jahre bis zum Ende des Zweiten Weltkrieges. Der Älteste ist 1918, der Jüngste 1939 geboren. Sie stammen aus unterschiedlichen Schichten der Mannheimer Bevölkerung und waren altersbedingt mehr oder weniger stark von dem politischen Geschehen und den Kriegsereignissen betroffen. Mit ihren unterschiedlichen Erzählungen leisten alle Beteiligten einen facettenreichen Beitrag zur Zeitgeschichte. Es ist die Geschichte ihres privaten Lebens, die in diesem Buch als Ergänzung zur „Großen Geschichte" festgehalten werden soll.

www.wellhoefer-verlag.de

Michail Krausnick im Wellhöfer Verlag

Rose Grandisson

von Michail Krausnick – 224 Seiten, Euro 16,80

Erzählt wird der Aufstieg des Gauner- und Hochstaplerpärchens Carl und Rose Grandisson in die besten Heidelberger Kreise, ihre gnadenlose Demontage und das ungleiche Verhörduell des Stadtdirektors Dr. Ludwig Pfister mit der „engelhaft schönen" Gefangenen, das zugleich auch eine außergewöhnliche Liebe offenbart. Den Leser erwartet eine literarische Zeitreise in die Heidelberger Romantik und das Jahr 1815, in dem die Stadt am Neckar das Hauptquartier der Fürsten und Kaiser im Entscheidungskampf gegen Napoleon war.

Der Pfälzer Al Capone

von Michail Krausnick – 224 Seiten, Euro 12,80

Ende der 50er-Jahre sorgte er als Al Capone von der Pfalz für Schlagzeilen: Bernhard Kimmel, berüchtigt als der „erfolgreichste Tresorknacker der Adenauer-Ära". In einem biografischen Roman erzählt Michail Krausnick die Entwicklung eines Mannes, dessen Taten einst die Republik erregten. Was als romantisches Räuber- und Gendarm-Spiel und jugendliches Aufbegehren begann, endete in Schuld und lebenslanger Haft. Erzählt wird zugleich ein Stück Zeitgeschichte: eine Kindheit und Jugend in den Kriegs- und Nachkriegsjahren, außergewöhnlich und symptomatisch für die Zeit der Halbstarken und Frühreifen, der Alt-Nazis und Wirtschaftswunderbäuche.

www.wellhoefer-verlag.de

Tod im Jungbusch

von Nora Noé

224 Seiten, Klappenbroschur, Euro 14,95

Die Frauenleiche von der Teufelsbrücke hält die Jungbusch-Bewohner in Atem.

Es verschwinden weitere Menschen, im Hafenviertel geht die Angst vor dem „Kanal-Killer" um.
Doch ist es wirklich ein Serientäter, der hier sein Unwesen treibt?
Welche Rollen spielen der Künstler Arteo und seine exzentrische Lebensgefährtin Cleo?
Liegt der Schlüssel zur Lösung des Falls vielleicht in der Vergangenheit? Die wilden Studentenzeiten der 70er-Jahre rücken in den Blickpunkt aber auch die längst vergessenen Kellergewölbe in der Filsbach.

Ein Verwirrspiel von Intrigen, Hass und Leidenschaft, das harmlos beginnt und immer beklemmender wird. Eine Geschichte mit viel Lokalkolorit, die ihre Leser in die 70er- und 90er-Jahre entführt. Ein Krimi mit Thriller-Qualitäten bis zum verblüffenden Ende.

Mannheimer Pioniere

von Hans-Erhard Lessing – 216 Seiten, Euro 18,90

Mannheim ist die Wiege des Fahrrads wie des Automobils. Hans-Erhard Lessings Blick ist besonders auf die Menschen hinter den Erfindungen gerichtet.
So erfährt der Leser spannende Geschichten aus dem Leben von 20 bekannten und auch weniger bekannten Pionieren, die ihre bahnbrechenden Erfindungen von Mannheim aus in die Welt trugen.

Mannheimer Straßen

von Günther Schwarz – 297 Seiten, Euro 19,80

Suckowstraße, Elisabeth-Blaustein-Straße, Egellstraße – wer waren die Menschen, die sich hinter diesen Namen verbergen? Was verbindet sie mit Mannheim?

Antworten auf diese Fragen findet man in diesem Buch.

Mannheimer Erinnerungen

von Siegfried Laux (Hrsg.) – 192 Seiten, Euro 16,80

Siegfried Laux hat als junger Mensch den Untergang des alten Mannheims im Bombenhagel des letzten Krieges hautnah erlebt und diesen Verlust nie ganz verwinden können. Im hohen Alter brachte es ihn dazu, das Bild der Stadt vor ihrer Zerstörung nochmals heraufzubeschwören. Dazu verhalfen ihm seine mühsamzusammengetragenen Erinnerungen von 20 Autoren, die in Gedichten und Geschichten, in Hochdeutsch und Mundart festhielten

www.wellhoefer-verlag.de